横格竖格

徐艺嘉 著

SHUGE

HENGGE

首都师范大学出版社

图书在版编目(CIP)数据

横格竖格/徐艺嘉著. 一北京：首都师范大学出版社，2009. 9

ISBN 978-7-81119-770-9

Ⅰ. 横… Ⅱ. 徐… Ⅲ. 长篇小说-中国-当代 Ⅳ. I247. 5

中国版本图书馆 CIP 数据核字(2009)第 172648 号

HENGGE SHUGE

横格竖格

徐艺嘉 著

首都师范大学出版社出版发行

地 址 北京西三环北路 105 号

邮 编 100048

电 话 68418523(总编室) 68982468(发行部)

网 址 www. cnupn. com. cn

北京嘉实印刷有限公司印刷

全国新华书店发行

版 次 2009 年 12 月第 1 版

印 次 2009 年 12 月第 1 次印刷

开 本 787mm×1092mm 1/16

印 张 13. 75

字 数 187 千

定 价 29. 00 元

简　介

这是一部典型的中国式中学生活的故事。真实而令人反思。

这是一群花儿一样的少年。本应该享受阳光生活，无忧无虑，快乐学习成长的季节，却被传统的应试教育压抑得没有快乐，缺少幸福的空间，一个个心灵扭曲变形，每天每时每刻都在为“分”而恶性竞争，而嬉笑怒骂，悲欢离合，玩命学习，疯狂做题和考试，折射到家庭、社会等方方面面，令人阅读起来欲罢不能，读后掩卷沉思，悲哀丛生。

我们的教育，我们的社会究竟应该如何做到以人为本，充分尊重和挖掘每个人的个性特长和潜能，真正做到因材施教、人性化教育和创新教育？是这部小说所揭示的深刻文化内涵。

中国教育向何处去？中国人如何提升综合素质、创新能力与国际竞争力？传统中华文化该如何发展？是每一个中国人都必须面对而关心的重大问题。

相对于那些大红大紫、无病呻吟、充满空虚和小资情调而毫无思想力度的泛青春派小说而言，该部作品无疑更贴近现实生活。小说中锦乔、月季、君子、苏铁、石榴、银杏、鸟不宿、白兰、小号、赉老师等人物形象鲜活，个性刻画深刻，又不失机智而幽默，情节曲折、跌荡起伏、环环相扣，以学校的学习、生活为主体，同时涉及家庭及社会各个层面，展现出一幅真实而多彩的青春画卷，是一部集思想、语言艺术于一体的难得之上乘佳作。

惊人又启人的“呐喊”

——徐艺嘉的长篇小说《横格竖格》序

白　烨

小我许多的徐骁说他上中学的女儿徐艺嘉写了部小说，要发给我看看。我以为无非是小女生的小故事、小情趣，一看却大出意料——中国文坛又闯出一匹黑马！

小说写得有板有眼，严气正性，在当下时代的大背景和学校教育的小环境中，活画出了置身其中的学生和老师们的尴尬处境与紊乱心境。我感觉，这不是一般意义的小说，而是以小说的方式，来真切描述中学教育的滞后现状，并为教育的发展和学生的成长仗义执言的作品。在这个意义上，可以说它是一部以文代谏之作。

在作品主人公锦乔所就学的“名噪京城”的同达中学，不仅“整体布局气派，十足一阔佬”，而且“最引人骄傲”的是高考之后的“校园庆功会”，“校长扳着手指头向来宾一一介绍文、理科的状元、榜眼、探花”，这使得同达中学的校服“身价倍涨，万金难求”。而有幸进入这所学校的锦乔和她的同学们，则犹如进入了考分的生产线和加工厂，没有了课余，没有了欢乐，没有了自由，也缺少了自尊；因为“争分”，老师们绞尽脑汁，学生们竭尽全力，大家都像是被拴在了“分数”的疯狂战车上，既不能自己，也难以自拔。

“分数”统领了同达中学的一切之后，是如何的可怖、可悲和可叹，这部《横格竖格》可谓写得入木三分又淋漓尽致了。锦乔所在的实验班因都是“考试尖子”，全部精力都用在了考取高分的竞争上，无暇顾及其他，文娱竞赛只得了倒数第一，体育比赛更是只能垫底。学习拔尖的学生，都各有一肚子苦水。穷苦出身的腊梅，“在同龄孩子还沉迷于童话故事里的王子与公主时，各种数学竞赛辅导书就成为她钟爱的‘工具’”；石榴也觉得“学习越来越乏味，成天和剩下的那点自尊苦耗”；月季更是觉得“在家父母管着，在学校老师管着，两座大山，压得我们一点自由都没有”；而内向的锦乔，“难受得经常独自在校园里徘徊而不愿意回班级或宿舍去，因为那里只有虚伪、竞争、压力并摧毁自尊，缺少坦诚的合作、交流和友情。”白兰对她爸爸所说的一席话，更是发人深省，“你总告诉我们要一辈子奋斗才能有享受，我就不明白了，一辈子都用来奋斗了，还怎么享受，去坟墓里享受吗?”这与其说是白兰对她爸爸的话语的质疑，不如说是孩子对家庭教育的质疑，学生对学校教育的质疑。对于这样几乎是呐喊般的声音，我们真应该认真倾听，虚心接受，并深入思考，切实反省。

作为一部小说来看，《横格竖格》中的众多人物塑造如锦乔、月季、赉老师、君子、苏铁、白兰、银杏、水仙、石榴、鸟不宿、小号、腊梅等等虽着墨不多，但人物个性鲜活生动，给人以强烈的震撼力和感染力，足见作者的文学功力。虽然某些地方尚显不足，人物描写比较粗疏，有欠丰厚和饱满，故事本身因写实有余，想象不足，带有明显的纪实性特征。但这部小说自有其瑕不掩瑜的特点，那就是蕴藏于人物、寄寓于故事的智性思考与理性批判，思考来自学生的切身实践，批判指向僵滞的应试教育，因这些都是一个“局内人”不打折扣的自省与自诉，格外让人觉着真实，感到震撼。一部作品保有这样一个郑重又厚重的内涵，这在同龄作者和同类作品中确实是并不多见的。

作品的引人之处或者说成就了这部小说的可读性的，还有她的语言。那是干净利落的叙事，自出机杼的白描，内涵蕴藉的对话，尤其是行文中不经意间发出的议论，可谓数语中的，言简意赅。如写到凌霄鼓起勇气向政治课老师提意见时说，“大胆地像 57 年直言进谏的右派”；如说国人进饭店的不文明做派，“就像闹土改，分房分地分粮食”；如写到锦乔去儿科看病时对少见多怪的医生的反感，“心想这人居然把自己的一生都断送在儿科手里了，思想永远无法长大，也不可思议”。这些比喻与隐喻性议论，表现了作者超常的国史知识储备及其巧妙运用，也表现了作者的感觉准确和思想机敏。这样的文字在可读性中，带有相当的可思性，给作品平添了许多情趣与意趣。

作者语言的另一大特点就是无处不在的机智与幽默，对小说语言具有如此强大的驾驭和把握能力竟出自一位 18 岁的少女之手实在令人震撼与惊喜，是中国当代文学之幸事。

小说的三元构成就是故事性、思想力和语言，缺其一则沦为残疾作品。而这三者《横格竖格》兼而有之，委实难能可贵。纵观当代文坛小说创作，无论是知名度颇高的泱泱大家，还是所谓的 80 后火爆青春写手，又有几人真正能达到如此境界呢！当前文坛这种铺天盖地的媚俗、无病呻吟、商欲横流、没思想、缺少道德、语言苍白无力、绞杀纯文学的混乱现象究竟还要持续几何呢？

鉴于以上看法，我的结论是：这部《横格竖格》因小中见大——事关教育及青少年培养、国家发展之大局，非常值得关注；而她的作者徐艺嘉因人小志大——充满责任感的写作，也相当值得期待。

2006 年 1 月 18 日于北京朝内

目 录

引　子 …… 003
第一章　名校门槛 …… 005
第二章　一语道破天机 …… 012
第三章　一个不愉快的见面礼 …… 018
第四章　大有野人误闯别墅之态 …… 021
第五章　同达中学——仨字儿 …… 028
第六章　丢钱风波 …… 033
第七章　无颜见江东父老了 …… 040
第八章　比"孟母搬家"还用心良苦 …… 044
第九章　本来无雨对这种男生没兴趣 …… 050
第十章　百合觉得锦乔有点草木皆鬼了 …… 057
第十一章　属于家庭的温馨与亲情被一分为二 …… 061
第十二章　今夜无法入眠 …… 066
第十三章　穷人的孩子早当家 …… 071
第十四章　大家送给竺老师一绰号：新华字典 …… 075
第十五章　石榴绝望了 …… 079
第十六章　不知将来又有怎样的好戏连台？ …… 082
第十七章　中国教育者的观念怎么就都这么落后呢？ …… 090
第十八章　他的脸一半是火焰，一半是海水 …… 101
第十九章　她所有的痛苦都源自学习成绩不好 …… 109
第二十章　她也没那么多的爱可以挥洒 …… 113
第二十一章　其他的就几乎是美国费(废)城 …… 120
第二十二章　一级谋杀案成立 …… 126
第二十三章　她把那块被征服的墙皮缓缓送进嘴里 …… 133
第二十四章　她说这是她最秘密的隐私 …… 136
第二十五章　她将隐私摆上台面，隐私便失去了魅力 …… 145

第二十六章　全面实现社会主义及格化 …………………………… 157
第二十七章　她各科的学习成绩进入红灯区无法自拔 ……………… 172
第二十八章　你打算让他从多大开始流浪 ………………………… 183
第二十九章　她有点儿像生活在逆行道上的人 …………………… 189
第三十章　没啥别没钱，有啥别有病 …………………………… 196

后　记 …………………………………………………………… 207

我每天在单线本的横格里

过着格格不入的竖格生活

——题　记

引　子

三年以后，当锦乔走出校门的时候，还可以自然地把以前的自己跟现在的自己区分开来，客观地加以比较，像面对和她毫不相干的两个人。

锦乔恍然，原来门是可以改造人的。人的命运渗透在门里，依附得那么紧，深刻得入门。

锦乔想自己就是被这样一扇门深深吸引进去的，很挑剔地吸收，成为它忠实的信徒，现在又被它很不负责任地释放了。如同监狱将劳改犯人释放后，不管其今后是否有工作是否能够养活自己。并且它的阴魂不散，时而隐隐作祟。毕竟，锦乔做它的俘虏太久太久了……

于是，多年前的那一幕幕毫不客气地争相涌入锦乔的记忆，挡也挡不住，就像伊拉克面对美国大兵……

一扇门。一群人。

第一章

名校门槛

新生报到第一天，来自市里各小学的科举学子们志得意满，喜鹊一般涌进新校园。

锦乔穿着小学校服第一次踏入中学的门槛，感觉自己要长大，体内有一种高粱拔节的躁动。带着满耳朵“人生第一次转折点”的“权威观点”，面对这所名噪京城的学校，不免有几分毕恭毕敬。

大雨滂沱，不宜开学。

锦乔一边这样想着，一边小心翼翼地踮起脚尖，避开路面坑坑洼洼的水涡，如同躲避一个个考试陷阱。

锦乔从来不喜欢下雨。

诗人说雨是诗意的浪漫。锦乔说雨是浪漫之后泥泞的烦恼，典型的后现代主义。

绕过火柴盒式的教学主楼，可以看见被建筑铁板圈起来的操场正在装修，整体铺设假草坪。据说假草坪比真草坪耐用，类似于假话比真话耐听。

锦乔联想起小学那块尘土飞扬的操场。其实它的面积羞于被冠之“操场”，容量小到全校师生操场上列队，谁不小心放个屁都得注意降低分贝，弄不好全校都能听见，不隔音。

在中关村这块寸土寸金之地，10 万元只能买一个厕所。小学校麻雀虽小，却五脏俱全。如此掐指一算，倒也能算得上是个亿万富翁。

今天，锦乔开了眼界。这所中学有十几倍小学大，且整体布局气派，十足一阔佬。

锦乔所在的同达中学是一所名校。

所谓名校就是每年高考都有一批苦学成考试精密仪器之士以高分考入北大、清华，且约定俗成一般屡获文、理科状元。每当张榜公示之时，便是学校最引以为骄傲的大喜之日，有市、区教委领导和各路新闻媒体记者蜂拥入校园开庆功会。校长扳着手指头向来宾们一一介绍文、理科之状元、榜眼、探花、单科满分获得者和几百名北大、清华新生，像历数一件件经自己悉心栽培、打磨出世的奇珍异宝，其魅力和风采一时间盖过明星大腕，令业界和百姓引颈翘楚，赞誉之声不绝于耳。

那些考功超强的考生们一朝同达校服加身，有事没事便总爱在人前人后走两步，一个个将头扬得一览众山小，威风八面如皇家子弟，享受着人们在背后一片羡煞的眼波。

同达校服因此而身价暴涨如牛市，万金难求，据说最高记录竟达百万之巨，令人望眼欲穿。那些考功平平不幸未能成为考试机器之家长为能将子女送进同达中学，一个个搜肠刮肚，像牛倒嚼似的仔细清理一遍胃肠道，挖关系，凿路子，托人打电话、写条子，重金一掷为敲门。门硬者为终于穿上全城最耀眼的校服而洋洋得意，找不到门路者落荒而逃只好退而求其次。

学生们蜂拥在一张张贴满走廊墙上新公布的名单前，各自寻找自己的大名去班级报到。受苦受累的差事理所当然地交给家长们去做。锦乔妈和众多鞠躬尽瘁的家长一道，排着蜿蜒曲折的长队在黏稠如粥的时间中等待交费。

这年头，为了让孩子能够上一所好学校，家长们一个个急红了眼，掏腰包比挣钱还玩儿命，明摆着出口大于进口，赤字并快乐着。

这时，锦乔小学同学牵牛的妈妈汗涔涔满脸通红地赶来。锦乔妈像见到久别的亲姐妹似的连忙跟她打招呼，俩人的默契关系由来已久。见了面，俩人开聊：什么普通班要交2—3万元的赞助费，而我们的孩子很幸运地进入实验班，不用交赞助费，美其名曰“公费生”；什么实验班学费只需交130元，而普通班学费却高达6000元……俩人越聊越开心，一种占了大便宜的小市民优越感溢于言表，全然不顾前后人的异样神情。

忽然，一股强劲的旋风裹挟着尘土和碎屑向人们突袭而来。骤然间，刚刚还是白云朵朵的天空一下子变得阴暗晦涩起来，渐渐，犹如一面巨大的黑锅压向地面，将望子成龙的人群压迫得上天无路入地无门。没等人们做出反应，豆粒大的雨点就像人工降雨般地噼噼啪啪猛砸下来。顿时，队伍一阵骚乱，一种求生的本能使其迅速移动到一溜房檐下避雨。只可惜，当年设计房檐者和包工头料事如神，早已预感到自己的后代无缘这所名校。于是，偷工减料中饱私囊之余，房檐便不幸患上严重的营养不良症，窄窄瘦瘦的不遮雨，顷刻间便将企图躲避自然灾害的人们淋了个透心凉。可是队形居然坚固，竟无一逃兵。唉，真正的可怜天下父母心！

此刻，一个身形一闪浮出水面，是腊梅——锦乔和牵牛的小学同班同学，听说她以优异的数学成绩进入了最棒的实验（6）班。

腊梅见到牵牛妈点点头，微微一笑，捋一下粘在额头的湿发，甜甜地叫了声“阿姨”。

牵牛妈关切地问：“你怎么才来，妈妈呢？”

腊梅答：“我妈上班来不了，我爸说来着，可我在大门口等了半天也没见到他人。”

腊梅说着话，并没在意锦乔妈微笑着冲她打招呼，急匆匆说了声“阿姨再见”，一转身就跑进了教室。

牵牛妈竖起大拇指，啧啧称赞道：“你看人家这孩子，真聪明，门门功课考第一，比不了。”

“就是。”锦乔妈一面附和着，一面望着腊梅消失的背影若有所思……

阵雨跟东北小品王本山大叔似的，忽悠一气便扬长而走，全然不顾等待交学费的家长们被蹂躏得跟遭遇泥石流的灾民一般。

看起来人类不但要为生活中的住房医疗交通体育保险感情梦想通信网络看电影电视找乐找哭上学一日三餐交费，还要随时为抵御天灾人祸付出高昂的代价。人活着的确不易呢！

锦乔妈好不容易熬到几炷蜡的时间交费完毕，跟锦乔爸一起赶到宿舍办理住宿手续。因为家住郊区，不申请住校特别耽误孩子的学习。

又是排队，领新被褥。不白给，一套500元。金钱不是万能的，但没有钱是万万不行的。经典流行语录。不过还好，这里的人数与队形跟刚才交费的场面相比简直就是小巫见大巫，是革命现代京剧

《沙家浜》里胡传魁早期的七八条枪对照今非昔比胡司令的中央救国军。

锦乔爸抱着足够淹没自己的厚厚被褥，锦乔妈拎着大包小裹的日用品和学习用具艰苦卓绝地爬上三楼，找到328房间，气喘吁吁的锦乔妈竟然乐了：“嘿，这房间不错，数字挺吉祥的。”

锦乔爸将被褥倚靠在墙上，不屑一顾道：“瞎扯！中国古文化里的8字其实有离别的意思，6和9才是吉祥数字。8是粤语的谐音，广东人大舌头发不准音。人这一有钱，连鸟语都时尚起来了。”

锦乔妈不语。她对锦乔爸的思想一向秉持沉默态度，从不当面赞扬，可也苦于找不到恰当反驳的语言炮弹。

宿舍门敞开着，里面有两位家长正在费力地往外清扫屋里成堆的垃圾，有面包饼干汉堡火腿肠榨菜矿泉水可口可乐书本报纸笔橡皮文具盒牙膏牙刷香皂毛巾发卡头绳拖鞋五颜六色的塑料袋……活脱一小型超级市场。这些都是上一届毕业班学生的遗弃物，表面上乍一看这是典型的独生子女的轻狂与奢侈，细一品味却又不乏经过残酷高考竞争的学子们似乎要痛斩一切噩梦般与中学时代如影随形的物质和精神世界。

锦乔妈查看床铺号，一直的担心终成现实，锦乔果然被分在上铺。她皱着眉头冲锦乔爸说：“不行！不行！这孩子睡觉不老实，连蹬带踹的，这要是弄不好从床上掉下来还得了啊！”

一位家长直起腰喘口气说：“都想换下铺，不给换。”

锦乔爸将被褥撂到锦乔的床上，跟锦乔妈说：“我下去找宿舍老师说说去，你先别铺床。”

锦乔爸快步下楼，找到负责登记发牌的宿舍老师，她正在被一些学生家长层层包围着，忙得一头汗水。

锦乔爸好不容易接近了她，大声说：“老师，请问能给我们调换一个床位吗？”

宿舍老师没听清，“你说什么？”

锦乔爸提高了嗓门：“请问能给我们调换一个床位吗？我家孩子睡觉不老实，从上铺掉下来会摔坏的。”

宿舍老师急赤白脸地嚷嚷：“这儿正忙着哪，等回头再说吧。”

锦乔爸讨了个没趣，无可奈何地退出人群，重新回到328房，冲锦乔妈挥挥手："先铺床吧，回头再说。"

锦乔妈此刻正帮着一块儿打扫卫生，已经是灰头汗脸的了。

锦乔爸发现床板上有两颗冒出头的钉子，又没带锤子之类的工具，灵机一动便随手脱下皮鞋，用带铁掌的鞋跟将不老实的钉子一一敲了下去。

另外一位学生家长发现床板不能用，不但冒出几颗钉子，中间还断了一截，想必原床主体重超级可观。她动手想换临床的一张好床板，可是试了两下没撼动，女人的弱势一览无余。

锦乔爸英雄救美般地适时挺身而出，过去帮助她完成了塑造损人利己的角色。

那位家长占了便宜，兴奋得满面放光，连声说："谢谢！谢谢！"末了觉得有些不妥，一边收拾床铺一边明显说给大家伙儿听："等一会儿这个学生家长来了，我再帮她找一张好床板去。"

家长们陆陆续续都到齐了，被暗中乾坤大挪移的那位家长发现自己孩子床板的缺陷，再看看其他孩子完好无损的床铺，似乎感觉到了某些疑点，便不满地嚷嚷道："怎么就数我们的床板破呀！"

那位占了床板便宜的家长一声不吭，跟没听见似的，刚刚上演的豪言壮语无影无踪。

锦乔爸见此情景，颇感内疚，心想刚才真不该好心多事，无意间却伤害了一个无辜的人。而被帮助的那位看起来绝对不值得同情。

被床板伤害的学生家长气呼呼地下楼去找宿舍老师理论去了。

没一会儿工夫，一个校工师傅举着一张新床板进来了，后面跟着那位怨气未消的学生家长。

一阵乒乒乓乓的拾掇，所有的物品各归其主，入床为安。

有事的家长先走了，锦乔爸将室内唯一的挂墙电话擦干净，又发现头顶的电风扇灰垢斑斑，显然安装上去就没再被人碰过，便踩着凳子将电扇卸下来擦拭干净。

没多久，楼道里突然像炸了窝似的吵吵嚷嚷地热闹起来。住宿生们像一群群快活的麻雀，唧唧喳喳地走进自己的新居，带着新奇、陌生和刺激的表情，走进了新生活的天地。

当锦乔走进宿舍时，宿舍里已经有了好几个孩子。锦乔妈看看自己的孩子，再瞧瞧其他那些孩子，简直有点不敢相信自己的眼睛，忍不住惊叹起来："哎呀我的妈呀，这些孩子吃什么吃的，一个个长得人高马大的，跟你们一比，我女儿整个一小铃铛了。"

一个学生家长说："现在这些孩子，全是激素和高热卡催的。"

锦乔妈说："我女儿本身是个大骨架胚子，在小学她算是班里的大个儿了。"

一个女学生毫无顾忌毫无分寸地接话茬说："现在是中学生，不是小学生了。"

锦乔妈惊讶地看着那个女生，而那个女生根本就没当回事儿，在那里摆放并欣赏着一件件自己心爱的日用品。

这些孩子的做派和思维方式带给锦乔一家人陌生而另类的刺激。

锦乔妈从食品袋里拿出一串新鲜大粒的黑葡萄，让锦乔给新伙伴们送去品尝品尝。

锦乔忸忸怩怩有点不好意思。

"去吧，没事的。"锦乔妈鼓励道。

锦乔怯生生的一只手拎着葡萄，另一只手托着底去送给新伙伴们，嘴里小声嘀咕着："你们吃葡萄。"可是每个人都在忙着自己的事，根本没人理她。锦乔站在那里有点儿茫然不知所措。想了一下，她走向靠窗的一张桌子，准备把葡萄放在上面。就在她放下的一刹那，突然从床铺上甩出一句厉声的高叫："别往那儿放!"一个女生在向锦乔下达着命令，她叫月季。

锦乔被吓了一跳，因为桌子上堆放了很多东西。锦乔怵在那里呆若木鸡。

锦乔爸生气了，他略带不满地冲锦乔说："就放在那儿，不放那儿放哪儿呀!"

锦乔偷偷地瞟了月季一眼，像丢烫手的山芋一样迅速放下葡萄，转身快步走回来，脸涨红得跟做错了什么事儿似的。

锦乔妈帮助女儿把一切收拾妥当，又对女儿千叮咛万嘱咐，最后跟锦乔爸恋恋不舍地离开了宿舍。

毕竟，这是女儿第一次离家独立生活。

临走，锦乔妈又特意找到那个宿舍老师，跟她小话递了半天，请求照顾一下给孩子换一个下铺。

可能是人少的缘故，宿舍老师的态度好多了，她答应晚上想想办法帮锦乔调一下床。

锦乔妈千恩万谢。

回家的路上，锦乔妈皱着眉头忧心忡忡地跟锦乔爸说："哎哟，太可怕了！那几个孩子简直就像是从另外一个世界过来的人似的，一种老社会的感觉。老江湖！跟她们一比，咱们锦乔就像个傻子似的。"

锦乔爸一边开车一边说："这帮小女孩啥话都敢说，没大没小，好像缺乏一种文明教养。"

锦乔妈："好像不完全是，跟她们比，咱孩子好像缺少一种东西，一种自信……自由……和一种……说不清是一种什么东西……没见过世面？跟社会接触少？"她自言自语道："按理说，这孩子从小就生活在你的周围，接触形形色色的人，大江南北、天涯海角的也走过不少地方。怎么跟她们一比，显得那么弱，好像什么大世面也没见过似的……"

锦乔爸说："我觉得，还是跟个性有关系，锦乔基本上还是一个老实听话的孩子。"

锦乔妈分析说："可能跟家庭教育有关系。像我们这种家庭是不是太封闭，太正规了。我又常年在外地不在孩子身边，孩子的心理不是很正常健康地发展。"

锦乔爸："其实住校也未尝不是一件好事儿，对锦乔也是一个锻炼。"

锦乔妈："好是好，就是怕孩子在这种环境里受气呀，万一要是再学坏，那可就麻烦了……"

沉默。

汽车快速驶入山清水秀、风光旖旎的郊外，那里有他们远离喧嚣城市、世外桃源般的家……

第二章
一语道破天机

锦乔被分配在初一（5）班。实验班。

所谓实验班就是拿人的智商作实验，辅以各科优秀的主讲教师，大剂量、高强度、高难度地向学生灌输知识，且经常出一些偏题、怪题、没学过的题考学生。那些志存高远、吃苦耐劳、经得住折腾的学生尚能有惊无险地过关斩将，反之则纷纷被淘汰进普通班。学生们形同被推上一列高速行驶的磁悬浮快车，一路狂野直取高分颈上之头，沿途一切都要为“分”让路。

实验班就是战争年代的尖刀班和敢死队，学校的大荣大辱大富大贵全靠它维系和创造，是校长手中的嫡系和王牌。

自然，实验班里高手云集，竞争将异常惨烈。分——将全体中国人都搞晕菜了。几乎每一个孩子在18岁以前都在为一个“分”字而活，殚精竭虑地去拼杀。你如果不杀掉“分”，你就将被“分”所杀。“分”就是杀人不见血的魔王。

开学伊始，学校发新校服。校服的底色是一片纯洁的白，配以红色的边边条条，鲜艳大方，又似曾相识。细细品味一番，竟类似于国足之战袍，足见设计者之用心良苦。也难怪，学校“三只脚”足球队球艺精湛，屡获全国中学生足球联赛冠军。就连足球王国英格兰的海盗球队来访竟也意外失手，折羽而归，不在话下。该球队由此也成为学校手中一张素质教育的王牌，跟国足之间的关系自然是兄弟手足惺惺相惜，战袍如影随形也在情理之中。

发校服那天早上，学校要求所有的学生一律穿校服到操场上集合举行仪式。锦乔的同桌君子来晚了，肥墩墩的一个人跑得满头大汗。锦乔把新校服递给他，他便匆匆地跑到卫生间去换。再出来的君子人模狗样，也是一早晨八九点钟的太阳，虽然身上多少沾点儿排泄物的气味。

带有强烈爱国、爱校主义情怀的仪式结束后，班主任筱老师叮嘱学生们在校服上用圆珠笔写下自己的名字，以免今后相互之间穿错或者丢失。筱老师将君子叫到讲台前做示范模特，以便告诉大家写名字的确切位置。当筱老师拉开君子上衣的拉链时，里面竟然是光裸。筱老师可能以为他里面穿着背心，便又掀起校服的下摆看，这下给君子曝了光，里面还是一丝不挂的光裸。

这不经意的两招顿时引爆同学们的满堂喝彩，场面令筱老师和君子都挺尴尬。

此后很长一段时间，当锦乔再次跟君子提起这件趣事时，他竟然用女孩子般的口气羞羞答答地说："别说了，说得我还挺不好意思的。"

锦乔因文笔好而被选为宣传委员。小学毕业前，有一家出版社专门为她和一些作家的子女正式出版过一套作文集，并得到一些赠书和500多元稿费。这是锦乔成长以来完全靠自己的努力得到的最大一笔收入，为此她激动了好长一段时间，有一种自食其力的成就感。那本作文集也成为她升入重点中学的一张招牌。

另一个宣委是文竹，一个学习成绩好，画一手好画，心灵手巧得连七仙女都会嫉妒的女孩子。从小妈妈就带着她去少年宫练书法，学绘画，风雨无阻。文竹曾在一篇作文里写过冬天妈妈带她去练字的情景：书法班里很热，但外面很冷。我在里面练两小时的书法，妈妈穿着是我几倍厚的衣服在外面站两个小时。每次练完字出来，看到穿得臃肿的妈妈在严寒中不停地跺脚，对着双手直呵气，我却不能理解，还向她笑着炫耀自己不怕冷。

文竹是个文静、内向的孩子，一天说出的话比艳遇还少，但原则性很强，不会对违心的事轻易妥协。上小学四年级的时候，学校评选"十佳"，老师没经她同意就把她的名字报了上去。一般来说，这不是什么坏事儿，甚至可以说是大好事，几乎没人会拒绝。但文竹不，她讨厌这种偷偷摸摸的事儿，她喜欢光明正大的公开选举。"十佳"要在全校面前展示才华，多事的班主任为了突显本班，又擅自帮文竹报了学校的课外班让她去练习打小鼓。文竹每天放学尽量拖时间不去练习，不料老师不依不饶地每天放学后准时杀回教室催她去练鼓。直到正式上台表演时，文竹木然地敲打着小鼓，状似庵里的小尼姑，无法快乐起来。

锦乔的小学同班同学牵牛被筱老师钦点为副班长。

新学校，新面孔，新书本，新墨香，一切都是新鲜的，只有封闭式的课堂还是“涛声依旧”，跟小学课堂没什么两样。

刚开学，所有老师轮流到班里作自我介绍，脸上挂着清一色的职业微笑，一个个说着相似的开场白：“大家好，很高兴能和你们认识，今后我们要在一起学习和生活，我希望我不仅是你们的老师，更是你们的朋友。谁有什么困难都可以私下来找我，我非常欢迎。”然后背过身在黑板上写下自己的大名，一如挂起一条幌子，准备开张营业。

锦乔发现几乎所有的老师都喜欢从一开始就把自己跟学生的关系拉得很近，迫切得犹如两个陌生的人初次见面就想结成生死之交，省略掉中间所有细节。

锦乔希望这种感觉能长久。她特别喜欢苏东坡的那首词：“但愿人长久，千里共婵娟。”

但有一个人是个另类，他就是数学赉老师。

赉老师真实得可怕。

任何开场白都没有，什么客套话皆无，像是他带久了的一个班，彼此相知相熟，一进教室就直奔讲台。他手里提一个深蓝色的大布袋，皱着一副忧国忧民的黑眉头，正规的灰色西装，暗淡的色调拼凑出一种肃穆的气质，个性得不容冒充。

赉老师刚刚在讲台上“落户”，就熟练地从那个深蓝布袋里掏出一本代数书，打开翻到预定的一页，接着转身在黑板上抄题。一笔笔恨不能戳破黑板的力度，令人想到煤矿工人在大力掘煤。

“拿出一张数学作业纸来。”赉老师边抄题边说。

就在大多数学生们尚未完全反应过来“数学作业纸”为何物时，赉老师扶了下眼镜，“有谁做完了?”他的速度和学生们的迟钝恰似电子邮件与鸡毛信。

不久，赉老师明明白白地向学生们解释了他为什么这么做：“你们不要相信‘素质教育’，那东西靠不住。人家600分录取，你考了300分，告诉人家‘我素质高’，人家会要你吗？”

一语道破天机。

“咱们还是来实的。”赉老师倡导实用哲学。

同学们哗然。以后再听他的课字字如白居易那首诗“大珠小珠落玉盘”，仿佛漏听一个字就跟名牌大学无缘。

赉老师是那种不动声色就可以轻易制服学生的教师，这点尤其令人佩服，轻易学不来。如此非凡的能力源自于他丰富的教学经验和独特的个性魅力。

有一节课，赉老师发现有个学生听课不守规矩。

他继续认真地讲课。大部分学生认真地听课，课堂基本一片太平盛世。

他的眼神鹰隼一般迅疾定位在某一点。

他疾步走过去，所有人都密切注意他的去向。

一个男生狡兔般将一本书扔进桌斗里，然后装作没事人一样抬头避开走近的赉老师和他那双搜狐般锐利的目光。

赉老师精准地从男生的桌斗里摸出书，手捧《圣经》般无限夸张地看了一眼，一字一顿地大声读了出来：“零……下……一……度”。

教室里出现窃笑。

赉老师快速地翻阅，像是在寻找什么秘密，弄得书页“哗哗”山响，像野猪趟进高粱地，反复几遍，最后目光定格在书的封面上，片刻，意味深长地说：“是挺冷的。”

胆大的学生全部笑出了声，胆小的捂着嘴从牙缝往外“嗤嗤”喷气，跟火箭点火要发射似的。

“啪”的一声，赉老师丢下书。

所有人的心都跟着一沉，预想着随之会爆发的“星球”大战。

赉老师回到讲台，课照讲，跟什么都没发生过似的，一派大将风度。

仅此一招，恰似成吉思汗横扫欧亚大陆，将一班少男少女征服得五体投地，月季、白兰、木槿、君子等一干个性鲜明之人全都拜倒在他的脚下，立马在心中将他供奉起来神一般顶礼膜拜。

不战而屈人之兵。这正是赉老师的高明之处。在有效杀灭对方不尊重他讲课的锐气之后，并不将其置于死地，而是留有存活和回旋的空间，令对手屈服并敬佩，记住他的威严。足矣。

可见，赉老师擅长剖析学生心理，深谙用兵之道。

赉老师判考试卷子从来不超过一天，超期似乎就会变馊。

赉老师把学生们对他的畏惧视为最高荣誉，却装作视而不见。他信奉“分数才是硬道理”，逼迫学生像面对自己的命一样面对分数，集中精力投入到大量做题和改错中去。如果有人不认真改错，他便会使出杀手锏，镜片后一双小鹰眼死死盯住其人良久，阴森森地说：“你的分……我可都记着呐……”令听者后脊梁仿佛趴着一条正在“咝咝”吐芯的蛇。

赉老师看哪个学生不注意听讲准把他拎起来回答问题。可想而知，这类回答通常是驴唇不对马嘴。赉老师不急不恼，用阴沉而略带恐怖的声调挖苦道：“你要冷静啊……你怎么好像在说宇宙语……”然后他将粉笔丢在讲台上，面向全班同学危言耸听地说：“我跟你们说啊，这人要是不认真听课，就像自己跳进麻袋里。跳进去还不够，还把自己给捆上。捆上还不行，再自己跳进河里……你们说这种人傻不傻？”

“傻！”全班几乎异口同声地回答。

锦乔捂着嘴直往肚子里乐，心想这赉老师也真够逗的，脑子兴许给气出了毛病。人都进麻袋了，如何还能将麻袋捆起来？再自己跳进河里？除非练过葵花宝典东方不败凤凰涅槃浴火重生。

赉老师喜欢看学生做数学练习册，并让学生做前一定要告诉他，他帮助选择，顺便作些监督，看看哪些人还没有做。

像君子这种顽劣的学生在上赉老师的课时也格外自觉地乖，发奋苦读，练习册一本接一本地啃，像饥饿的山羊遇见一片片绿洲般疯狂。估计他小时候吃奶也这么卖力，不然今天也不至于长成接近猪的腰围。

君子长得虎头虎脑，属于那种标准的北京超肥少年。刚开学那天排座位，锦乔不幸跟君子坐了同桌。这厮特贫，他一开始背对着锦乔，跟大姑娘害羞不好意思见人似的，一只手托着脑袋，展示一身的敦厚，那件极不相称的蓝格子上衣不留情面地延伸了他后背的宽度。一般胖子因体内脂肪堆积过多行动多少有些不便，但出乎意料的是，他竟突然敏捷如猿地踅转身躯，面对锦乔双手抱拳，嬉皮笑脸地说："幸会！幸会！"

锦乔毫无准备，吓了一跳。她事后想起来这一幕就想笑，感觉君子挺逗。

班主任筱老师点名，当点到君子时，君子将手臂高高地举起，没等老师说话，主动站起来冲老师嚷嚷："老师，我是君子的君，君子的子噢！"一边说，还一边模仿伟人的手势比划一番。其滑稽的样子加上一腔废话，笑得好几个同学跟犯了癫痫似的。

筱老师是一个小巧玲珑的女孩，其温柔的外貌让人初次相见就会产生好感，如果跟同学们打成一片站在一起，没人能分辨出谁是学生，谁是老师，类似于核潜艇和隐形轰炸机。她虽然教语文，却是学校团委书记，政治级别不可小觑，前途一片锃明瓦亮。

筱老师给新一任领导集体——班委开会，讲学习，讲政治，讲风气，分别布置工作，干脆利落，不严自威。一群新任班委像接受一项项重大的政治任务，神情庄重而严肃，点头如舂米。

锦乔和文竹的任务是一周之内出第一期板报，题目是：如何做一个高素质的同达人？

第三章

一个不愉快的见面礼

长这么大，锦乔还是第一次住校，感觉有点找不着北。宿舍在三楼，她好几次都走错到二楼或四楼。过惯了溺爱温柔乡的独生子女生活，乍一融进8个人的集体宿舍中来，身体每一个部位都觉着别扭，性格差异就像东、西、南、北风。跟同宿舍的月季、鸟不宿、银杏、白兰等人比肩而站，锦乔典型一小儿科，不但身材娇小，脸谱整个一小猫咪对比一群大脸猫。其实锦乔比她们每个人都要大一岁半岁的，因为她小学三年级刚从东北转学过来，东北的孩子7岁上学，这里的孩子6岁上学，所以锦乔一上学就比她们多活一年。可她们个个长得人高马大，都像高锦乔一两届似的，举止言谈间如成熟的桃子对比锦乔的青杏，好像是从另外一个生存环境过来的人，茁壮的身材将锦乔装进去肯定不露马脚而且富富有余。锦乔站在她们面前整整矮下去一头，难免有一种陌生的新鲜感和小丫服从老丫号令的从属感。

月季长得白，身材像补足了充分的养分，一看就知其运动神经高度发达。据她自己讲，她学了6年游泳，小学常在体育方面给学校争光拿奖，“全校没有人不知道我月季的！”说这话的月季眉开眼笑，嘴角像挂着一枚金灿灿的奖牌。她的五官皆小，点缀在一轮满月般的脸上显得游刃有余。开学伊始，老师要求每个人写一篇介绍自己的作文，她这样写道：“我很白，配上小小的眼睛和小小的嘴，再和谐不过了。我一笑起来，嘴角弯弯的，很可爱呢……”

月季的性格和为人令锦乔联想起黑社会大佬。初来乍到，月季就好像回到自己领地一样无拘无束，跟谁都脸熟，大大方方地跟银杏说：“老大，咱们走！”到饭点了，她就嚷嚷：“同志们，走啦，吃饭去！”颇具号召力，又多少带点江湖色彩。全宿舍数她的床铺布置得最艺术，最干净，那是她那位颇具艺术气质的妈妈手下之杰作。她从不容许任何人坐她的“秀床”，却经常随随便便地坐在别人的床上大吃二喝毫无顾忌。

宿舍的镜子只有一块，8个小女生争抢它，难免就会产生磕磕碰碰，甚至迸出刀光剑影。

锦乔喜欢经常站在镜子前审美自己，数她眼睛周围那几颗星星点点的小雀斑是否有增大或增加的趋势。她不喜欢它们，怕毁容。可有人说女孩子恰当地点缀几颗雀斑是一种美，颇具另类风情。

“锦乔!”一声脆叫，惊醒了凝神遐想的锦乔。是月季。

“你觉得自己美吗?”月季一副居高临下的挑衅口气。

锦乔惶惶然，心里比紧张还难受。从小到大，她哪里受过这等屈辱。因有点惧怕陌生而霸道的月季，只得一脸诚实地说：“不怎么美。”

“正确!”月季俨然一选美大赛的权威评委，一脸得意。

锦乔悻悻地离开镜子，像一只被斗败的小鸡，一屁股跌坐在床上，眼含泪水，委屈得要死。

月季不依不饶地接着向锦乔发难，“那你为什么老爱照镜子呀?”

锦乔有一种缺氧般的窒息感，因为月季的过分。但她竭力控制住自己，脸涨得通红，大脑一片空白。

宿舍有人看不下去眼了，鸟不宿勇敢地站出来为锦乔鸣不平，“小姑娘哪有不爱漂亮的呀!”一句话顿时缓解了紧张局势，也堵住了月季的一张臭嘴。

锦乔感激地看了一眼鸟不宿，觉得屋子里实在呆不下去了，起身说道：“我先去班里了。”

鸟不宿赶紧说：“我陪你。”

路上，鸟不宿愤愤不平地跟锦乔说：“月季欺人太甚了，她刚才是借贬低你，来抬高她自己。”

锦乔苦笑：“我知道。”

“她一向自我感觉良好，总想当老大，还自以为是美女呢。哼，瞧她长那德行，跟穿天杨似的。”鸟不宿挖苦人一针见血。

锦乔扑哧一下被逗乐了。

鸟不宿继续发泄平时积郁的不满，“你看月季那样，跟谁都欠她钱似的。其实大家心里都明白，就是懒得搭理她。这种人，哼，迟早会吃亏的。”

锦乔点了点头，感激地看着鸟不宿，“谢谢你！刚才要不是你及时出手，我还不定会怎么难堪呢。”

鸟不宿摆摆手，潇潇洒洒地说：“嗨，没什么好谢的，咱们都是同学，路见不平就应该拔刀相助。”

俩小女生不约而同地哼唱起《好汉歌》里的“路见不平一声吼啊，该出手时就出手啊，风风火火闯九州啊……”一路嘻嘻哈哈地直奔教室，刚才发生的不愉快顿时抛到脑后，成为刚刚踏入校门的一个不愉快的见面礼。

第四章

大有野人误闯别墅之态

紧张的学习生活比悬念迭出的好莱坞大片还精彩纷呈地闪亮登场了。课程的设置，学习的氛围，老师的严格监督都是这些初一的新生们所从未经历和体验过的。学习进展快、考试频率高像两座高山一样横亘在学生们面前。

筱老师要求同学们每周至少要写一篇随笔，以增强写作水平。

锦乔的随笔也就很随意，无题。

不经意间翻动日历，已经是 10 月 1 日。

开学整整一个月了，可总是感觉才上两星期的课。十一过后再上三星期的课就要期中考试了，时间很紧。这使我真正意识到上中学后与上小学截然的不同，也不得不迫使我加倍地努力学习，不然，我就将被淘汰，这就是危机，可我一定要面对。

学习，是一种自律，是一道攻克自己的难关。很多人因为不能战胜自我而纷纷败下阵来，无法完成自己的人生理想及目标。我看过一些成功人士的经历和自传，包括刚刚结束的奥运会上获得金牌的那些世界冠军们，他们成功的人生经历无不是用辛勤的汗水和勤学苦练来编织的。

命运，只会青睐那些钟情于它的人。而那些不重视或者玩弄命运的人，终将会品尝命运所赐予的一杯苦酒。

严于律己，刻苦学习，对于我来说，既是挑战，又是机遇。抓住它，就能成功。

我已是一名中学生，不是还像小学生那样有老师天天看着学，那是一种被动的学习，毫无意义。我要牢记民族英雄岳飞曾经说过的那句话：莫等闲，白了少年头，空悲切。不再把严于律己、刻苦学习当成口号，而是化为行动。

老师评语：学习是一件艰苦的事情，它需要恒心，需要毅力；但我更希望你们能将学习化为一件快乐的事，从中得到成功的喜悦，被认可的满足。

君子随笔写得巨烂，一如街边摆地摊儿的臭鱼烂虾，智商仍停留在小学作文上无法自拔。但这小子的英语成绩不赖，因为他从小就上英语辅导班。一次英语考卷发下来，他故意嗲声嗲气地大声说："哎哟，怎么又得了个5分，我都看腻了。"

锦乔和周围的同学一起集体恶心得笑喷。

月季一只手捂着肚子，一只手挥舞着直嚷："快给我拿一只20厘米的桶来，我要吐！"

就连平素一向寡言的水仙也跟着大叫："给我一个30厘米的！"

水仙体形精瘦，令人呼啦一下就会想到木乃伊。可她是活标本，戴一副眼镜，体质也像木乃伊一样抗造，体育课800米全年级跑第一。学习成绩也特棒，全年级排名前三甲。水仙是瑶族，因她妈是瑶族。虽然她爸是汉族，但据她说少数民族高考加20分，就随了妈妈的族籍。这一点，令好多人羡慕得简直要吐血。依水仙目前的状态，考上北大、清华简直就是毛毛雨。若再加20分，哇噻！那可就是瓢泼大雨了，所有的考生还不被她冲得稀哩哗啦的，还让不让别人活了！

水仙学习起来轻轻松松不费劲，每天都看课外书，什么书都看。有一段时间，锦乔看见她捧着一本厚厚的《曾国藩》在读，考试照样得第一，什么事也不耽误，简直都修炼成精了。

对于水仙之现象，有学生和家长用心研究了一番，得出的结论是：或者是人口稀少的瑶族异常聪明，物以稀为贵嘛；或者是异族通婚的后代聪明。反正得占一样。

这种结论是否能经得起科学的推敲，只有天知道。

君子每次的数学测验成绩都不如锦乔，这令他非常苦恼，有一次他竟然只得了60分。见他捧着卷子呆呆发愣的样子，锦乔故意问他："怎么了你，又看腻了？"

君子像一只泄了气的皮球，全没了往日的顽皮精气神，有气无力地说："完了，我不敢回家了，回家我爸非臭扁我一顿不可。"

锦乔吃惊，"真的？至于吗？"

君子晃晃头，摆摆手，"咳，你不了解我爸……"一副有苦难言状。

锦乔捂嘴偷着乐，她觉得君子的长相本身就有戏。这厮颇具表演天赋，应该去学着当演员，舍此学什么都是浪费材料，瞎耽误工夫。

君子痛下决心，开始发疯一般学数学。每天放学回家快速做完各种作业后，就一头扎进数学题海里遨游。两耳不闻窗外事，一心只抠数学题。班主任老师给大家讲最近的"韩寒热"现象，他听得一愣一愣的，大有野人误闯别墅之态。似乎只要地球不地震，他就永远都回不过神来。

功夫不负有心人。在接下来的三次数学测验中，君子有一次竟然得了一个100分。他当时欣喜若狂的样子险些成为新时代中举的范进，口中念念有词："老天保佑！老天保佑！这完全是我日日夜夜刻苦努力的结晶呀！"

英语课上，英语老师又打开了话匣子。她是学校女老师中的超级大美人，一副标准的模特身材坯子，因减肥减得洁白而修长的颈部青筋暴裸，酷似香港影星张柏芝。她极爱美，衣服几乎一天换一身，不重样。她全部的工资光用来买衣服远远不够，幸亏找了一个能挣钱供她纵情消费的大款。她的嘴尖酸刻薄，有一次用英语提问学生，学生没回答上来。她竟然说："哼，这么简单的问题都不会，用脚指头都能想出来……"她又是个喜欢跟学生唠叨家常的人，不分男生女生，不管学生想不想听，爱不爱听。如果让君子回答问题，她会由君子的表现联想到中国男人不够绅士，说些诸如中国人不讲道德，推门时根本不管后面有没有人；男人很少主动帮女士开车门等细节问题。然后开始数落她自己的男人，"我家那位整个一大男子主义型的。我们俩下楼，拎垃圾的活从来只属于我。他在前面大摇大摆地走，我在后面拎着垃圾颠颠小跑跟着。我让他拎，他说那多丢人啊！还有坐车，从来都是我自己开车门。"最后问一句："咱们班有没有绅士啊？我好像没发现。”

“木槿！”有人喊。

“嗯，木槿还行。”

“苏铁！”君子起哄嚷嚷。

“苏铁？”英语老师颇为反感，“他似乎更适合做商人。”

英语老师似乎不愿再接受“绅士”的提名，话题一转，开始讲她初中努力学习的奋斗历程，向大家介绍学习经验。

“那时候，老师挺喜欢我的，有什么事儿都交给我去办。老师经常表扬我办事能力挺强的，可又都觉得有些遗憾，因为我学习成绩不好。我自己心里也挺难受的，暗下决心，一定要努力学习，为自己争口气。那时也没什么辅导书，我就跟高年级的学生借她们用过的习题本来抄。我订了一个大厚本，一张纸中间画一条线，抄两道题。经常一抄就是一个晚上，因为第二天得还人家呀。我利用所有时间做题。那个本就摆在我桌上，随时有时间随时做。当时我们家还不错，给我买了一块闹表。晚上我靠在床上做题，实在太困了就定好表，睡个15分钟左右，起来再接着写。有时候累得不行了，表铃响了也听不见，靠着床睡一晚上。学习这东西，不是立刻见效的事，得用慢火慢慢来炖。比如有的同学说我这一周或者我这一个月都挺努力的呀，为什么成绩没上来。学习不是你想的那么简单，努力一下就好了。我初二整整学了一年也没觉得提高多少，初三的时候突然一下就觉得自己前进了一大步。学到一定的程度，自然就上去了。当时期末考试，我考了个全班第二，班里没人相信，都说我是抄的，让我特伤心。不过时间一长，大家就知道那是我的真实水平。”

英语老师歇口气，喝了口水，接着雷，“中考我就考上了我们那儿的Number one学校。上了高一以后，我就不熬夜了。那时候我住校，晚上看他们打手电学习我觉得特奇怪，我到点就睡。课间人家都学习，就我到处瞎溜达，人家都瞧不起我。不过那时候我已经有自己的一套学习方法了。上课我特别注意听讲，因为课堂很重要。下课我要是不起来走走，活动活动，就觉得脑子受不了。当时我们班上有一个女生不爱学习，成天玩儿，我们俩还成了好朋友。我们班同学都不理解我。第一次期中考试以后，他们就不再看不起我了，那次我考了……”

“第一！”君子插嘴。

“不是，是第三，前两名都是男生。然后我就一步步走过来了。我现在再回头来看，我觉得我做得最正确的一件事，就是初二那一年的努力。所以我想说什么呢，学习一定要持久……”

月季觉得英语老师的话很有道理，那一个月里她也是这么艰辛地走过来的。人需要一个奋斗和改变自己的过程，没有这个过程就永远体验不了达到一种学习状态的快感。

中午休息时间。

班里闹哄哄的，一群人围着数学科代表抢考试卷子。发卷子的时刻是最紧张而又最富有刺激性的，犹如飞出去一把把利刃，直刺每个人内心最敏感的隐私，尤其是数学。

前一天刚考过的代数测验今天就发下来了，赉老师的判卷速度超导。

月季利用身体的优势率先抢到自己的卷子，迫不及待地查看分数。她难以置信地张大了嘴，卷面右上角那鲜红的45分，像一柄锋利的剑刺中她的心脏。怎么会是这样？她急忙返回身去查询银杏的分数。在她心目中，银杏就是一道标志，是一个她将要追赶的目标，她只想跟银杏比。银杏95分！她顿时蒙了。足足50分啊！如此大的差距简直就是自尊崩塌，无地自容。

懵懵懂懂中，月季听到白兰懊悔地嚷嚷：“我怎么又没及格？差10分就及格了耶。”

一种濒临绝望的感觉像一只无影手掐住了月季的脖子。半晌，她才回过神来，好想痛痛快快地大哭一场。她在心里一遍又一遍地呼喊：“我居然没有白兰高！我居然没有白兰高！我完了！这下我完了！”她跌坐在椅子上，这绝对不是发挥失误，她知道这是她目前的真实水平。

月季突然有一股极其强烈的冲动，她想冲出这座“牢笼”，她觉得再呆在里面马上就会崩溃。

一张20分的试卷被递到石榴的书桌上。石榴看了眼递卷子的人，天啊，竟然是木槿！他会怎么想我？会看不起我吗？一定会的。石榴懊恼地想。她把卷子折了又折，压缩成一个小方块，也好似在折叠着自己的心，压在了书包的最底层。

放学。月季第一个冲出教室，奔回宿舍。她迅速从柜子里取出手机，拨通了妈妈的电话："喂，妈！呜呜呜……我考砸了……呜呜呜……我不管，我要转学！呜……这地方我待不下去了！呜……"

妈妈在电话另一头慌了，"月月呀，你别哭，妈妈想想办法啊！"

"呜……你少说废话，你能有什么办法？呜……45分！你知道吗？45分！呜……我就要走！""好好好，你别急，妈妈帮你想办法。你看这样行不行，你呀，再努力一个月，咱们试试看，好不好？要是到时候你还觉得吃力，咱们就走。你这样，妈妈更急。"妈妈的声音带了哭腔。

"好吧……，就一个月。呜……我可不想在这儿活受罪。"月季勉强答应再试一个月。

月季妈妈立刻给班主任筱老师打了电话，说了月季的情况和转学的准备。

筱老师表示同意，她说也许转换个环境对孩子更好一些。

月季妈托人在学校里找了一位退休老教师，让月季每天晚上去那里补习数学，为她提供一个安静和有效的环境。老师是特级数学教师，是辅导历届高考学生的权威。人看上去挺慈祥的，却带有一股令人敬畏的威严。

月季去老师家，先是穿了一件黑色风衣，感觉有点像黑社会的大姐大。她走到半路，想想不合适，怕老师不喜欢，便又撤回宿舍，换了一件蓝色外套。月季每天到老教师家去补习，老师给她讲各种题型，但更重要的是讲方法，告诉她不求多做题，但求领悟好。于是，月季做每道题都很用心。做完之后回头再看看，捋一遍思路。这种方法果然奏效，做过的题型不自觉地印在脑子里，以后遇到这类题，自然就有了思路。题做多了，居然能够做到下笔如有神的地步。

三个月后的数学测验，月季得了87分，跟银杏的差距只有几分。她捧着卷子，激动得又喊又跳。她想，别人不会了解她成功的不易。所谓一分耕耘，一分收获，全世界呼啦一下子又变得灿烂起来。她暗自庆幸自己没有因一时冲动而转学，大好的前程差之毫厘毁于轻率。未来还等着她去铸写辉煌呢，大好的青春机遇怎么可以轻言放弃呢。而且，她跟偶像目标——银杏的距离缩小了一大步。

第五章
同达中学——仨字儿

君子的贫嘴越来越让锦乔觉得反感。他总是在别人谈话时插嘴，或时不时说些自我感觉良好的话，得意的一脸傻笑明摆着欠扁。

锦乔对此一向投给君子一个八卦白眼，以泄不满。

为此，君子总会报复性地拿走锦乔书桌上的一件东西，示威性地说："不服呀？"

开始锦乔还跟他理论，到后来实在懒得理他。而君子总会在3分钟之内将东西乖乖地完璧归赵。

后来君子将锦乔的白眼分门别类：第一个白眼表示不满；拿东西时的白眼表示觉得无聊；还东西时的白眼表示对他的不屑。君子想：我凭什么受这种下等公民待遇呀？他像受到天大的侮辱般向锦乔嚷道："小心你的眼睛全变成白眼仁。"

锦乔的回应依旧是一记狠狠的卫生球眼。

也不知为什么，君子偏说锦乔的脸白一块、红一块的，并由此给她起了个外号：白薯。起就起吧，他还四处宣传，弄得人尽皆知。

锦乔恨不得一下子掐死君子。

君子见锦乔生气，愈发得意和嚣张，甚至还编配了一首广告歌：白薯，白薯，用锅蒸来一缕缕香……

锦乔盯着君子一身一脸的肥肉，心想：猪头，别得意得太早。

老天公平，君子很快得到报应。因君子的毛病太多，纪律太差，令班主任反感加深，于是动用王牌——请家长。正巧君子爸出差刚回家，被宣进学校。父子俩同时在教师办公室接受教育，君子爸面子受到重创，好不容易熬出办公室，拎着儿子的衣领子就是一顿暴训。其实君子的父母平时管理孩子还算严格，他小时候犯了错，常常享受男女混合双打的待遇。只是父母的工作越来越忙，由开始隔三差五的出差演变成常年有家难归，只好把唯一的儿子交给姥姥管理。姥姥心软，见不得外孙受苦，女儿女婿走了，她倒是挺为外孙高兴，心想这孩子总算熬出了头，管得太严也不好。报纸上的一篇报道给她印象极深，一个女孩子的妈妈对孩子管教过严，从不给她课余活动时间，女孩子说，她度过的最快乐时光就是课间和同学们说笑。最后，女孩子承受不住巨大的压力，在收到大学录取通知书的前一天晚上跳楼自杀。这个悲剧令姥姥心惊肉跳。一个有大好前程的孩子就这样给毁了。因此，她更加宠爱外孙，对他从没有过多要求，生怕压抑了他个性的发展。姥姥还怕外孙学习太累导致营养不良，经常炖排骨、炖鸡汤喂他，麦当劳、肯德基管够，直吃得君子的脂肪堆积如山，精力旺盛得学习上有富裕，便磨嘴皮子闲磕牙消耗热量，绝对的食多生赘，赘生万恶。

君子爸教训他，被打水路过的锦乔听得一清二楚。眼见君子那双小鼠眼不安地向四周乱瞟，生怕被别人发现的窘迫相，锦乔边走边暗自窃笑，有一种复仇的快感。

走廊里人来人往，一向爱跟君子作对的苏铁见到此情此景，如同中了头彩，立即兴奋地跑回班里向众人宣布这条振奋人心的特大新闻，竟然引出半个班的人跑出来看热闹，还招惹来外班的众人围观，那阵势活像在动物园看耍猴。君子的脸红一阵，白一阵，哀求地望着老爸，希望他能手下留情，给自己留点颜面。可是，君子爸不知是没察觉还是气昏了头，继续大嗓门地训斥儿子，就差动手扁他了。

从那以后，锦乔更不把君子放在眼里，对于他的一言一行视如人渣，并有意疏远他。

一次下数学课，锦乔伸了个懒腰，让高度紧张的神经放松一下。没办法，赉老师有勇有谋，总是软硬兼施，让人吃不消。一堂课下来，比其他老师上两堂课都累。她看了眼旁边的君子，这阵子这家伙消停多了，一向贫嘴的毛病也收敛了不少。此刻，他正捧着一本几何书在刻苦钻研，颇有浪子回头金不换的浴火重生感。

君子感受到了锦乔的目光，皱了下眉头，似乎对她的无所事事心存不悦，便以过来人老大自居的口吻说："你得刻苦啊，不然怎么跟得上呢？"其声其味倒像是从赉老师的音频里调出来的。

锦乔颇感意外，但她就见不得君子那副装腔做事的德行，于是酸溜溜地回应一句“那我得拜你为师了!”

这回，是君子冲锦乔翻白眼了。

生物课前，苏铁眯缝着一双绿豆眼伏案“记账”。这老兄嗜钱如命，凡是能赚钱的机会均如馋猫遇见老鼠。他爸妈都是军人，按照军人的风格和遗传，生出的儿子本应该像五四青年一样正义凛然，热血爱国。可事与愿违，生出的儿子身体各部位发展极欠均衡，头大，屁股更大，类似于超长规崛起的经济特区；唯独眼睛落后于发展平均水平，属两地长期贫困户。而关键中的关键，是这小子长大后逐渐发展为以自我为中心，深谙经商之道，并且擅长模仿电视里的各种广告词，无论老少雌雄，人声鬼叫，终日不绝于耳：“朵耳胶囊，以内养外，补血养颜。”“蚁力神——谁用谁知道!”“恒 源 祥……羊！羊！羊!”……

君子为此专门给苏铁设计了一句广告语：“苏铁苏铁，假冒伪劣!”

此刻，苏铁正忙着进行成本核算，计算着这几日来的账面收支状况。低价买入各种学习用品，再高价卖出，对于他早已不是什么新鲜的把戏。而将自己看过的光盘以低于市场价格再转卖给其他同学，自己几乎赚一白看，则纯属“苏式”发明创造。如此这般，他每月纯收入都足以购买一双耐克运动鞋，囊中从未羞涩过。

上课了，苏铁意犹未尽，仍陶醉在比尔·盖茨式的财富膨胀梦想中。

跟以往的生物课一样，生物老师只在黑板写上几个点龙画睛斗大的字，便东拉一句，西扯一句地侃起了大山。有些话讲到一半就拐弯跑题，学生再问却拒绝回答，说明已经讲过了，要求学生们全部记笔记，下课收。

同学们一开始还能跟着老师的凌乱思维奋笔疾书，涂到后来首尾不能相接时，便纷纷投笔扼腕，仰天长叹，最后索性集体聊天，课堂一时间竟成自由市场。

此时苏铁粗短的手指正飞快地在计算器上敲打着，有节奏地发出“啪嗒、啪嗒”的音响，满脸犹太人的精明相。

生物老师经几次提醒无效后，肝火旺盛，丢下粉笔，一腔愤怒，“我辛辛苦苦从事教育事业几十年，还从来没见过像你们这样不听话的学生。你们有这么好的学习条件，居然还不争气，你们对得起我吗？对得起‘同达中学’这仨字儿吗？”

“老师，同达中学是四个字。”君子一边说，一边扳着手指头数。他最近对外国文学很痴迷，对外国人的遣词造句颇有研究，习惯了“我本来想……但是……”的转折式委婉的否定方式。他嘴一撇，补充道：“我本来想不说的，但我不得不说。”

全班瞬间的凝固，然后是土崩瓦解般的“哄”笑，放肆得一泻千里。

正在慷慨激昂的生物老师一下被咽在那里，直愣愣地瞪着君子，嘴唇翕动，气得说不出话，纷乱的头发旁生枝节，预示她排山倒海般的满腔怒火。

君子看到了，手掌往前一推，作出一个拒绝接受的手势，又抖出一句外国色彩浓郁的话：“老师，请务必维护您的形象。”

生物老师酝酿在嗓子眼的话被生生地硬挤了回去，颤抖着手臂发出单音节：“你……你……你……”，表情如同撞见了活鬼。

君子终于意识到自己做错了什么，微微收手，表现出一副讨好的姿态，要收回的手慢慢向外画，在空中画出一个半圆，最后画到耳边，手心朝外行了个标准的军礼，说：“老师，对不起！”想想还不够，接着又说：“初来乍到，请您多多包涵！”

生物课简直变成了君子的表演课。

生物老师用颤抖的手指着君子，“你……你……你太不像话了！”随即一只手重重地拍在讲台上，震得几只粉笔窜上跳下，激起一片粉尘弥漫。

“我……我找你们班主任去！”生物老师说完，夹着课本怒气冲冲地落荒而走。

苏铁说：“君子，这下你麻烦大了。”

君子一脸无辜，“我没说错呀，‘同达中学’就四个字呀。”

下课以后，君子被班主任筱老师叫到办公室狠狠剋了一顿。

在众目睽睽之下，君子蔫头耷拉脑地回到自己的座位上。

苏铁问君子感受如何?

君子梗着脖子没好气地脱口而出:“同达中学——仨字儿!”

第六章

丢钱风波

宿舍。水仙宣布她丢失了50块钱。

月季听了立刻说："丢50块钱算什么。前两天我丢了100块钱，连找都没找。宿舍人这么多，这么乱，丢了钱哪儿找去呀!"

水仙经月季这么一说，再不好意思多说什么。

结果没过两天，月季为自己那番大话西游付出了代价。

月季丢了100块钱。

月季审讯似的挨个问宿舍里的人：谁看见没有?

白兰说："我看见地上有100块钱，当时屋里没人，我也不知道是谁的，就捡起来放桌子上了。"

月季一听就火了，气急败坏地叫道："可不是你自己的钱了，谁让你放桌子上的?你到底把不把别人的钱当钱看啊?你以为我爸妈挣钱容易呀?就让你们这么糟蹋啊!"

一句"你们"，将全宿舍的人都变成她的攻击目标。白兰最惨，简直就是一"靶心"。

下午放学后，月季施展出她的游泳绝技，率先飞回宿舍，开始翻箱倒柜地寻找丢失的那100块钱。中午大家离开宿舍时没关窗，外面风大，月季怀疑钱有可能被风吹到某个角落里，便找来一根长竹竿，趴在床下四处划拉，弄得自己蓬头垢面，俨然一丐帮弟子。

找来找去，月季无意中发现锦乔的柜门不但没锁，还敞开着一道缝。钱会不会被风吹进这柜子里呢?月季心里想着，毫不犹豫地打开了锦乔的柜子。

无巧不成书。恰在这时，宿舍门被推开，鸟不宿抱着几本书飘进来。当两个人的目光对接的一瞬间，站立者撞击出的是警觉，跪地寻财者收获的是些许的尴尬。

鸟不宿一向正直得眼睛里容不得任何沙子，她用怀疑的眼神探询地盯着月季，质问道："你……干嘛呢?"

月季没好气地说："找钱呢！"

鸟不宿正色道；"那你也不能偷锦乔的东西呀！"

月季气得脸色煞白，厉声吼道："谁偷东西了？你说话小心点！"

鸟不宿毫不示弱，"你没偷东西为什么随便乱翻锦乔的柜子？"

月季觉得受到莫大的侮辱，强烈的自尊心促使她一下子跳起来，狠狠地推了鸟不宿一把，"你别在这儿给我犯贱！"

同学们都已陆续回到宿舍，看到月季对鸟不宿施威，大家心里都忿忿不平，一边将俩人拉开，一边相互劝说。

水仙冷眼看着这一切，似乎对月季的这种行为早已习以为常。

锦乔是感动的，为鸟不宿的仗义执言。可是碍于对月季的淫威和无奈，只能息事宁人地说："没事，没事，都别吵了！"

鸟不宿低头不语。突然，她甩了下头，迅速从盆架上操起脸盆冲出门外。

锦乔立刻追了出去。

月季也觉得自己理亏，坐在椅子上不说话。

水仙实在憋不住，公平地说道："鸟不宿也没做错什么呀！"

月季犹如一辆散架的战车，嗫嚅着说："其实，我刚才……也不是故意的……"泪水蒙上眼，啪嗒啪嗒往下掉，最后竟演变成"哇哇"大哭。

水仙见状，缓和地说："行了，行了，别哭了，鸟不宿可能也没当真。"

水房里。鸟不宿用热毛巾敷着眼睛，双肩不停地微微抖动。锦乔抚着她的肩，不停地劝道："你别生气了，啊！月季就是那脾气。唉，都怪我，我应该把柜子锁好。"

鸟不宿抬起头，坚强地说："我没生气！"然后跟锦乔一起回房间。

月季见到鸟不宿，先是沉默了一会儿，然后犹犹豫豫地站起来，走到鸟不宿前，拉起她的手说："刚才是我错了，抱歉！"

鸟不宿看了月季一眼，目光柔和了许多，说："你呀，我跟你生不起气！"

在双方绽露的笑容里，锦乔知道丢钱风波终于结束了。

鸟不宿骨瘦如柴，属于干吃不胖的品种，时常大鱼大肉地享用美食，不设防线。麦当劳内的刺激性食物经常作为饭前或课后补充，不过汉堡、鸡翅里的高热量、卡路里似乎不近她身。她皮肤一黑到底，眼睛小得眯成一条线。她喜欢将自己瘦小的身躯包裹在大号宽松的校服里，四处透风，穿出一种风骨。时下追逐潮流的学生皆是如此，不屑于合身的服装，似乎躁动的身体只有在过大的校服里才能发挥能量，伸展拳脚，暗地里挥洒着汹涌的个性，有种欲盖弥彰的意味。盛夏时节仍不改装束，浑身上下捂得越是严实，便越发的自信。

鸟不宿的自信竟招引来一批徘徊于校园的另类人士，而她换男友的速度以周为单位，战果辉煌。

刚开学，鸟不宿和黄杨分到同桌。黄杨也是一黑黑瘦瘦，神韵上跟鸟不宿有几分相似，喜欢在脖子上带条金链子，上面系些不切实际的梦想，终日沉浸在自我世界里，并时常编造一些以自我为主人公的黑帮片段，拿出来跟全班分享。没人知道他的父母是做什么的，他的身世被自己人为笼罩上一团乌烟瘴气的迷雾。黄杨还热衷于讲述各种冷笑话，比如：苹果走着走着，哭了。再比如，一头公鹿跑得很快，跑着跑着就成了“高速公路”，诸如此类。结果往往是自娱自乐。

大家只知道黄杨是凭走后门进的这所万众瞩目的超级明星学校。开始时他自诩是以实力派的分数上来的，根红苗正，尤其擅长数学，爆出一个近乎满分的分数，引来不少艳羡的目光。没承想只三两个回合，他的真实水平就曝了光。重点中学的测验如同家常便饭，作为课后插曲，时时上演。发卷子公布成绩的时刻大家便激动地一哄而上，急着抢自己的卷子，也急于偷瞄他人的分数，暗地里做比拼，而胜者就自然成为班中耀眼的明星。黄杨的卷子上醒目的红色不及格分数连续几次刺入众人的眼，一阵惊讶过后，大家也就心照不宣了。

黄杨和鸟不宿颇为投缘。前者向来表现得放荡不羁，把潇洒当作风流的态度，视听话为丢人的勾当。而后者对此视而不见，自有一套应对手段。一周后，轮到鸟不宿做值日，她已趋毫不在乎地

“挥挥手，不带走一片云彩”的境界，在黄杨的桌上留张便条，上书：黄杨：帮我把值日做了，谢了！

又一日，黄杨讨好似的对鸟不宿说：“我知道你最近手头紧张，我的钱就先不用还了。”

鸟不宿听了，微点个头，不做过多表示，面部表情的一抽一合恰到好处，一看便是个中老手。如今许多聪明的女孩皆如此，不漂亮，但却孤芳自赏，并以此自信且心安理得地享受作为“美女”应有的待遇和种种好处。抱着游戏人生的态度，拉出一副傲视群雄的架势，广泛撒网，恰能捕到小鱼三两只。

黄杨对于学科的态度，除了发卷子时的些微羞恼外，全然不放在心上。为在同学当中树立威信，自然要找到其他办法武装自己，比如那些故事和笑话，像在锅里炒豆子，翻来覆去地蹦跶着，永远活跃而赋有生命力，只是缺乏听众。

为排遣内心的苦闷，黄杨选择用文字寄托愁绪。文字这东西如今信手拈来，不管写好写坏都能称之为“文学”，听上去像那么回事，很能给人心理安慰。

鸟不宿表面上看似特立独行，不会自己苦恼，只会让别人苦恼，没想到也有些难言之隐，赋之于文字之上。也许是情绪隐藏太深，酝酿得颇为成熟，厚积薄发，水平高出常人一大截。

黄杨和鸟不宿交流一番，发现俩人在这方面完全可以称兄道弟，有偶遇知音之感，一拍即合，迅速成为“笔友”。鸟不宿拿来一个精致的本子，光看封面图案就很有写作意境，空林幽竹，不乏韵味。于是两个人有模有样地动笔开写，写的都是一些风花雪月，少年不识愁滋味的小病小痛。写出的文章好似把自己置身于真空假想的世界里自由翱翔，尽是朦胧、诗意而互相没有联系的句子的堆砌，和现实脱节，一看便是当代青少年酒足饭饱后的产物，误把创作的冲动当成创作的灵感，没什么实质内容。

继鸟不宿、黄杨之后，又陆续有一两个人加入这个“非正式文学小组”，皆为二人死党，大都抱有相同的文学狂热。不论课上课下，谁若灵感乍现，立时进入无人之境，奋笔疾书，之后激越地把负载文人般超脱灵魂的本子在班里传来传去，仅供内部人员交流评阅，好似暗号。

几个人还不时聚在一起，大话文学，抚着一页页印满文字的纸张，很有成就感，甚至有结集出版的打算。不过只能拿来想想，谈得深入了，自己也察觉登不上大雅之堂。

不久后，班里举行了一场作文朗诵比赛，鸟不宿朗读了一篇自创诗歌，据她自己说创作动机是来源于一些自我思考，之后又遇到些事情，两个结合的结果，听起来颇为晦涩，结果荣获“最有深度奖”。鸟不宿对此志得意满，像是庄稼汉辛苦一年过后喜看丰收，终究有了回报。

黄、鸟二人不仅谈论文学时可以打壶酒对酌，在弹钢琴方面亦能制造共同话题。这一代的青少年跟父辈不同，小时候没受过苦，一路幸福成长起来，到处是搭好的桥，铺好的路，父母急欲将自己成长中的缺失全都填补到孩子身上。对于数理化等重要学科，高标准、严要求自是不在话下，不是古训有云：学好数理化，走遍天下都不怕。就像数学里的等量公式，等号的左边是分数，右边就是前途。而那些位列“旁门左道”的钢琴、舞蹈、黑管、笛子也不能忽视。既能陶冶情操，又极有可能是升学、加分的有力后备支柱，何乐而不为呢？上一代的人是在泥地里滚大的，而这一代人是从教室里考大的。求学之路往往从三四岁就开始了，选择一种乐器，一路猛学下去，考个八九级证书，直到学业的负担洪水般涌来，直到再吹不出几个音符，再弹不出几首曲子。曾经的勤学苦练都只为一张证书做准备，都只为加分做准备。

现如今高考加分逐步走向大众化，能加分的人越来越多，而加分的若干选择项中只能选择一项，不可重复加分。最高级的加分形式当属市三好学生，这种分加得硬气，分数归根结底是对学习水平的测试。其次是各类特长生，琴棋书画，各显其能。最普通的是对少数民族和港澳侨胞的加分，也是最让人恨得牙痒痒的一类。拿出身定分数，在高考的起点定出两个等级，也许就因为这十分将来就分属两个阶级。这种“天上掉馅饼”的好事存在于“高考”这一公平的选拔制度中，等于是用学生的“命根”替国家政治服务了——团结各族人民，团结一切可以团结的力量。

当下有种时髦说法，称不加分、不走后门，单凭分数参加高考的人为“裸考者”，是单纯走考试路线的人，同时也是输在起跑线上的人。各路家长尽显神通，使出浑身解数让自己的孩子脱离“裸考”的命运。有远见的从娃娃抓起，成就了一批特长生；有出身的从民族问题入手，父母双方都是少数民族自不必说，孩子生来是加分的命；父母有一方是少数民族的，顺着少数民族一方的便利，捡个便宜。另有依靠权力、地位的，走走关系，来个“高考移民”什么的，或是在高考前夕把出身强行更改。锦乔以前就听一个经历过高考的姐姐说过，班里原来都是一些“普通公民”，一到高考居然冒出几个前所未闻的港澳侨胞。而个别人为了让大众适应自己的新身份，连说话也模仿港剧里的明星，嗲声嗲气了起来。

乌不宿、黄杨的父母当初也是抱着这样的目的让孩子学钢琴的。可是这两人生性叛逆，非要生活在逆行线上，显得与众不同。钢琴一路学下来，越学越有兴趣，考到了九级证书，丝毫不顾学业的压力，继续深造，喜欢整天不出门，把自己锁在屋里，坐在凌乱的屋里闷头创作，不时随意往地上抛掷不对路的乐谱，感觉很有艺术家的气派。别人买音乐碟都买些流行歌曲，这个偶像派，那个实力派，黄杨买回一堆，往课桌上一扔。众人上前一翻，尽是些肖邦、贝多芬，大惑，感觉浪费了钱财。这年头谁还听这些？比过气的明星还要过气。黄杨鼻孔朝天一扬，不无得意地说：“你们懂什么，这就叫艺术。”

学校要求各班自编班歌，筱老师把这个任务交给乌不宿。

开班会的时候，筱老师说：“我们班的班歌由乌不宿负责，她自己谱曲填词。”说罢，底下“哇”声连片，恰似蛤蟆方阵集体亮相。文章写得好，钢琴弹得也好，真乃才女也。

乌不宿不动声色，暗中享受虚荣感，快马加鞭地连夜创作，歌曲写好后满心欢喜又装作若无其事地交给筱老师检验。

筱老师认真听了听，感觉曲子太柔美，没半点昂扬的调子，倒像是靡靡之音，不适合做班歌。

乌不宿暗气在心，懂什么，这才叫艺术。本来就只顾自己的她自此对班级事物更是提不起半点兴趣。之后不知是谁开始传的话：

鸟不宿写的歌虽然没当班歌，但是很好听的，只是不符合大政方针。而大政方针和学生的关系就好比针尖对麦芒。传来传去，鸟不宿倒像是不得志的怀才不遇青年，还懂得适时地隐藏忧郁，因此便愈发具有神秘感了。

第七章
无颜见江东父老了

阳光烤得人暖暖的，再加上两节连堂的语文课，火力之大不容小觑。老师的声音变得越来越模糊，越来越飘渺，好似一车翻入大海的黏土，在海浪的浸蚀与撞击下，一点点分裂，瓦解，变得支离破碎，最后消失。此时此刻，老师的声音对君子就产生了这种效果。君子一手托腮，硕大的头颅上下晃动，令人不由自主地想起一个词：四大皆空。终于，腕力疲劳，小于头的重力，支撑脆败，他的头猛地戳到桌子上，发出“咚”一声震响，很有些气势，震波缓缓在教室里荡漾……

君子摇了摇脑袋，摸摸被这意外之祸撞疼的额头，只觉得撞了霉运。抬望眼，只见同桌正在奋笔疾书。他把饱受创伤的脑袋凑过去，问：“写什么呢？”

锦乔头不抬眼不斜视地说：“老师让写作文，下课就得交，你赶紧写吧。要求在黑板上，自己看。”

君子望了眼黑板，唏嘘不已。又是这个鬼题目：最难忘的事。从开始写作文就写这个题目，一直写到了现在。光是捡钱包、让座就写了好几遍。人在一天天长大，文章也必然应该跟着成熟起来才对。刚开始写捡钱包，不是捡到一毛、两毛，就是捡到一块、两块，后来一捡就是几百，甚至上千，好像遍地都是钱。记不清是从哪本书上看到这样一则笑话：外国孩子说他长大要去中国。爸爸问孩子为什么？他说中国遍地是黄金，因为很多中国孩子写作文都能捡到钱。写让座，从被让座人的感激一步步写到感动全车，一派豪侠风范。实在没什么可写的了。地球中国人都知道，学生的主要任务是学习和考试，在这种铁律下，脑袋光是背公式、背定义都不够用，哪有那么多空间储存什么难忘和感动的事儿。每天忙于上学，忙于穿梭车水马龙，忙于写作业，偶尔能睡上 7 小时便是上天的恩赐了。没一点看课外书的时间，了解人文知识的时间。一碰到写作文，感觉满脑子都是荒漠，只有一小块儿共有的绿洲，大家当然义不容辞地奔向那里，所以难免出现作文雷同的普遍现象。相同的题目一写再写，仅存的可怜一点绿洲也正在被荒漠逐渐蚕食而萎缩着。

君子绞尽脑汁，搜肠刮肚，硬是从所剩无几的想象空间里生编硬拉出一件无聊透顶的故事来。

下课铃声响了。

“时间到了。写完的同学交上来。没写完的再延长 2 分钟。”语文老师给出最后宽限。

君子本来打瞌睡就占用了一些时间，眼看来不及了，索性草草收笔。连自己都不忍心看，就交了上去。心想这次又折了，用眼下时尚的回忆抗战年代叫法是“沦陷”。

过几天语文老师讲评作文，非常困惑地说：“我觉得咱们同学家里大多挺富裕的，没有汽车最起码也有自行车吧。怎么很多人都写自己生病了，父母背着去医院呀？干嘛非得背着呀？”

君子不屑地撇撇嘴，心想这题材真俗，幸亏自己没那么写。

作文发下来，君子却笑不出来了。老师的评语是：句意多处不连贯，还应仔细推敲。虎头蛇尾，下次注意！作文满分 40 分，君子只得了 28 分，光卷面就扣了 5 分。君子把卷子往脸上一盖，悲叹：“无颜见江东父老了！”

锦乔开始下决心写日记了。有句话说“无志之人常立志”，她基本属于这类人的代表。爸爸从小学到中学也不知督促过多少遍让她养成写日记的习惯，并谓之曰：受益无穷！用苦口婆心、磨破嘴皮、听出茧子来形容皆不为过。然而事实胜于雄辩，锦乔的日记本仍处于引凤筑巢设想阶段。呼啦啦满书包书橱的横格竖格本里唯独不见日记本的尊影，理由令一切打算发展孩子个性特长的家长止步：没时间。据妈妈讲，小时候锦乔还是很能坐住板凳的，且定力颇深，学习书法、绘画一坐就是半天，大有未来坐（作）家之风。不像现在学习枯燥无比的数理化，没一会儿就坐不住腚，腻了，烦了，头大了，就想离开座位走一走，渴望呼吸新鲜空气，渴望看几眼电视连续剧，渴望换换脑子……现在想想都不禁为小时候的自己感动。

那都是过去的事情了，还提它干什么。锦乔的坐功伴随年龄的增长而逐渐呈一路走熊之势，颇似目前的中国股市。

这一次，锦乔立下勃勃雄心，准备遵父之命写日记，确立新的起点。为给自己增加一点压力和动力，她把这个决定向全宿舍的人宣布，希望能够得到监督。

宿舍全体人员表示理解并赞同。月季表现最积极，她也想写日记，还要跟锦乔一起去买日记本。

于是，俩人兴致勃勃地去商店买本。她们俩还是第一次结伴逛街，除了新鲜之外，多多少少感觉有点儿别扭。

月季口口声声说要买最贵的，招惹得几个店员频频向她抛媚眼，心想又来了一小富姐，足可以美美地宰她一小刀。可是月季转来转去，最终却买了一本最便宜的。结果，她几乎是被失望和不受欢迎的眼神赶出了商店。

一周过去。

两周过去。

锦乔在坚持写日记，不过形同炼狱，写来写去倒像是在痛苦地应付差事，越写越缺少时间、思路和激情，且时有漏记和忘记的事件发生。没辙，在应试教育一统江山的夹缝中生存，犹如鱼儿在缺氧的水里呼吸与挣扎，痛并绝望着，死亡时时刻刻在霍霍磨刀。

写日记不应该是这样的，状态不对。锦乔心知肚明，只是无力回天。

课间，锦乔去卫生间方便回来，发现君子正在翻看自己的日记，不禁勃然大怒，“你干什么呢?”她大声质问，吓得君子一抖擞，赶紧丢下日记本，一边还没忘做了一个鬼脸。

锦乔被别人偷窥隐私，脸气得涨红，眼露杀气。

君子理亏气短，连忙摘清责任，指着月季说：“是她让我看的!”

锦乔惊讶地看着月季，有一种被叛徒出卖的羞辱感。

月季初次在锦乔面前显得矮了一截，顿时气急败坏地冲君子嚷：“你有病啊！我什么时候让你偷看锦乔的日记了?”

君子辩解道：“你指着锦乔的本问我，说你知道那是什么吗？是日记本。我好奇就看了。”

"日记怎么了？我让你看了么？"月季狡辩。

锦乔知道月季是故意的，可是跟这种人又没办法讲理，唯一能做的就是抓住君子这个祸精，将平时对这两个人的怨恨全部发泄到他肥得发腻的身上，狠狠地瞪着他骂："没有道德的小丑！"

君子自认倒霉。

月季却洋洋得意。

锦乔从此再也不把日记本带到班里。

第八章

比“孟母搬家”还用心良苦

乱哄哄的政治课。

政治老师正在讲解《社会主义的发展》。

苏铁百年难得一见地打开政治书，正好翻到有马克思和恩格斯合照那一页，恍然大悟道：“天哪，恩格斯居然是男的！”

“你以为呢？”同桌菖蒲不屑于齿。

“我一直以为恩格斯是马克思的老婆呢！”苏铁天真无邪地说。

“白痴！”菖蒲恨不能将苏铁当草嚼。

苏铁和菖蒲是一对不折不扣的冤家，正应了那句不是冤家不聚头的老话。

苏铁属于那种典型的狗眼看人低的市井小人，他歧视长相困难的人，当然忽略自身那副尊容。而菖蒲恰好猎入他的攻击范围。

菖蒲人高马大，往哪儿一站都是一道奇观。她具有壮实的体形，黝黑的肌肤，40号码的一双大脚。菖蒲的鼻子很有特点，鼻梁骨向外突出，在中间错开，犹如险峻的山峰，使她的脸看起来错落有致，极富立体感。不大雅观的是她最近戴的那副牙套，为此两排大牙常常流露在外，尽显锐利而刺目。她身上具有蒙汉混血遗传，喜欢小饰物，对流行音乐、影星之类的着迷。这些本来属于女孩子专利的习性安在她身上总觉得哪儿不大对劲，别别扭扭的。

苏铁抓住菖蒲的这些特点当作笑料，闲时拿来自娱，为此还常常神经似的趴在桌上跟哭一般狂笑不止。

语文课上，当老师讲到蒙古族人能歌善舞时，苏铁脱口而出：“菖蒲能歌善舞！”说完又笑。

菖蒲愤然，自此俩人结怨。

菖蒲不适合剧烈运动。她天生个大，本来她父母想让她往体育方面发展，可菖蒲跟体育无缘，三天一小病，五天一大病，空有骨架没内涵。她妈一开始以为空气不好，影响孩子发育，只好搬家。

可搬了家，菖蒲照样生病。

她妈妈归结到噪音太大，又开始搬家。

如此折腾几次，最后索性搬到医院附近，比“孟母搬家”还用心良苦。

菖蒲在药物的熏陶下渐渐长出实质，结实的块头有望一路赶超篮球巨人郑海霞。

她还记得最后那次出院的前一天，她硬是要求护士给她验完尿才走。她妈问她为什么？她说：“我跟这家医院这么熟，这里的人对我又这么好，要走了，不留点纪念怎么好意思。”

说起检验，菖蒲也曾经做过两次智商测验，可惜都没什么结果。数据存储在她妈妈的脑芯片里，不大方便告诉她，怕伤害其自尊心与自信心。

菖蒲从八岁开始脱离医院独立生存，以后只要一遇到像短跑这样的剧烈运动，就借故躲避，因为这绝对是她的弱项。

菖蒲的外表赋予她诸多传奇色彩。她如同侠肝义胆的女侠，走起路来像是能呼风唤雨。可是菖蒲没能很好地利用她的外形，媚俗在她虚有其表的幌子下无孔不入。她对时尚杂志、星座占卜之类的东西如痴如醉，经常跟几个志同道合的女生聚在一起研究，说到高兴处忘情欢呼。她不喜欢跑步，上体育课时经常跑着跑着就跑到厕所里去，宁可跟恶劣的气味呆在一起。如果有人想在厕所外堵她，半节课也休想得逞。她也有敏捷如猿之时，比如可以在课间十分钟飞速跑到校门口的报刊亭，再飞速跑回来，拿着封面印有周渝民彩照的杂志兴奋地尖叫：“哇噻，帅呆了！”

苏铁不满地狠狠剜了菖蒲一眼，低头继续翻弄政治书，期待能挖掘出新的知识点。

政治老师讲到价值，说过去铝很值钱，比金子价值还高。拿破仑二世开宴会时拿出一套铝制餐具，令在场所有的人都羡慕不已。现在不一样了，铝的提炼方法简易了几百倍，沦为很不值钱的破玩意儿。而且专家建议尽量少使用铝制餐具，因为吸收过多的铝元素会损伤人的智力乃至患上老年痴呆症。

菖蒲说：“要是把现在的铝锅、铝碗、铝盆什么的都拿到古代去倒卖，岂不是赚大了？”

白兰看一眼苏铁说：“苏铁听了怎么没反应？”

月季说：“人家苏铁看不上这样的小生意。”

苏铁恶狠狠地瞪了月季一眼。

课堂实在太吵，政治老师忍无可忍，自动放弃了说话的权利。其实她心里明白，只要保持沉默，学生们肯定心虚，教室就会安静下来。但她只要一张嘴，教室里立刻就会比菜市场还热闹。

果然，教室安静下来。

“别说了！”一个大嗓门突然亮起，在已经安静下来的教室，他的喊叫无疑是画蛇添足——多此一笔，倒像是成心起哄，招引来一阵稀稀落落的哄笑声。

毫无疑问，这是凌霄。这厮长得傻头傻脑，平时走路身子晃来晃去，脑袋也跟着摆，看上去就像脖子少根筋似的，行为举止看上去简直就是一赵本山原版的东北小品。他的耳朵长得也颇具个性，横着多长出来一截，走起路来呼呼生风，非猿即猴。有时，他说话有点儿口吃；有时，别人说点什么过头的话他也满不在乎；有时，同学都拿他寻开心，找乐子，还专门为他编撰了几个运用修辞语法的段子：

1. 凌霄踢球。　　　　（拟人句）

2. 凌霄像人一样踢球。（比喻句）

3. 凌霄——猴。　　　（重复句）

有时，凌霄表现出异乎寻常的大度，信奉沉默是金，对此种种恶行一概不予理睬。于是乎，一帮起哄者备受鼓舞。一时间，班里“猿”声四起，宛如动物园的猴山。

苏铁说：“应该请中央电视台的赵忠祥现场来做‘动物世界’解说，咱班有一只猴，还会说人话，多稀奇！凌霄，你要是上了电视，一准能大红大紫。”

“大红大紫？那不就是猴屁股吗！”凌霄对这种事一向反应灵敏，不禁自嘲道。

众人哄笑。

凌霄此刻的脸简直就是一标准的猴屁股了。

黄杨说："凌霄，前几天报纸上说动物园猴山有一母猴生了小猴崽，可惜小猴不幸早夭。工作人员想把死小猴拿走，母猴不让，人一接近就咬，到现在还拖着小死猴到处乱窜呢。你应该熟悉情况，给我们讲讲细节吧。"

"对呀，讲讲吧。"众人跟着起哄。

凌霄忍无可忍，握拳挥向众人，"我把你们这群丫挺的挨个报销。"

众人一哄而散。

如此戏重的一个人，今天当堂出彩，明摆着是在故意作秀。

政治老师把大家的哄笑当成是对她讲话的不屑与不敬，又急又气地把粉笔往讲台上一扔，说道："你们自己上自习吧，我不讲了。"此招她屡试不爽。

教室又重新陷入寂静。

片刻，团支书木槿请求道："老师，讲课吧。"

"我一讲你们就说话，还让我怎么讲？让你们自习你们也不干，究竟想怎样啊？"政治老师有些激动。"你们数学抓得紧，我也理解，数学老师也跟我说过，适当给你们通融通融，可是不能太过分吧？做什么事情都得有个度，对不对？"

没人说话。

"咱们这节课不讲书上的东西了，你们不爱听可能跟我自己不会讲课有关，我本来也不是个善于表达的人，当初也不知怎么阴差阳错就选择当老师了。"政治老师苦笑着自嘲。

"那就下海呗。"君子嘴快，瞎出主意。

"是想过，但是没那勇气，老怕保不住饭碗。"政治老师实话实说。

"咱们还是好好听老师讲课吧！"木槿尽职尽责地苦苦维持着大局。

"要不你们提提意见，看怎么能让每个人都参与进来。"政治老师被迫讲起民主与人权来。

其实谁的心里都很明白，无论政治老师怎么绞尽脑汁想改变教学方法，增强授课魅力，她的课也不会受到重视。现在的学校，无论是重点校还是普通校，均患了重理轻文病，政治课尤其是病中之重患，地位仅仅只是一个牌位而已。如果在数、理、化方面获得省、市的奖项，那么得奖的人自然会成为学校的焦点，学生们的偶像。但倘若在文科方面即使获得国际性的大奖，也不会受到学校的关注。世界就是这么如此不公。在学校的眼里，世界的发展似乎只靠逻辑思维强、专会演算大篇数字的人来推动。而那些灵气十足的文科学子们的所思所想，充其量不过是画饼充饥而已。

前几年大谈素质教育，到头来却还是千百年来传统的应试制度。正如数学赉老师所说，如果中考600满分，你只打了300分，到时候跟人家说我素质高，好学校就录取你了？天方夜谭。各大报刊媒体呼吁减负，减负的结果是原来课本上一些重要的知识点被删除了，可考试的时候照样考，学生不得不通过各种手段去获取这些知识，比原来更麻烦。太矛盾了！中国人习惯做自欺欺人的表面文章，在外人看来是教育改革，学生私底下却为这样的改革活受罪。

至于政治课，不被重视也有它特殊的原因，多年来，中考政治都不是主科，只在会考有被考到的几率。每年会考都从历史、政治任选一科进行考试，像这类的副科大家就图个及格，再加上是开卷考试，分几乎就是白送，学生自然而然地就把精力集中在数学上。初二开始有物理，初三有化学，都是中考的必考科目，实验班里有不少有心人已经提前预习了。俗话说“学好数理化，走遍天下都不怕”，“数理化是一家”。所以，数学从始至终的血统都是贵族，是其他学科的统领，号令天下。

沉默半晌，凌霄开口了：“老……老师，可以讲真话吗？”

“当然，要讲真话。”政治老师俨然一副党代表的化身。

“那好。”凌霄胆儿大得类似于57年直言进谏的右派，“其实，书上的东西太假，对我们没什么用，没人爱听。”

政治老师点点头，似乎表示赞同。

有人开了当头炮，其他人也跟着跳马拱卒，纷纷发表自己的意见。

凌霄还煞有介事地谈起了政治问题，引得旁人不屑地直撇嘴。

“凌霄是国家总理的料！”苏铁怪声怪气地起哄。

“当总理？太贬低人家了，人家怎么说也得混个国家主席呀。”黄杨在一旁煽情。

凌霄面红耳赤地冲他俩挥了挥拳头。

“我觉得政治课应该介绍各国的先进治国之道。”木槿说。

“没错。”黄杨一手搭在木槿肩上，一手拨弄着自认为帅呆了的发型，好像木槿的话就是他黄大爷的思想。

石榴看了木槿一眼，心悦诚服地扬起一抹少有的微笑。这一切被牵牛默默地看在眼里，略有所悟地笑了。

“木槿，你真有思想。”木槿一直是君子的崇拜偶像。在他眼里，木槿拉的屎都能卖出个好价钱。

“这有什么了不起呀，真能装。”月季小声嘀咕着，并成功地招引众人侧目。嘿！我到哪儿都是一焦点，没办法。月季喜滋滋地想，以最快的速度忘掉对木槿的不满。

刺耳的铃声响起，政治老师说：“好了，大家先休息一下吧，下节课可以继续讨论。”

从那次课以后，政治老师注意到处搜集资料，课上大讲一些国内外的新闻案例和故事，关注时事的同学也可以或多或少的参与其中，兴趣盎然，课堂纪律明显改善。

第九章
本来无雨对这种男生没兴趣

月季和无雨坐在麦当劳餐厅里聊大天。无雨特意挑了非就餐高峰的时间，想图个清静。可是她错了。麦当劳不愧是国际一流企业的顶级品牌，场面永远都是火爆热烈的，就好像全城的人都饿着肚子争先恐后涌进来吃免费餐似的，不到睡觉的点儿永远都是高峰。

据说国外餐厅里永远都是安安静静的，当然，意外发生斗殴和抢劫案除外。人家就餐讲究一个舒适和享受，在那种幽雅的环境下熏陶出来的人无法不绅士和淑女起来。一旦餐厅开到中国来，顿时就变了味道，乱哄哄的简直就像农贸市场，还美其名曰：中国人爱热闹，中国传统文化如此。似乎中国人一进饭店就闹土改，分房分地分粮食。

无雨临窗而坐，看外面熙熙攘攘的人群，莫名地忽然涌起一丝伤感。她曾经一度为自己的名字痴迷，痴迷到看见这座城市连续几个月不下雨甚至都在想：这兴许跟我有关。

无雨的名字很特别，认识她的人都这么说。

名字是她妈妈起的。妈妈学文，感性，对文学的热爱犹如蝶恋花，始终操守着那点自以为对文学坚贞的执着，没事就说："我要是有空一定要写本书。现在的作家呀……那都是些什么东西呀。"好像全世界的文学都在等待她来拯救。

无雨快出生的时候正赶上下雨，她妈妈走在街上，察觉到肚子疼，便躲到一座立交桥下面。她妈妈看着竹帘般细斜的雨丝，再看看自己周围干燥的空地，无雨的名字就早她一步诞生了，连姓都省了，省得很艺术。事后妈妈骄傲地告诉无雨："你的名字有三重意思。第一，妈妈生你之前坐过的那块地上没有雨；第二，'无雨'和'无语'谐音，意思是告诉你'沉默是金'；第三，妈妈希望你永远不哭，永远是快乐的孩子。"

无雨小时候喜欢听这些，像在听传奇，听后总是软软地说："妈妈好聪明!”跟别人讲她名字的起源，一脸的赞叹与得意，仰着脸问:“我妈妈很聪明吧?”人家说聪明她就高兴得又蹦又跳，像在赞赏她自己。

无雨知道心疼妈妈。一次她妈妈摔了一跤，磕破了皮，跪在地上无法自立。无雨见状立刻跟着卧倒，哭声凄惨。

无雨比同龄孩子更早地操纵文学。

有个同学平时冷冰冰的，不爱理人。无雨在那人的同学录留言里写了四个字:北国风光。因为后面就是:千里冰封，万里雪飘。形容那人的性格再贴切不过。

后来那人问无雨:“你什么意思啊?”

无雨立刻答:“哦，我说你分外妖娆。”

后来妈妈像蝴蝶一样飘出这个家，无雨对自己的名字便渐无感觉，如同风筝断了线。她跟临行前的妈妈说:“你别再跟我说这些了，你害得我连姓都没了，不知道的还以为我是孤儿呢。”说完不甘心，心想妈妈也许在给她起名字的时候就蓄意要背叛她爸爸了，不免恨意横生，又补充道:“我又不是哑巴，什么‘无语’不‘无语’的。”

无雨对名字由满意到不满，但一直就这么叫下来。

无雨跟她爸爸的关系一直淡淡的，自从她妈妈走了以后，父女俩的关系突飞猛进。无雨恍然大悟:原来我以前跟爸爸不好都是那个坏女人从中作梗，然后更恨她妈妈。为了恨得彻底，她曾经想把自己被妈妈熏陶出来的一点文学气质抛出体外，顺着她妈妈的行李一骑绝尘。她对自己说:我才不稀罕这些，我都不希望是她生的。无雨尽量不让自己身上有妈妈的痕迹，毫不犹豫地半路继承爸爸的理性。

文学灵气一去不复返了，写作文变得像旱鸭子一样，行走起来异常艰涩。无雨常常每写几句话就回头查查字数，如同出租车司机数公里数般迫切。

无雨不沉默，倒是很少哭，并且颇有心计。这点像她妈妈，可她抵死也不承认。她是个对成功和荣誉情有独钟的人。她跟同学一起看小说，看着看着，她手里的《哈利·波特》就变成了数学或英语。每次大考前，她总是硬拉着同学东游西晃，表面上对考试不屑一顾，潇洒人生。实则每晚都复习到深夜。她喜欢在别人做不出数学题的时候，慢条斯理地给人讲题，在一阵阵错愕和赞扬中得到满足。她目标明确，在激烈的学习与社会竞争中，她想过一种要什么有什么的生活。为达此目的，她倍加刻苦地学习，同时想尽一切办法排除对她不利的因素。有人说女孩子应该淑女一点儿。她说那是没大脑的人瞎编出来欺骗社会的屁话，因为淑女是要被人欺负的。或者说，弱者是要被人骑的。她要做强者，不要依赖任何人。她宁可欺负别人，也不要被人欺负。在成功的过程中，她不在乎使用些雕虫小技蒙混过关。

一天中午，锦乔在走廊里看见班主任老师截住无雨说："我听说你每天晚上都学习到 12 点以后才睡觉，早晨天不亮就要起来赶公共汽车上学。这样不行，会累坏身体的，一定要注意休息。身体累坏了，门门打 100 分也没用。"

锦乔愕然，感觉受到了极大的欺骗。因为无雨一向跟她说："我每天放学回家坐 1 个多小时的车，吃晚饭用去 1 个多小时，看电视花掉 1 个多小时，20 点 30 分准时睡觉。"

可是最近，连她自己也弄不明白，怎么会变得沉默寡言，多愁善感，心计也帮不上忙了。

都怪苏铁。她忧郁地想。

"你又吃这么点？"月季指着无雨大半块没动的鸡肉汉堡，"你再不吃就真像木乃伊了！"

无雨本来就瘦，一伤心，又下去一圈，就剩骨架支撑一颗头了。

"不饿。"无雨摇摇头。

月季小心观察无雨的表情，犹豫了一下，问："你和苏铁到底怎么了？"

"没怎么呀！"无雨说，漫不经心地拨弄着吸管。

"妈的，苏铁那小子真不是东西，就会算计别人。你凭什么为他伤心啊，多不值，要是我早把他给踹了。"月季一急，破口开骂。

"别说了！"无雨看向窗外，红了眼圈。

月季愣了一下，拉住无雨的手："唉，你别哭啊！就当我没说，没说。”

无雨的眼泪扑簌簌往下落。

“你别哭啊!”月季拿起餐巾纸替无雨擦眼泪。

夕阳下，暮色里卷起一股柔弱的情绪。

“你和苏铁到底怎么回事？告诉我吧，我也好替你出出主意。”月季又问，她奇怪无雨平时是个挺强悍的人物，苏铁有何许法力把她弄得愁肠百结，死去活来。

“他突然就不理我了。”无雨说，语气里透着哀怨。

“咳，我当什么事呢，你也不理他不就完了吗!”月季不以为然。

无雨低头，“我想知道他为什么不理我了。”

“那就问他呀。”月季说。

“他一见我就躲。”

“那你就追啊，反正他没你跑得快，你还800米第二名呢!”月季想起无雨在赛场上勇夺榜眼的英姿。

“这两个怎么有关系呢。”无雨哭笑不得。

“你们以前不是挺好的吗?”

“是啊，以前挺好，可那是以前。”无雨又伤感起来。她眯起眼睛看着远处渐渐隐没在薄雾里的建筑，灰色的，一如她的心境。

苏铁长得难看，也不阳光，五官配置亦正亦邪。

本来无雨对这种男生没兴趣，可苏铁一开始总是巴结她，没话找话往她跟前凑，放学陪她走到车站，中午替她买饭，她不舒服了便从自家带药来，督促她吃。苏铁以算计别人见长，从没对人这么倾心奉献过。

无雨记得自从妈妈走以后，就没什么人对她这么体贴了。跟爸爸好归好，可爸爸终归是个男人，而且是个粗枝大叶的大男人。苏铁对她的好给了她久违的温暖，是她妈妈曾经给过她的。无雨可以在苏铁面前耍小性子，不敢对爸爸的不敬可以改成对苏铁的不敬，而且是被痛痛快快接受的。

一次无雨跟苏铁闹别扭，一连几天都没理他。

几天以后，苏铁带来一个花瓶给无雨，是个摔碎过的花瓶，被一块一块地重新粘起来的。虽然粘的手工活差了那么点儿意思，鼓出一些破碎的枝节，但一看就知道用心了。无雨想：一定得花很多时间和耐心吧！以苏铁的精明算计，也会为她做如此体贴、细致的事！于是乎，她的心理防线被彻底摧垮。

“无雨!”月季叫她。

“嗯?”

“你知道苏铁现在跟什么人走得近乎吗?”

“很多人。”

“我是指女生。”

“是，很多人。”

“我是指那种女生。”

“哪种?”

“他喜欢的那种。”月季想了一下，才说出来。

“不知道，他一向交际广泛。”说出来之后，无雨才想：是啊，他交际虽然广泛但人缘却一般，我以前怎么没注意这点呢？苏铁毛病颇多，台面上就是一棵野草，或许由于“财大气粗”，私下里和不少女生有往来。

“我就不明白你才一初中小女生，怎么在感情上比小说里写的还投入，说出去估计没人会相信。像我爸妈，就把我想得特单纯，可能父母都这样吧，或者是他们希望这样。前两天我妈还问我‘有没有对你很好的男孩子啊’，我说没有。我妈又问我‘那有没有你对人家特别好的男孩子啊’，我说没有，你想干吗？我妈说没事，要是有好朋友请他到家里来玩。可是我看她明显松了口气，就好像在庆幸我没杀人放火一样。我妈不理解我为什么追星，我问她那你为什么也追星？她问她追哪个星了？我说你就追我，成天追着我跑，围着我转，连我的隐私都不放过。”月季愤愤不平地说，又颇带一丝得意。

其他的无雨没注意听，可是那句“说出去估计没人会相信”她听得很清楚。想一想，早恋的确是不被认可的。有一次语文老师讲一篇古文，说古代十五岁的女子就要嫁人了，同学们觉得不可思议，立刻开始讨论。老师说：“那是古代的事情了，男同学们不要太激动。”

月季说："给你讲个故事吧。"

无雨点点头。

"有一个女人，很爱很爱她的丈夫，很爱很爱。她们家的东西全都是她买的，一点一滴认真挑选的，所有的地方都是她精心布置的，她从来都不觉得累，因为她想能和她丈夫一起享受这些东西很幸福。可是有一天，她的丈夫突然告诉她，他遇到了另一个女人，他觉得那个女人才是他真正的所爱，想离婚。她差点疯了，怎么也不干，他们天天吵架。后来她跟丈夫说：如果离婚，那你就什么也得不到，房子、财产全没有。他丈夫很平静地跟她说：如果离婚，我什么也不会要，我只要自由就足够了。她听了特别绝望，又大发了一次脾气，砸碎了家里的很多东西，那些东西都是她当初跑了许多商店才买到的。结果他丈夫更生气，说她无理取闹，搬出去了，再也没跟她联系过。以后她就自己生活，每天都不快乐，经常没事上街游荡。有一天她在街上走，看那些下了班匆匆赶路的行人，觉得特别难受，想回家看看。她回家了，看周围的东西都不像原来的样子了，因为她都砸掉了。她突然明白一个道理：不一定她用心爱了就会得到幸福，好东西是需要被人欣赏的，强求不得。她给她丈夫打手机，想告诉他同意离婚，可是是空号，因为他已经换号了，她再也联络不到他了。"月季讲完双眼迷蒙，沉浸其中不能自拔。

"这么精彩的故事你在哪儿看到的？"无雨认真地听完，问。

"精彩吗？我不记得在哪本杂志上看的了。"月季说，不像是瞎编的。

"这个故事……"

月季盯着无雨，"该放弃的就放弃。"

无雨点点头。

"咱们回宿舍吧，不去晚自习了。"月季看看表，这个点去晚自习，无异于半路里杀进班里一程咬金，给同学们当笑柄。

无雨又点点头。

两个人走出喧喧嚷嚷的麦当劳餐厅，车水马龙的中关村大街上反而比餐厅里面的噪音分贝要低8度。

在这条知名度极高的高科技街道上，出门不小心撞倒一人弄不好就是教授，夹包挤公共汽车的没准就是总经理。这里坐落着数不清的大、中、小学校，几乎个个魅力四射。而考入北大和清华，几乎就是中国每一个家长和孩子的最高理想和荣誉。

月季和无雨走进宿舍楼。

“怎么这么早就回来了？没去上晚自习啊？”宿舍老师从值班室探出脖子问，目光通过眼镜上方的空隙落到她们身上，探照灯一样扫来扫去。

“啊，出去办点事儿。”月季拉着无雨的手上楼，一边走一边说：“我就讨厌她们问东问西的，整个一克格勃，烦死了。”

“也要体谅她们，她们也是为了咱们好。”无雨上来一阵也懂善解人意。

“在家父母看着，在学校老师管着，两座大山，压得我们一点儿自由都没有，我都快要爆炸了。”月季一生气就是高分贝。

“唉，你小点儿声，别让宿舍老师听见。”无雨在后面直拽月季的衣襟。

“怕什么？我就是想让她听见！”月季天生有股天不怕地不怕的劲头。

第十章

百合觉得锦乔有点草木皆鬼了

晚上熄灯后，极度兴奋的白兰动员月季讲关于鬼的故事。

“我知道的不多，但有一个很经典。”月季故作神秘。

“什么名字？”

“鬼娃娃花子。就是有一个小女孩……”

“可以……不讲……吗？”锦乔委屈的声音传出来，简单的一句话，拐了几道弯。她的一大特点就是胆小如鼠，一只小虫足以吓她个半死。

“哎呀，没事，你不听就行了。”月季一副看不起她的样子。

“就是嘛！”白兰专职捧月季的臭脚。

锦乔娇小的身体缩进被里，耳朵塞上耳机。可是月季的声音还是不可抗拒地顺着音乐的缝隙钻进来：“有一个小女孩，她有一本书，名字叫《鬼娃娃花子》。花子穿一身白色的连衣裙，是一个娃娃，只要一被人扔进厕所里，就变成鬼，在厕所里杀人。每次杀人，花子都要给人截肢，有人是胳膊，有人是脚。每死一个人，花子的裙子就有一块变红。这个小女孩没事就看这本书，等她看到花子的裙子还有三块就变红的时候，她突然从外面捡了一个娃娃回家，放在她床头。第二天那个娃娃就不见了。小女孩问妈妈娃娃去哪儿了？妈妈说那个娃娃太脏，扔厕所里了。小女孩立刻跑进厕所看，没发现有。有一天小女孩又在看《鬼娃娃花子》，刚看到花子又杀了一个人，她们家厕所立刻有尖叫声，她跑进去一看，她爸爸死了，少了一条腿。她特别害怕，让她妈妈搬家，还告诉妈妈花子的故事。妈妈不信，说家就在这，要搬哪里去住呢？不要信那些鬼故事，那都是编出来吓唬小孩的。没办法，小女孩和妈妈仍住在原来的家。她继续看那本书，书里写花子又想要杀人了，她们家厕所里又传出一声尖叫，她妈妈也死了，整个肩膀都没了。小女孩在厕所里来回走，这时候花子出现了，渐渐走到她身体里……”

“天啊！别再说了！”锦乔喊，从未见过她如此声嘶力竭，特别是跟月季。

“讲完了。”月季像说评书一般，戛然而止。

“这个故事还蛮有意思的。”白兰意犹未尽。

锦乔不安地翻了个身，侧躺。想到可能身后有鬼，又翻了个身，最后干脆平躺。锦乔想：那个鬼不会来找我吧？又想：宿舍里这么多人，为什么会专门找我？

“锦乔，你真害怕呀？”月季故意问。

“嗯。”锦乔有点委屈。若是在自己家，没人敢这么惹她，父母心疼还来不及呢。

“没事，你就想君子掉进粪坑里了。”月季埋汰起人来随心所欲。

白兰狂笑得发疯。

锦乔想了想，也笑了，笑完了更怕。

月季安慰完这头，那头又立刻进入状态：“我还知道一个……”

“天啊……”锦乔无助地呻吟道：“今晚又要做噩梦了……”她梦多，梦话更多。她说梦话的功夫如果像围棋一样设有段位的话，那肯定是超一流选手，且已达到炉火纯青之境界。假如有什么另类表格需要填写“特长”一栏的话，“梦话”当之无愧便是首选。锦乔的梦话包罗万象，天南地北，五花八门，有人类语，但更多的是呓语，是谁也无法听懂和破解的天籁之音。尤其是当她疲劳、郁闷或白天受到某种惊吓时更甚，不仅噩梦与梦话连篇跟说书一般，还伴有节奏感极强的床上踢踏舞动作，令宿舍所有的人都饱受其梦话之苦，常常有人半夜三更被吵醒，但这恰恰却凭生出几分悬念与神秘。有人为此暗下决心，准备强闻博记锦乔的梦话，甚至扬言要用MP3录之，于第二天公布于众，因为所有人都想知道她梦话的内容和秘密。只可惜，无论是谁，记忆力如何超强，当时听到的梦话再怎么清晰、刺激和激动，第二天早晨一觉醒来，梦话记忆也早已随明晃晃的光线一起人间蒸发，踪影皆无。

这是全宿舍人心中共存的痛和遗憾。

别看锦乔在梦里摸爬滚打十八般武艺样样精通，梦醒之后整个一娇娇弱弱的林黛玉。

"水仙，你今晚可以比我晚睡吗？"锦乔求助似的问。

"你干嘛？"水仙反问。

有人陪我做伴，我会有安全感。锦乔在心里说。

"哦，没事……"锦乔吞吞吐吐地言不由衷。

月季还在热火朝天地讲着，"那只狐狸莫名其妙地失踪了……"

为什么都要失踪？看来鬼的把戏也是大同小异。锦乔想。想侧身躺，但是不敢，感觉胆小真是一种说不出的痛。鬼一般会什么时候出现呢？

恰在这时，右上方突然响起一声叹息。

锦乔浑身一激灵，心想：这么快？"谁？"她本能地发问，像面对恶魔。

"我！"百合回答。

"你也吓我！"锦乔埋怨地呼出一口长气。

"我怎么吓你了，叹口气也不行啊！"百合觉得锦乔有点草木皆鬼了。

"这么晚了，你没事叹气干什么？"锦乔强调理由。

"我叹气怎么了，我……算了，咳，吓成这样，也真够可怜的！"百合摇摇头，以过来人的口吻说："鬼这种东西啊，信则灵，不信则不灵。"

"你试过啊？"锦乔瞪大眼睛伸出头看高高在上的百合，太黑，只看到一团黑影，便压抑地尖叫："百合……你……你不要吓我啊！"

"我又怎么啦？"百合都无奈了。

"你……"锦乔咽了下口水，战战兢兢地说："你没被鬼附身吧？你的样子好恐怖啊！"

"你无聊！"百合哭笑不得。

"真的，要不你起来开灯照照镜子……"锦乔的声音哆哆嗦嗦。

"镜子？"月季的精力一到周五晚上，就如同气体，分散得呈四面八方状，无孔不入。"我知道有一本小说叫《空镜子》，还改编成电视剧了，特火！"

"是吗？没听说。"白兰的知识量贫瘠得像内蒙古沙化草原。

锦乔刚刚庆幸众人的注意力终于能从"鬼"的话题上错位，就听白兰兴致勃勃的声音："月季，刚才你那个故事还没讲完呢。"

"噢，咱们继续。狐狸把他儿子也带走了……"

"老天爷呀，为什么总是听不到我的呼唤？快来拯救我的灵魂啊！"锦乔哀叹。

百合冲月季说："行了，行了，锦乔真吓着了！你的故事下回分解吧！"

整个寝室，百合的话月季还能听进去。

百合像对待小妹妹似的哄着锦乔说："我给你讲个快乐的故事吧，想听什么？"

"白雪公主！"锦乔对百合心存感激，也想缓解一下紧张恐惧的情绪。

"你多大了？"百合居高临下问。

"我就想听。"锦乔的童心一如她的长相。

很快，童话就把"鬼"给潜移默化掉了。

第十一章

属于家庭的温馨与亲情被一分为二

周末，银杏拎着两个沉甸甸的包往楼下走。本来昨晚她想打电话问妈妈什么时候来接，可爸爸领先了一步，“奶奶很想你。”一句话就让她想回爸爸家了。爸爸从来只借奶奶的名义说“想你”，把自己隐藏在奶奶的身后，典型的中国保温瓶式男人——外冷内热。银杏不喜欢这种类型的男人，感觉有点假。

银杏站在楼梯口歇口气，目标明确。自从知道父母离婚以后，她就经常需要做出抉择。这让她的心累，很不舒服。楼梯口就像是岔路口，一边往左，一边往右；一边是爸爸，一边是妈妈。两边都是家，又说不好到底哪里是家。属于家庭的温馨与亲情被一分为二，说不清哪边多，哪边少。

银杏小时候不常见到爸爸。爸爸就是家庭中的另类，只是概念上的亲人。

一次幼儿园老师问银杏：“怎么从来没见过你爸爸啊？”

银杏一点也不苦恼，答：“不知道。”

“你爸爸和你住一起吗？”

“不住在一起。”

回家后，她传达老师的问讯，问奶奶：“我爸爸为什么从来不去幼儿园接我？”

奶奶答：“他忙。”

“他为什么不和我住一起？”

“他很忙。”

“他为什么很少回来看我？”

“他太忙了。”奶奶用不同级别的“忙”来回答。这些话银杏当时听来认为奶奶言简意赅，是一门艺术。

银杏五年级的时候，爸爸的形象突然鲜明起来，原因是她在家里偶然发现了离婚协议书。看着那张纸，她一时不知道应该用什么情绪来对待。她知道“离婚”这个词，但琢磨不透。她从电视上看到离异家庭的孩子捶胸顿足，寻死觅活，轰轰烈烈。可惜，这些她都做不来。

银杏找到妈妈，问：“你和爸爸离婚了吗？”

妈妈是非常理智的女性，讶异如同溜冰一般一闪而过，便平静地面对女儿：“是。”

银杏又问：“为什么？”

妈妈坦然地说：“我和你爸爸在你很小的时候就离婚了，为了不影响你学习，我本来打算等你长大一些再告诉你。不过，你现在知道也好，省得瞎想。”

“你们……谁先提出来的？”银杏犹犹豫豫地问。

“一起提出来的，我们觉得在一起不合适，就分开了。”妈妈笑笑，很洒脱。

“你们……挺好玩的。”银杏也笑了。

妈妈皱了下眉，表示疑惑。

“我们班有几个同学的父母为了孩子一直拖着没离。”

“你怎么知道的？”

“听老师和同学聊天说的。”

“我和你爸爸不认为那样就能给孩子带来幸福。”

银杏想起最近新学的一个词，说：“你们很理智。”

妈妈从来都是简单又直白，跟她的职业有关。她是大公司的主管，生活里只有文件、报表、高薪之类的东西，处理婚姻就如同处理一件不算棘手的文件。她的幽默细胞早被这种生活给稀释掉了，银杏记得给妈妈讲笑话从没见她笑过，只“嗯”的一声就代表她听见了。

银杏忍不住说：“你真不幽默。”

“我已经老了。”妈妈说，头往沙发上一靠，一脸悲哀，一如她的年龄。

银杏观察妈妈，一张保养得不错的脸，不显老，可仔细看看眼角的皱纹还是明显的，也确实不算年轻了。“你好像从来都没年轻过。”银杏脱口而出。

妈妈看了她一眼，瑟缩在角落里的幽默细胞突然活跃起来："你认识我的时候，我就不年轻了。"

银杏想想也是，妈妈生她的时候已经30多岁了。她不明白父母为什么花费好多年时间来打磨婚姻的棱角，等到决定要孩子了，似乎他们已经彼此适应，已经能够在一起继续生活下去了，却又要分开。生活中往往有许多的意想不到藏在某个角落里，需要走过去才知道。

更奇怪的是，离婚并没有让父母的关系彻底走向决裂，他们偶尔也相互走动走动。妈妈带她去看爸爸，路上告诉她："这些年我和你爸爸关系一直不错。"说完又补充道："就像朋友一样。"

银杏点头，却不太理解父母的相处方式。

见到爸爸，他对银杏亲切地笑，笑容里溢满着深深的父爱。

对着一张陌生的脸，银杏却有着久别重逢的激动，血流加快，毕竟是血浓于水。喉头紧了紧，她发出声："爸爸。"声音不像是自己的，涩涩的，青杏一般。

爸爸芭蕉叶般的大手抚上她的头。

新鲜感一过，她发现父爱远不像想象中那么回事。说奶奶想她，她去了，爸爸对她的态度忽冷忽热，忽远忽近。她听说父爱通常是深藏不露的，可她感觉她跟父亲的感情无法深入下去。她把这种感觉告诉奶奶。奶奶大而化之地说："你们到底是相处的时间太少了，你爸爸怎么可能对你不好，不要瞎想了。"

银杏顿悟，原来奶奶一直是在帮爸爸说话，永远无法和她交心。

银杏跟着妈妈过，每周末走到宿舍楼梯口，免不了还是要想一想：去哪儿呢？妈妈再婚了，爸爸找了一个新的女朋友。

这时候，银杏只觉得自己多余。

银杏坐在沙发上看电视。看了一集电视剧，动不动就蹦出一大堆广告，什么"下面更精彩"。好像前面的内容全不如后面的精彩，有种上当受骗的感觉。

爸爸走过来："来，女儿，这是张阿姨。小张，这是我女儿。"他兴冲冲地相互做着介绍。

银杏抬头，面前这个阿姨很漂亮，可她最先注意的是她的年轻。

“阿姨好。”银杏条件反射似的说。

“你好!”阿姨殷勤地点头，一下一下，很有礼教感。

接下来，银杏冲动地想告诉爸爸他已经有一个女儿了，不需要再添一个。可瞬间她就用修养克制住了自己。她想来想去，觉得这不关她的事。她终于知道电话里“很想”的深意，一个阔绰的中年男子只会玩这种无聊的把戏。她感到本来就色彩单薄的父女感情就快要单薄得透明了。

阿姨略显恭敬地站着，双手交叠放在前面，像是在等候上级检阅的士兵。她的笑容纯真、开朗。银杏想这样的人不应该缺少父爱，为什么找爸爸，是因为他事业有成吗?

“我听你爸爸说你住校。”张阿姨没话找话。

“是。”

“适应吗?”

“还可以。”

“我上学的时候也住校。”张阿姨急于寻找她们彼此间的共同点。

“哦。”

“学习紧张吗?”

“我们快期末考试了。”

“是吗?那还挺紧……”

“那还看电视!”爸爸插嘴。

阿姨迅速回头瞪了爸爸一眼:“孩子在学校够累的了，回家就应该放松放松。”

爸爸识相地闭住嘴。

“你说是不是啊，银杏?”阿姨转回来的脸依旧笑容可掬。

银杏笑笑，不答话。

张阿姨又回过头去瞪银杏爸，目光锋利，暗地交流:你看，就因为你吧，前功尽弃了!

“银杏，阿姨给你做了几个菜，马上好。”

“谢谢!”

阿姨转身躲进厨房，那里比较自由自在。

爸爸挨着银杏坐下，点燃一根烟，烟雾立刻弥漫空间，呛得银杏一边躲，一边挥手净化鼻腔周围的空气。

“妈妈还是老样子吗?”爸爸问。

“是。”

“你觉得张阿姨怎么样?”爸爸注意观察银杏的反应。

“还可以。”

“我认为她不错。”爸爸松了一口气。

“哦。”

爸爸皱眉，“你怎么说的话跟刚才说的一样?”

银杏盯住爸爸，突然变脸，一字一板地说：“因为你们俩是一伙的。”

第十二章

今夜无法入眠

课间休息10分钟，锦乔紧绷的神经终于获得解放，无所事事地东张西望。正在抓紧点滴时间做数学题的君子用胳膊肘碰碰锦乔，一脸真诚，“你怎么不抓紧学习呀？你这样不行啊，会跟不上的。”

锦乔故意问：“跟不上潮流吗？”

君子哀叹地看着锦乔，好像在看一个无药可救的人，然后继续埋头苦做，心里已将锦乔甩入“垃圾股”。

锦乔自问什么时候俩人的角色颠倒了。

赉老师提供适时的安慰，比如在大考前后。他不带卷子进班，像聊家常似的说：“你们不要管成绩了。就像你们跳远，大家都跳了，可是有的人就跳不远，那也跳了。你说怎么办？没办法，对不对。只要跳了，尽力就行了。”

这样的老师进可攻，退可守，游刃有余。

经过一段时间的小考、大考，每个人的考试成绩以及在全班、全年级的排名均已经浮出水面，整体形势基本类同毛泽东当年关于三个世界划分的理论。第一世界是那几个学习拔尖的少数分子，水仙、银杏、木槿等榜上有名；第二世界是一批中间分子，月季、锦乔、牵牛、鸟不宿、君子等芸芸众生；第三世界就是学困生，白兰、石榴等位列其中。

锦乔随笔：

10月22日　出板报有感

从开学到现在，虽然只出过两期板报，却像给我扒了两层皮。其个中滋味，只有我自己知道。

老师评语：好严重啊！

前几天，班长开会回来，把一纸通知往我的桌子上一拍，甩了一句："宣委，出板报。"随即，像丢下一副担子，沉重地压在了我"瘦弱"的肩膀上。随后，前后左右几个男生便开始起哄："噢！又要出板报喽，宣委有的忙喽！"我心想，完了，一面大墙又横亘在眼前。

第2天、第3天，全都是抓紧课余时间在搜集资料，出小样。可到了第4天，真正要往上画的时候，却不知从何处下笔。在黑板上研究来研究去，擦了写，写了又擦。越想快快快，就越是坏坏坏，忙活了整整一个中午，黑板上还是一片空白，弄得大家都挺不愉快的。背后有人开始说："宣委工作能力差，一个中午什么都没干，瞎忙乎。"说得没错，我认了。

老师评语：为什么要"认"？自己的努力付出，为什么要"认"这样的"误解"？

好不容易画了个水车，有人又开始说："画的什么玩意儿，像车轮，难看死了。"有人说："像发电站！"还有的说："这是谁画的，还不如我呢！"我满耳朵灌的全是反对派的声音，看起来，该换届选举了。

不知为什么，每次一研究板报时，我都会面红耳赤，心律失常。有时，别人的意见我不能接受，而我的主意其他同学又觉得不妥。唉，看起来，要达到统一与和谐是多么难的一件事啊！干宣委，又是一项多么艰难的工作呀！如果班主任老师同意，我真想痛痛快快地辞掉这份工作，原因有3条：1. 本人看来不具备出板报的才华；2. 费力不讨好；3. 太耽误正常的学习时间。

连续周三、周四、周五三个晚上，我们几个既矛盾又统一的板报小组成员挥汗奋战，终于把板报出完了。

两个晚上，当我拖着疲惫的身体离开教室时，学校食堂早已关门，招待所食堂也打烊了。没地方吃饭，胃饿得生疼。没办法，我只好回到寝室啃几口又干又硬的面包。苦是苦了点，可想想终于卸下一副沉重的担子，推开眼前的一面大墙，却聊以自慰。

老师评语：

我非常理解你的心情，从你开学第一次向我说明你在出板报方面有特长时，我就认定你是个敢于承担重任的人。但我也想问你，你真的做好吃苦的准备了吗？我自己来到咱们班之前，整整出了近十年的宣传栏，这其中的苦我怎么会忘记呢？我多想张口“挽留”你，但又不能说，因为对你来说，这的的确确是一次次折磨，我想我应该尊重你的选择和决定。但我应该告诉你的是：我对你的工作十分满意，你也完全具备做一个“好宣传委员”的能力，不要太在乎别人的闲言碎语，我们不可能指望不了解我们的人理解我们；也不要太在乎任何评比的成绩，只要自己尽力了，就不必再去计较过多，人首先不是应该活得问心无愧吗？

数学课上。

白兰的耳朵里塞着耳机，用耳垂听课。一头及腰的长发随着MP3里的音乐轻微地前后摆动，如春风杨柳。

赉老师扶了下眼镜，状似微笑地看着白兰，说：“白兰醉了。”

学生们“哄”的一声笑了，如群鸟放飞。

白兰终于有了反应，取下耳机，无辜地望着赉老师。

赉老师问：“白兰，你喝了几两？”

“喝了几两？”白兰一头雾水。

“你可别太贪杯了，上课都稳不住神。”赉老师一语双关。

有几个人已经笑得前仰后合，呼吸困难。

白兰是个快乐的人。家里开了餐厅、歌厅，她自小渗透其中，擅交际，擅流行歌曲，向往无拘无束的生活，根本无法适应对着书本苦读。人总归是要把脑袋对准社会的，不单纯是读书。她说：“那些读书的工作已经有人去做了，我就不用再去做了。”

为了这句不争气的话，白兰挨了老爸一个嘴巴，他气急败坏地朝她吼：“不读书？你不读书以后能干什么？有多少农村的孩子想上学都上不了，这么好的条件还不好好学？你对得起谁啊？上不了大学你以后就没出路了，你知不知道？你还天天谈享受，以后你拿什么去享受？”

白兰手捂发烫的脸颊跟她老爸互动：“我正在享受生活。你总告诉我要一辈子奋斗才能有享受。我就不明白了，一辈子都用来奋斗了，还怎么享受？去坟墓里享受吗？”

“那你以后怎么办？你说啊！”老爸此刻恨不能一口吞了白兰。

“等我中学毕业，你也差不多老了。到时候我把你的产业一接，不挺好的吗！”原来白兰早就自谋出路，并且在继承人的问题上是蝎子粑粑——独一份，眼下老爸还没机会生出第二个人跟她竞争。

“好啊，现在你就开始惦记我了！”老爸咬牙切齿。

“我可没那么说。”白兰狡辩。

“你给我滚！”老爸抖着手指怒吼，眼看着第二巴掌就要跟上去。

“好。我下周回家，拜拜！”白兰见大事不好，三十六计走为上。

于是，白兰左手的书包里稀稀落落装几本书，右手精致的皮箱里满满的CD盘，摇摇摆摆地晃到老爸给她安排好的重点学校去住校。

白兰初到宿舍，对宿舍的卫生极不满意。她端着脸盆去水房，看到里面堵得水泄不通，到处扔的都是洗衣粉、牙膏、水果皮之类的垃圾，眉头一皱，翻出大半个白眼仁，“天啊，这儿简直就是贫民窟！”

月季在一旁甩过来一句话：“你不想住可以不住啊，谁又没拦着你。”

白兰被噎得一愣。

按理说，从小到大，白兰很少吃这种眼前亏，今儿个算是遇见对手了。看起来，名校果然名不虚传，啥茬子都有。片刻，白兰忽然表现出像社会底层小人物般能屈能伸，轻轻一笑：“我要是不住校不就不认识你了吗，那多遗憾呀。”

月季立马笑得满脸桃花开。她就喜欢所有的人都能以她为中心画圆，说她爱听的话。

晚上，月季硬拖着一宿舍的人陪她聊天，什么都聊，但聊得最多的是她的家庭和其值得炫耀的家庭背景。某某天她和她妈上燕莎购物；某某日她又陪妈妈去了赛特……有钱。月季自豪地告诉大家，她爸在足协工作，如何如何有权，足协如何如何有钱，她脚上蹬的运动鞋、身上穿的运动服、嘴里喝的各种矿泉水和饮料都是足协免费发放的，让全宿舍的人羡慕得只恨自己的父母一个个脚长得太正没办法进“足邪”。

月季得意极了，自尊心获得极大满足，兴奋得两眼放光，继续给大家过电。她说国家足球队队长跟她关系特好，她喊他头哥，他叫她月妹，还拿出俩人的合影（头哥搂着月妹的肩膀）展示给大家看。

白兰捧着照片兴奋得“嗷嗷”鬼叫，因为头哥一直是她崇拜的偶像。

白兰急于想了解头哥的一切，他的兴趣、爱好、身高、体重，穿多大号码的鞋，爱抽什么牌子的香烟，结没结婚……问得全宿舍的人从最开始“嗷嗷”起哄，到最后唉声叹气，就连月季都举手告饶：“简直都无奈了。”可白兰一点儿都没觉得有什么不妥，兴奋得一如那首名曲《今夜无法入眠》。

第十三章

穷人的孩子早当家

赉老师的课越来越像严格的军训课了，从开始到结束，教室里静悄悄的，没人敢出声，大家的神经都绷得贼紧，一个个紧张兮兮的。

下课后，君子龇牙咧嘴地穷伸懒腰，一副小人得志相，故意大声叫卖似的说：“这就是赉老师的人格魅力呀！”

“如果以后都这样上课，让我们还怎么活呀！”头发泻到腰际，模样出众，打扮入时的白兰一边用手梳理着满头秀发，一边不满地发着牢骚。她天不怕，地不怕，唯独怕学习。赉老师的魔鬼教学法令她直想发疯。

周围一片附和与唏嘘声。

锦乔深深地呼出一口气，感觉有点胸闷。听着同学们左一句右一句的议论，残留在她脸上的表情只有一丝苦笑。她扭头看看牵牛，只见牵牛正跟周围的同学有说有笑地谈论着什么，丝毫看不出任何不爽的情绪。其实锦乔挺羡慕牵牛那股子走到哪儿都能自然生长般地跟周围同学友好相处的功夫，并且关系进展神速，像海南岛的热带植物似的疯长。而这一点她就做不来，从小就这样。

在集体里，锦乔总觉得自己很难融入进去。她总是被动式，处处被别人所左右。其实这并不是她的真正个性，她骨子里具有非常强悍而独特的因子，具有领导欲和攻击性。在公众场合，她也想采取主动式，可却总是被动得像一扇等待被人开启的门，始终找不到切入的角度和方式。所以，她总给别人一种不爱搭理人或太过严肃的直觉。听说有些人在人群里不刻意表现出真实的自己是在保护自我，害怕将心太赤裸裸地摊在众人面前而容易受到伤害。但她不是，只有她自己懂自己。她愿意与人交流，愿意多结交朋友，渴望了解别人的内心世界和喜怒哀乐，愿意把真诚掏出来示众。但悲哀的是，这一切她都做不好。她在这方面的智商低得一直徘徊在及格线以下，遍地红×。

老爸说这是家族遗传，随他。

可锦乔看老爸天南海北的朋友一大把，办起事来东方不亮西方亮的，绝对不是那种一根筋死守田园的主儿。

老爸说那是生活所迫，逼出来的，原本并不是他骨子里的基因。

锦乔贪婪地吸了一口因人群密集而稀薄的空气，她想起刚开学时发生的一件事。那是同学们相互之间第一次见面，听班主任老师讲话。她随意在一个角落里找了个位子坐下来，发了半天呆。后来她发现右前方同样有一个梳着马尾巴辫子的女孩子也默默地端坐着，旁若无人，那是个看起来乖巧又可爱的目标。于是，锦乔主动凑过去找她攀谈，还邀请她坐在自己旁边的座位上。女孩叫石榴，俩人聊得挺投机，聊着聊着，她们竟意外地发现，原来小学教锦乔数学的老师后来正好调到石榴的学校教她班数学，真是无巧不成书，瞬间就拉近了两个人之间的距离。锦乔听石榴说后来那数学老师患了严重的胃病病休了，心里难受得差点默哀三分钟。

中午，锦乔主动邀请石榴一起去食堂吃午饭，石榴高高兴兴地答应了。从此，俩人饭前饭后形影不离。

后来，锦乔当选为宣传委员。老师要求一周之内出板报，又得编，又得写，还得画，锦乔忙得不亦乐乎，有时甚至连午饭和晚饭都顾不上去食堂吃，只能随便在校外面的食杂店买包方便面对付充饥。

石榴见锦乔每天忙忙碌碌的样子，不甘寂寞，另外找了个朋友，每天中午一块儿搭伴吃饭。

锦乔重新沦为孤家寡人，而且她发现跟石榴回不到最开始无话不谈的那种境界了。

锦乔望着板报上自己写的一手好字，心想：这期板报不久就要被擦掉。因为即将要消失的东西，却失去了一个新朋友，代价不小。

锦乔自嘲地笑笑。她想到外面走走，教室里的空气让她想到了窒息而亡。

走廊里，锦乔遇到了腊梅，她亲热地朝腊梅摆摆手，而腊梅只是淡淡地冲她点了点头，便匆匆回班了。

腊梅也是锦乔的小学同学，在实验6班，是个极要强的女孩儿。锦乔去过她家，那是一个不足20平米的简陋小屋，是老北京残存民居的一个缩影。

腊梅的父母都是普通工人，每月微薄的工资收入如久旱逢甘雨，金贵得抵命。这些轻易不被外人知晓的细节在破旧的沙发和简易的家具上显了形。两个性格懦弱的老实人共同拥有一个性格强硬的女儿，是他们意想不到的结果。于是腊梅强健的性格就拥挤在羸弱不堪的小屋里，把屋子压抑得走了形。两张床几乎占据了小屋的全部空间。一张双人床是她爸妈的，另一张单人床是她的。剩下的面积勉强摆放了一张破旧的书桌和一个看上去容易塌陷的书架，最像样的电器是一台18英寸的彩色电视。腊梅过早的成熟和坚忍不拔的学习耐力就是在这间小屋里炼成的。

腊梅在懂事的时候就未卜先知地清楚自己缺少什么，需要什么了。家里的厨房和厕所都是跟邻居合用的，隔音质量极差的墙壁很清楚地把各种噪音囊括耳中。楼上那户人家整天像开工厂一样，弄得头顶叮咚乱响，常常搞得腊梅睡不着觉。

柔弱的妈妈唉声叹气："唉，忍忍吧。"

腊梅痛恨忍耐。她狠狠地也往地板上下脚。可是邪火发错了地方，楼上的人欺负她，她却殃及楼下的人。颇有点类似企业之间的三角债，你欠他，他欠我，恶性循环，折腾得很。

一天中午，一个怒气冲冲的老头儿气冲冲地找到她家，狠狠地敲开门，歇斯底里地喊叫："我正在睡午觉！"

腊梅爸妈困惑地对望一眼。

那老头儿更生气了："你们家到底在干什么？跟地板有仇啊！"

腊梅走出来，默默地看着自己的脚尖。

妈妈立刻明白了，尖瘦的下巴紧缩了两下。一个生活困窘的女人对生活的琐碎极其敏感，"过来道歉。"她转头对腊梅说。

腊梅被强行推了过去，低人一等的气恼立刻冒出来。她就是不想道歉。她是小孩子，一个老人应该会原谅不懂事的小孩子。她想，以小卖小起来。

很显然，老头儿不吃这一套，斜楞着眼睛等着结果。

“对不起!”腊梅咬牙低低吐出三个字，两片嘴唇摩擦出愤怒。

“哼!”老头打鼻腔里哼出他的不满，转身摇晃着那颗西瓜头下楼了。

腊梅懂得了理亏的窘境，也知道了环境塑造人。

这之后腊梅拥有了更多的书，一排排，一摞摞。在同龄的孩子还沉迷于童话故事里的王子公主时，各种数学竞赛辅导书就成为她钟爱的“玩具”。她刻苦地做题，每天都做，有着那个年龄少见的执著和自制。她不是那种在父母逼迫下屈服的被动态，她主动领导自己，理智地做事，当然成果显著。她的数学成绩很快占据全班乃至全年级的霸主地位，被老师们一致推崇为天才少年。

数学老师曾得意洋洋地在公开课上口出狂言：“我敢说，腊梅如果一个月不来上课，她的成绩照样数一数二!”此话不虚。

腊梅先是考上了学校办的数学班，跟着学校外聘的名师学习。很快，她从普通教师的得意弟子晋级为大师的优秀门徒，成绩在数学班里遥遥领先。然后，她又再接再厉考上了全市最棒的华罗庚数学5班，且成绩不俗。再后来，她如愿以偿地迈进这所名校的门槛，一路接受仰慕。

真正应验了《红灯记》里李玉和的那句唱：“穷人的孩子早当家。”

第十四章

大家送给竺老师一绰号：新华字典

班主任筱老师跟大家宣布，学校马上要举行建校50周年校庆，她被临时抽调到教务处帮忙，所以学校安排竺老师来代语文课。

一阵稀稀落落的掌声过后，竺老师在讲台上赫然亮相。

竺老师40岁上下，性格外向，嗓音如洪钟大吕。说实话，教书真埋没了她天生一副好亮嗓，她应该去唱京戏，或者去学美声，没准能唱出个竺派或女帕瓦罗蒂什么的。

一次班里正在上数学课，赉老师的声音本是当仁不让尽人皆知的。可学生们听着听着就觉得有点不对劲儿了，满耳朵眼里竟然充盈了竺老师那巾帼不让须眉的声音，并且是从隔壁教室穿墙越室而来喧宾夺主的。赉老师不得不叫了自己暂停，皱着那付标志性的忧国忧民眉头，无可奈何却又不失幽默地说："真是军歌嘹亮啊！"

全班哄笑，声浪与竺频道平分秋色。

竺老师讲课咬文嚼字，拗口的音节从她嘴里吐出来听上去很舒服，玉润珠圆。她将"啊"的阴平、阳平、上声、去声、轻声5个发音用法解释得精准绝伦；"炮"（pao去声）的另一个读音是（bao阴平）……大家送给竺老师一绰号：新华字典。

竺老师的信条是：作为一个语文老师，就必须要有一个扎扎实实的语言功底。如果连基本的汉字发音都读不准确，就没资格侃侃而谈教学生。竺老师的严谨给大家带来莫大的好处，同学们再做给文字注音方面的题轻松多了，合格率大幅提升。

竺老师讲起她的经历来跟讲课一样细腻。她上高一时，文化大革命风暴席卷而来，迫使她和所有的学生一道不得不放弃学业，上山下乡，接受贫下中农的再教育，过起了"没吃过猪肉，还没见过猪跑"的苦日子。在广阔天地毫无作为的她，每天拎着锄头镰刀修理地球，一干就是10年。眼睁睁地看着大好青春无可奈何花落去，骨子里的一腔热血却快熬干了，全部的汗水和心血一股脑渗进干巴巴的泥土里，滋养着大豆和高粱。满意也好，不满意也罢，只能就那么混着。一直都在企盼：等待着有朝一日苍天开眼，让她离开这个兔子不拉屎的穷乡僻壤。用她的话说，当时没什么自我，时时刻刻被社会潮流牵着走，哪敢有过高的奢望。

文革时期的生活清一色灰蒙蒙的，没一点斑斓的色彩。

10年后，她终于获得机会返城。那一年，正是恢复高考的第一年，报考的苦难青年堆积如山。

她当时对分配的工作不顺心，感觉这一辈子基本没什么造就与前途。但她不甘心就这样浑浑噩噩地混下去，考大学便成为唯一的出路。如果考不上，第二年超龄，她将永无出头之日。于是，她毅然捡起业已荒废10年的学业，背水一战，大有风萧萧兮易水寒，壮士一去兮不复还之悲壮。她强逼出自己一股魄力，每天早上一睁眼，玩命的一天就降临了。她咬着牙硬抠那些艰涩的数学题；懵懵懂懂中摸索古文。她中学时学过俄语，可是高考要考英语。无奈之下，她只好从A、B、C学起。经过一年近乎头悬梁、锥刺骨般的艰苦拼打，她终于如愿考上了大学，犹如浴火重生。揭榜那天她松了口气，分数比当时重点大学录取分数线还高出30多分。她的古文翻译1分都没扣，堪称精典百分百。不料这一松气不要紧，她发了高烧，在床上足足躺了一周，烧得心甘情愿。未来有了着落，就算烧得精光也没什么，大不了从头再来。

竺老师有一个毛病，总是在不经意间将学生私底下跟她掏心贴肺的话当着全班的面给曝光。石榴是学差生，临近中考时找她商量最后的复习方案。谁知下一节语文课，石榴回答错了一道题，竺便大声说："这怎么能错呢？像这种基本的东西必须弄得特别透才行，考试才不会丢分。我发现你呀，基本功太差。上次你还问我来不来得及？我不是告诉你了吗！只要努力就比不努力强，你说是不是?"石榴被她说得满脸通红，可她继续兴致勃勃地讲课，丝毫也没有顾及到石榴的窘境。

数学测验时，竺总爱一边监考，一边唠唠叨叨："你们也真够辛苦的，卷子上总是这么多题。这些题都是赉老师出的吧！"大有替天行道之风，令学生们深受感动。

有一些学生利用收卷子的机会正在扎堆对题，英语老师一脚冒冒失失地闯进来，指着正在对题的学生说："看看你们，都像什么样子？中考的时候这就叫'违（wei 上声）规'，知道吗？"

学生们突然遭到恐怖袭击一般刚要散开，就听讲台上的竺老师十分严肃地正色纠正道："那念违（wei 阳平）规。"说罢继续低头整理卷子。

学生们哄堂大笑。警报解除。

再看英语老师，一张漂亮的脸蛋红一块白一块的，跟吃错药似的。

竺老师对别人要求很高，也严于律己。临近中考时，她拿着自己写好的卷子跟学生们对题。突然，她发现自己有一处笔误，愣了半晌，响亮地冒出一句："你们说我是不是有病呀？我……这里明明应该写'3'，我怎么写成'1'了？不得了！不得了！我这份卷子其他老师还拿去复印了呢，我得赶紧去告诉他们。这可不行，这是教学事故啊！"她一边用红笔改写，一边说："感谢同学们啊！感谢！"说着还真诚地给学生们深深地鞠了一躬，弄得学生们猝不及防，连还礼的意识尚未建立起来，她人已经冲出教室。

竺老师平生有两大爱好：一是买书，二是游历山水。"这些是我最舍得花钱的地方。"她兴致勃勃地说："一进书店我就出不来。另外假期到处走走，看看祖国山河，增长见识，多好啊！"

苏铁戏称她为"有钱人"，她耳尖听见了，急赤白脸地说："你们光想着钱干吗呀！我跟你们说，做人要学会自律，要学会有取有舍。吃饭别去大饭店摆谱，住宿甭去星级宾馆要派，这钱不就省下来了么。免费告诉你们一个生活与花钱的诀窍吧：我舍得把钱花在购书和旅游上，这样既增长知识，活得又滋润潇洒。穿着方面随随便便就可以，既得体又舒适就 OK。你们看我这身衣服，从头到脚不超过 100 元，纯棉的，穿着很舒服，全是在批发市场和折扣店买的。同样的东西贴上名牌标签放到燕莎和赛特，身价就会暴涨成千上万倍，专宰那些傻大款和爱慕虚荣的人。我听说你们中间有些人对名牌情有独钟，还互相攀比，买一双 1000 多元的阿迪达斯、耐克牌球鞋就跟吃肯德基似的连奔儿都不打。哎哟，你们才多大呀？挣钱了吗？你们这样一掷千金大手大脚地花父母的血汗钱难道就不心疼？照这样发展下去，长大挣钱以后你们还想买什么牌？月亮牌？太阳牌？还是宇宙牌？”

下面一片哄笑。

竺老师喝了口水，滋润一下因激动演讲而持续高速运转的喉咙，继续侃。“再说了，你穿上名牌难道你就是名牌了？你的身价就水涨船高了？你到人才市场就能拍出个好价钱了？见鬼去吧！知识才是一个人真正的身价。你有多大的学问，就有多高的身价。只有知识才是实实在在的东西。名牌算什么东西？穿坏了不是照样当破烂扔吗？有知识值钱和可持续发展吗？你们现在立刻拿笔记下我的话，绝对是独家专利的思想，可以回去告诉你们的父母家人，甚至可以到社会上去广而告之：对于青少年来说，名牌就是商品鸦片，对青少年的成长有百害而无一利。”

热烈的掌声决堤般爆发，发自学生们内心深处，前所未有的。在分数挂帅和物欲横流的时代，没有任何一个老师跟他们讲授这些每天发生在生活身边、极容易被忽略但却朴实而充满生命哲理的课。就冲这，他们认定竺老师是最好的老师。

竺老师激动得热泪盈眶，英雄般朝学生们挥了挥手，预示着她代课的期限即将结束。

第十五章

石榴绝望了

石榴的无力感再次涌现。她也不明白怎么十几岁花一般的年纪，就让学习把自己给拖垮了，憔悴得像个落魄的政客。憔悴也像是一种保障，证明她确实已经努力过了，要不然真的连活下去的资格都没有了。

上中学以前是快乐的，阳光的，受宠的。石榴这么想的时候，忽然悲哀地发现自己已经像行将就木的老者一样，只有回忆过去的本钱了。

石榴是个很不错的女孩儿。喜欢穿花裙子，喜欢纯粹的笑。上小学的时候，她的学习成绩很突出，毫无阻力的突出。她观察同班学习不好的人咬着笔杆苦恼得做不出题的样子，嘴角不自觉地抽动了几下，带着几缕鄙夷的线条。她想的不是他们如何如何笨，她想的是这么容易的东西怎么可能有人学不好。像是这些人开了个天大的玩笑，正琢磨着如何把自己变蠢，欺骗自己，也欺骗别人。她瞧不起他们开的玩笑，一点儿也不幽默。但这并不影响她的好。班里少了什么，她悄悄补上；门窗没关，她默默地关上；灯管坏了，她主动从家里拿；逛商场的时候看见磕头作揖的乞丐，她边走边掏零钱，走过头又跑回去几步送钱；无论看见什么样的虫子，即使近在眼前也要冲远在天边的爸爸喊："快！快！这里！这里！"不但真怕，且真的不杀生，表现出琐碎的善良，像星星点点的光，不刺眼，但显眼。

在老师眼里，她是好学生；在同学眼里，她是优等生；在家长眼里，她是好孩子。哪一方面都是样板，正规得不同凡响。

小学毕业后，她来到这所重点中学，保送。

登校那天，她穿着花裙子，是她最喜欢的一条。她穿起来配上那张可爱的脸，活像个洋娃娃。

摸底测试，她考得不好，题型从来没见过。考试的时候她觉得衣服穿着很不舒服，勒得她喘不过来气。她第一次感觉考试时间太过充裕了，做不出来；又太紧张了，还是不会做。

回到家里，她愤怒地把裙子压在箱底，再也没穿过。她认为是它带来了不祥。

第二天，她满怀信心地去上学。

可是情况并没有好转。

考试是一件越来越让人感到窒息的事情，学习越来越枯燥乏味，成天和剩下的那点自尊干耗。像那些默默关窗的事她是做不来了，也没心情再做。有一次她靠在窗边，眼看着风把一盆花的枝叶吹散了，就那么看着，像欣赏一群逃兵，甚至有点幸灾乐祸。

“我不知道自己怎么了，真的不知道。我觉得我学习不可能再好了。”她落寞地对她唯一的好朋友锦乔说。锦乔倒抽一口凉气，抽得有点曲折。俩人的关系经过一段时间的磨合，早已殊途同归。

锦乔的学习也遇到了麻烦。数理化就像一群饿红了眼的狼，张开血盆大口无情而无底地尽情吞噬着她的精髓与心智。整天做不完的习题，理不清的思路。越学问题越多，考来考去成绩始终徘徊在班级中游无法突破，对于她来说这是一个无法接受的残酷现实。眼看着周围的水仙、银杏等一圈儿同学北斗星一般的学习成绩，锦乔难受得常常独自在校园里徘徊而不愿意回班级或宿舍去，因为那里只有虚伪、竞争、压力并摧毁自尊，缺少坦诚的合作、交流和友情。

但锦乔还是安慰并鼓励石榴说：“你能行的，慢慢来，千万不要放弃。”

石榴苦恼地摇摇头，“我几乎已经将能力用绝，再难淘出丁点儿潜能。”

同小区住的爷爷奶奶见到石榴总是说：“这孩子，学习倍儿棒，在同达中学呢!”羡慕得一塌糊涂，又像是反讽，扎心刺肺般地让石榴难受。

有时候石榴想想还是放弃算了，这样成绩和她就都会得到解脱。但就是那点可怜的自尊，让她跟成绩藕断丝连。剪不断，理还乱。她有过辉煌的过去，曾经是世俗眼光的受益者。如今眼光还在，但她却变成了受害者。没脸说老天不公，她无法不在乎世俗的眼光。

因为世俗可以令一个人大红大紫，也可以让一个人瞬间失宠。

她像是丢光了颜面的弱者，处处防范。看见同学交头接耳地小声议论，她就想：她们不是在说我吧？敏感的神经忽然鲜活而具有生命力。

她想给困境寻找一个突破口。她像小时候一样，一遇到困难就求助妈妈，妈妈总能给她安心。

妈妈听了，目光美丽而哀伤，有种凄凉的意境，不忍心伤害她似的，转过头独自咀嚼苦果。可是她从她妈妈扭转的细腻的脖子上看到了答案。那是一个泄密的弧度，脖子上面的动脉一鼓一鼓的，好像受了委屈。鼓动渐渐衰弱下来，像是无能为力。她就是从衰弱的节拍中看出来了，妈妈不能帮她了，这次没戏了。

果然，妈妈哀怨的目光轮转回来，落在她头上，她清晰地感受到了压力。

"努力吧！"目光抚遍她的头，妈妈下了结论。

石榴绝望了。

第十六章

不知将来又有怎样的好戏连台?

无人区一般静的走廊。

实验班外面的走廊总是静的，实验班里的成熟和深沉感染着走廊。如果有人经过这里，光凭气氛就能知道身在何处。

实验班的学生跟普通班的学生有代沟。不是年龄上的，是心理上的。这有点类似城里人和乡下人的关系。城里人瞧不起乡下人，开口全是蔑视："农民!"自豪感顿生，立马有了些许深度。其实城里人对乡下人也是心存感激的，不光农民生产粮食和肉、蛋、菜，还因为有其作陪衬，才越发显出城里人的高雅与不俗。乡下人也看不惯城里人，斜着眼睛说："德行，一个个不就住笼子窝吗！我们祖祖辈辈都住郊外别墅。你们每天排泄的粪便都是我们喂出来的。"

实验班严重缺乏学科知识以外的任何营养。学校举行歌咏比赛，哪个班也没有实验班练得认真，天天早读练，午休练，放学还练，就差没做梦练了，每个人都练得心力交瘁。结果比赛还是得了个倒数第一名，连个风格奖都没混上。最后好歹有一句"理解万岁"作安慰奖，勇气可嘉。

校运动会上，实验班的才子们一上场，如同中国男足对阵巴西队，当陪衬的资格都没有，光有激情没有实力。

腊梅就在实验班。

锦乔在走廊的静默里碰到了同样静默的腊梅。她缩在阴影里，脸昏黄不清，像电视里最后才露出庐山真面目的幕后主谋。在这种氛围下，腊梅看起来更静了，一点儿杂音都没有。

"腊梅。"锦乔叫她，开学那天的叫法。

腊梅看了眼锦乔，点点头，毫无表情。

说不出具体是什么滋味，反正就是小孩子聚在一起比拼多时的小摩擦和小心思，不甚激烈，但渗在骨子里了，发展成大孩子和大孩子之间的冷漠。

在小学，锦乔、腊梅、牵牛形成三足鼎立的局面。班里有几个男生其实也挺不错的，碍于班主任老师系女性，重女轻男，终不得志。

锦乔和牵牛跟文学细胞均沾亲带故，只是无法分辨两个人究竟谁更嫡系一些。

锦乔初次见到牵牛的一瞬间，马上就联想到雅宝路俄罗斯餐厅的大笨象。在那个难忘的圣诞节之夜，大笨象给了锦乔极其深刻的异族图腾印象。餐厅给客人准备了各种免费节日礼品，锦乔开始怯生生地拿了一个小象玩具，后来不知怎的小玩具就释放出魔法，将锦乔的注意力和十指全部吸附到它的身上，最后几乎以一扫而光宣告结束。都说中国人就爱占点儿小便宜，她没想到自己竟然成了代表。结果没两天那些小礼品的新鲜感便消失得无影无踪，后来搬家时都当垃圾扔掉了。

牵牛个子很高，皮肤用当下时髦的叫法是小麦色，给人以温存而厚重的感觉。妈妈是大学教师，爸爸是报社编辑。

牵牛从小学习舞蹈，妈妈见多识广，重气质，说女孩子就要落落大方，举止高雅。除了让牵牛练舞蹈，还寻找各种机会带她听音乐会，出席社交场所，增长见识。人家问这个小姑娘是谁呀？她妈妈很自豪地回答："My partner."

牵牛的舞跳得接近专业水准，这多少受她姥姥的一些遗传。锦乔就是通过牵牛对她姥姥的描述，了解到一些当年解放战争和一代伟人周恩来总理的风采侧面。

牵牛的姥姥少年参军，在文工团工作。老人说当时文工团经常练习唱一首歌：团结就是力量。有一个小姑娘是从海南岛来的，总是把"团结"唱成"船结"。

"啊呀，不对啦。不细'船结'，细'团结'，不要唱错哦。"团长也是广东人，纠正发音也是驴唇对不上马嘴。

"船结就细力量。"

"团结！"

"哦，船结就细……"

“唉，俚想气洗我哦!”团长一筹莫展，“我再告叙俚一遍，细‘团结’!”

“船结……”

团长苦笑，终不再“团结”。

后来一次海战，文工团的船紧跟在大部队船的后面，穿梭在枪林弹雨中。船夫告诉她们必须紧紧抓住桅杆。海南小姑娘走了神。子弹打在船上，一个排浪掀起来，大家只看见落在水里的军帽……

从此牵牛的姥姥再没听过“船结”的声音。

老人还记得解放后的某一天，她有幸跟周恩来总理握了手。十年以后周恩来总理观看演出后接见全体文工团员的时候，竟然准确地叫出了她的名字。她当时激动得一连几夜找不到睡觉那根神经。

小学三年级的时候，锦乔的作文第一次在报纸上发表，在班里引起的轰动无异于爆炸了一颗原子弹。教语文的班主任比自己发表文章还兴奋，不但在全班表扬，还在家长会上大肆渲染。

不出一个月，牵牛的文章也发表了。

于是，一场课外作文竞争大战拉开了序幕。

此后，俩人的竞争愈演愈烈，掺杂着淡淡的惨烈味道。

锦乔的《国庆彩排有感》在《中国少年报》上发表后引起轰动，全国各地读者的来信差点儿让她变成名人。不久，牵牛的《天山游记》也在报纸上连载了……俩人似乎暗中较上了劲，你追我赶，一发而不可收，作品在各种报刊四面开花。这下可把班主任老师乐坏了，因为这是她素质教育教导有方的结晶呀。教了这么多年书，哪里去寻如此优秀和争气的学生？真是天赐！那段日子里，班主任老师整天喜滋滋的，逢人便夸“我那两个学生可棒了……”就好像一边脸上贴了一块金，搅得校园内外稀里哗啦的比天上掉馅饼还热闹。她还曾当着全班同学的面如此预言：“二十年以后你们回来看我，有的人是开着奔驰来的，而有的人是赶着毛驴来的。锦乔和牵牛绝对是开奔驰的主儿。至于有些人嘛，哼，我看就得赶着毛驴车来。”她说“毛驴车”的时候语气绝对是在零度以下。

其实，那也确实是锦乔最开心和最快乐的校园时光。学习压力不是很大，做自己最擅长和最愿意做的事，整天像吃开心果。那段日子里，锦乔感觉灵感哧溜哧溜往外冒，止都止不住，跟泉眼似的。

俩人就像在玩一场追逐游戏。

后来锦乔无意中知道了一个秘密：牵牛的爸爸在报社当编辑，她的文章因此得以通过她爸爸的关系很快发表，有时候竟然还占了头版的位置。

锦乔觉得不公平，跟一个要好的同学透露了这个信息。

没曾想，坏事儿传千里。通过一传十、十传百的信息裂变，传到牵牛耳朵里的话已经畸形得类似于毕加索的抽象画。

牵牛当时什么都没说。这一点令锦乔无地自容不说，顿时觉得牵牛具有宰相风度。

锦乔后来觉得对不起牵牛，开始感到愧疚，想当面道歉。可是牵牛一看见锦乔就低头绕道走，跟撞见了鬼似的，根本就没机会让她洗清罪名。说起来也挺可笑的，文章见面互相追赶，人见了面却要互相躲避。

再后来，等到作文登报示众都觉得没什么新鲜了，又忙于毕业统考，锦乔和牵牛就不约而同地都想通了。她们开始罢笔，应付考试，俩人之间的竞争也自然偃旗息鼓，颇有金盆洗手的味道，关系也就融洽了许多。语文老师急得不行，轮流找俩人谈话，内容大同小异："你怎么很久没发表文章了？无论学习多紧张也得把写作放在重要的位置，这对你的将来是很有好处的……"

两人当面点头称是，私下议论：该不是老师最近没得可吹的了吧？

腊梅冷眼旁观，看这两个人跟说书似的怎么合久必分，分久必合；怎么轮流当少先队大队长；怎么一起主持校电台的节目。她们是主角，怎么表现都是轰轰烈烈，沸沸扬扬。她却是配角，只能心有不甘地做一片绿叶。

闹意见的时候，腊梅听牵牛怒气冲冲地跟她讲锦乔的一些坏话："你知道吗？她特无聊，专门揭别人伤疤，好像她能捡多大便宜。哼！她都不知道别人都不爱理她，自己还挺臭美！"

合得来的时候，腊梅又听牵牛感慨无限地说："其实锦乔也挺好的，学习好，善良，就是嘴有点冷……"

腊梅对这种小女生之间的小把戏很是不屑，怎么看怎么觉得这两个人无聊透顶，不清楚自己怎么就被扯进去了，好比凤凰硬被拉进鸡群里，无辜得很。

腊梅在班里有限度地受宠，怪只怪投"胎"不准。班主任是语文老师，自然是"文"字当头。很少有老师对擅长其他学科的学生发生偏爱的。如果历史老师讲着讲着课，突然冒出一句英语，大家就会惊奇不已，感觉像一只鹦鹉学说了一句人语，唏嘘半天。即使那老师英文功底再好也觉得不正宗，说出来的话像盗版。

小学毕业后，三个人进入同一所重点中学。牵牛和锦乔一个班，是"第二实验班"，稍逊风骚。腊梅在"第一实验班"，一代天骄。

名校重理轻文。

本来三个人的排名还挺混沌的，结果就着称谓分出了高下。

凡事只要一经过确定就有了地位，然后地位就成为约束，约束就是权威。

有权威作保障，腊梅长舒了一口憋在心里几年的恶气。躲在权威后面，如同傍上一座大山，体验到拥有权威的优越感。

腊梅从来不敢放松，也没想过要放松。她一直觉得自己的努力是主动的，不是被动的。后来才隐隐约约地明白，其实也不完全是主动的，多少还是受了点儿外力的作用。在那种家庭背景下，在妈妈跟卖菜的小贩因为几角钱喋喋不休地讨价还价的时候，在拥挤的小屋里转不开腚的时候，在听同学高谈阔论名牌不敢靠前的时候，刺激出了她的主动。拼命学习只不过是一种手段，一种人生规划，达到对外、对内同步胜出的效果。什么也不用想，只用心学习。她想从学习那里索取稳住台面和未来想要的东西。学习给了她面子，给了她威信，还给了她最好的学校。

三人小学的状态延伸到中学，缘分的确不浅，不知将来又有怎样的好戏连台？

实验班是人才的聚集地。要想突出，就得是考试尖子。

这有点类似武林擂台赛，集中了各路英雄妙手。

多数人是通过考试和各种竞赛获得名次进来的。

有一个男孩只有九岁，叫麦冬，只因为数学竞赛的成绩突出，便一路跳级上来，跳得一双鞋带经常碾在脚下，走起路来像有几条活蹦乱跳的泥鳅。麦冬性格很开朗，在学校如同在自己家，跟谁都不见外。一群男生带着他玩，正要到兴头上，突然，他"哇"的一声就开哭，哭得像婴儿一般纯真，流着两条清亮亮的鼻涕跌跌撞撞地就闯进教师办公室。

"呜……赉老师，呜……他们欺负我!"麦冬将赉老师当成了护身符。

赉老师扔下手里的活儿，领着麦冬去抓凶。麦冬有了靠山，手指像机关枪一样扫射："他……他……他……还有他!"

赉老师逐一将几个罪大恶极者拎出来，痛训一顿。最后实在因麦冬树敌太多，无法一一过招，只得来了一次统训。"你们怎么能这么对待麦冬呢？难道你们不知道大的要让着小的吗？啊？你们就没有弟弟妹妹吗？啊？"

"老师!"苏铁小心翼翼地说："我们都是独生子女。"

"简称独子!"君子小声嘀咕了一句。

大家不约而同地发出闷葫芦灌肠般的怪笑声，不敢像面对其他老师那样放肆。

"那你们就没有表弟表妹吗？啊？孔融让梨的故事你们大家应该都有所耳闻吧？怎么，我现在不用你们让梨，那太破费了，弄不好有的人还得心疼半天，影响学习。我只要求你们各路英雄好汉高抬贵手，给这位比你们还不懂事的小弟弟一点宽容，给他一点生存和学习的权利与空间，别欺负他小，熊他弱，行不行？啊？"赉老师晓之以情，动之以理，末了突然提高声调发问。

"行!"平时最能惹麦冬哭的那几位神仙喊得倍儿欢。

"好！喊'行'的几个小子给我听好了，今后如果不'行'，我唯你们是问。"赉老师一锤定音，砸得那几位神仙龇牙咧嘴直做怪相。

从此，麦冬在班里形单影只，孤独得没几个人爱搭理他，弄不好沾边就赖呀。

麦冬在数字方面鹤立鸡群，作文却如赶鸭子上架。上了中学，麦冬的作文依然上不去架。

麦冬的作文。

今天，我和管一起吃饭。管说他没带饭卡，跟我借。我不相信，我上午还看见他拿着饭卡去买好吃的。于是我们在食堂里打起来。我没打过他，我哭了，他就把我饭卡抢走了。他吃饭的时候，我抢他的饭吃，因为他的饭是用我的饭卡买的，但是大部分还是被他吃了。吃完了饭，我们又打了一架，我还是没打过他。我一定要告诉老师，好把我饭卡里的钱要回来，还让老师骂他。

我今后一定要保护好我的私人财产，不让管再抢！

老师把麦冬最后一句话圈起来，意思是：这句话写得不错。评语是：**你很不屈不挠**！

麦冬的另一篇作文是这样写的：

今天上音乐课，我唱歌唱得很认真。突然，管打了我一下，打完了还笑。我非常生气，心想：管为什么那么欠呢？于是开始还击。打着打着，管把我的本撕了，我一看，是英语本。所以我把他的本也撕了，一口气撕了两个。撕完了本，我心里觉得好受多了。我本来要把撕坏的本扔掉的，但转念又一想：老师常教导我们要勤俭节约。于是我把本小心翼翼地装进书包里，准备拿回家卖废品。我觉得自己进步了，越来越知道节俭了，越来越能体会家长的辛劳。

但是作为新一代青少年，我觉得我有必要帮助同学改正缺点。所以我决定明天给管告赉老师，让赉老师好好教育教育他。

这篇作文的评语是：**你非常俭朴，望继续保持！**

几篇作文写下来，麦冬不断地揭露管的“丑行”，丑恶得越来越丑恶。

老师看腻了，在他的作文本上写：**望多写积极向上的文章。**

麦冬改不掉，继续写。

老师忍无可忍，又在麦冬的本上写道：**你既然这么讨厌管，为什么总和他在一起？望记住一句名言：物以类聚，人以群分。**

麦冬对“物以类聚，人以群分”这句话不太理解，回家问爷爷。弄明白之后，他找到语文老师说：“我是不想和管在一起的，真的。可是他总缠着我，我没办法。”

语文老师无奈一语道破玄机：“你这个孩子坏就坏在太单纯了。”

第十七章

中国教育者的观念怎么就都这么落后呢？

锦乔和文竹负责出的第一期板报荣获全年级评比第一名，老师和同学们都非常高兴。当然，最高兴的还是锦乔和文竹，因为这是她们进入中学以来为班级争取到的第一个荣誉。

实验（6）班获得了个倒数第一，别看那些人学习成绩好，综合素质却无法恭维。锦乔代表实验（5）班上台领奖时，故意昂起获奖者的头，无限鄙夷地朝（6）班的方向扫了一眼。但当她发现（6）班的同学朝她看时，又做贼心虚地赶紧游移开目光。她没有勇气给别人留下一个挑战者的酷形，一向以乖乖女形象示人的她只有回家面对千宠百爱她的父母才敢毫无顾忌地挑战撒娇。

文竹对锦乔的印象也发生了质的改变。俩人初次合作办板报，文竹负责画面设计，锦乔负责文字，按理说彼此之间摩擦系数极小，配合得凹凸恰当，但两个人在时间的安排上出现了别扭。锦乔住校，放学以后弄板报稍微晚一点也无所谓，几分钟就可以走到宿舍。文竹则不然，放学后挤上一车怪味肉包子似的公共汽车，还要晃荡一个多小时才能到家。路途的疲劳自不必说，最重要的是时间就意味着学习、分数和含金量，谁跟它过不去，它就会跟谁过不去。

锦乔跟文竹的时间过不去。每一次画了改，改了画的板报设计令文竹大伤脑筋，她有时甚至怀疑锦乔是在有意刁难自己，以改变其在分数竞争上的劣势。所以，每次锦乔让文竹留下来共同出板报设计，刚开始两天文竹还激情燃烧，责任感和使命感俱佳。熬到最后两天，文竹几乎完全成了被动时，被锦乔拖得满腹牢骚，却又不好发泄明火，可怜一小女生只能将不满在眉心之间反复做物理熨烫疗法。这一切，性格大大乎乎对细节经常忽略不计的锦乔自然毫无察觉。

当文竹在荣誉的喜悦里向锦乔袒露这一切并表示对锦乔在出板报的过程中认真负责的精神产生好感时，锦乔才如梦方醒，暗想别人对我有意见我怎么都看不出来呀，这不是有眼无珠嘛。幸亏文竹是个心底无私的透亮人，若是碰到一毫厘计较的阴暗小人，这梁子可就结大了。

文竹的长相实在不能说漂亮，但她一身干净透亮的气质带给人的只有好感。有人说女孩不因美丽而可爱，因可爱而美丽。这话对文竹合适。

文竹沉静得就像一泓秋天的湖水。她做事总是不慌不忙，条理清晰，完成得也相当不错，让人在接近她的时候忍不住放慢脚步，降低噪音分贝，也变得平和而细腻起来。这就是她独特的魅力所在。在浮躁而竞争激烈的中学时代，她犹如一个世外桃源，一个心灵栖息的港湾。

文竹写得一手好字，如出名家。她不但擅长绘画，还喜欢工艺美术，在别人忙着报课外数学、英语等各种学科班的时候，她依然按照自己的爱好报了陶艺社。于是，各种各样像模像样的工艺品就代替了别人那些昏天暗地永远都做不完的习题，但却很少有人能超越她的学习成绩。她可以将一个小话梅核雕刻成一个精致的小茶壶，惟妙惟肖。

文竹的家境不富裕，爸爸是公共汽车司机，妈妈是售票员，俩人组成一辆完整的“大老公”，连交通警察都得让三分。文竹的生活一向节俭，夏天天热，同学们都买冰镇的饮料喝，她却一年四季喝学校的水。她买笔一般只买笔芯，用纸卷在上面当笔杆，竟比一般的笔都好用。学校让交学费，她不小心将500元学费弄丢了，急得她绕着学校找了好几圈，最后只找回两行泪。此后的1个月，她几乎每天午饭只吃两个包子一杯水。

阳光透过玻璃窗，毫不吝啬地撒满了教室，投下斑斑驳驳的圆点，好似一个个跳动的精灵。

百合显然没有兴致欣赏这些自然而生动的画面。她懒懒地倚在座位上，半眯着眼睛看生物老师穿着一身规规矩矩的西装，手执教鞭在一板一眼地讲课。

无聊。百合想，类似鲁迅说过的“活该”。以句号结尾，不带任何感情。明明课本上有的东西还要抄下来再讲一遍，毫无必要地多走了一遍人工程序。不但浪费他自己的生命，也坑害了大家。书是死板的，卷子是死板的。老师在两种死板的东西中间充当着死板的角色，再将学生的思维捆死，真是愚昧和悲哀透顶。

中国教育者的观念咋就都这么落后呢？

开学初，学校发给每人一本学生手册，上面记载着一些学生和老师都容易忽视的准则。手册包裹在深蓝色的塑料皮里，简称“小蓝本”。学校要求老师带着学生在班会上对“小蓝本”进行“三个代表”式的深入学习。一般老师明里暗里浑水摸鱼，得过且过。生物老师却不这么干，他做每件事情都好像在刷牙，不管牙齿的大小排位和作用，一颗颗刷得认真而仔细，生怕不小心漏掉一颗被虫蛀掉。每逢班会，他一准会说：“把小蓝本拿出来。”然后一条一条地读，并不时进行补充和说明。因为阅读得太详细，三节课竟没够用。

一次上完生物课，生物老师又说：“同学们再辛苦一下，我们利用课间学习学习小蓝本。”看到教室里的脏和乱，他的嘴唇抿成一条直线，“我虽然不是班主任，但也要强调一下值日问题。我先给大家讲一则寓言：有一群人围着火堆取暖，谁也不愿意去拾柴，结果火堆灭了，那群人冻死了。另外一群人争着去拾柴，也冻死了。还有一群人轮流去拾柴，只有他们活下来了。做值日也是这个道理，轮流做，坚持做才会有好效果。”

这时，有人从后面给百合传过来一张纸条，上面赫然写着：送给“垃圾桶先生”的礼物。

百合“扑哧”一下笑了。她想象着，如果把这张纸条偷偷贴在生物老师的背后，将会是什么效果呢？全班，不，全年级都应该爆棚。

百合的画瘾上来了，她从小就练得一手工笔绝活，却鲜有表现机会。可眼下没有画板，怎么办呢？她扫了眼光滑的桌面，灵机一动。

五分钟以后，一个活脱脱生物老师背纸条的形象跃然桌面，背景是一片昏暗的白，是脏了擦，擦了脏多次之后那种再经不起折腾的瘫痪的白。

百合欣赏着笔下的杰作，充满得意。

这时，一道阴影盖过来。

百合目光慌乱，迎头撞上一对金鱼般外凸略带淡蓝色的眼珠。是生物老师。

百合换了个坐姿，不自然地用手遮掩着桌面。

生物老师紧盯着百合，一般学生犯错误的时候他就是这种盯法，盯到人心里发毛，心理防线不攻自破，乖乖投降。

百合尽量装作坦然地望着生物老师，就像什么事情都没有发生过。

10 秒……20 秒……30 秒……生物老师不可思议地盯着百合平静无波的眼神，终于忍不住张开尊口："你……你知道实验室的物品不可以随便破坏吗？"

"嗯。"百合点头，乖得不可思议。

"你出来一下。"生物老师觉得课堂氛围不利于批评和改造学生，将百合拉出去单练。

有人开始为百合的前途和命运担忧。

楼道里，生物老师站在一排标本前，和它们相映成趣。

百合立马联想起前几天晚自习的时候，数学赉老师语重心长地对白兰说的话："白兰啊，你最好把头发梳起来，要不然有人在放标本那看见你，还不吓晕菜啦！"百合顿时忘了场面和气氛，"扑哧"一下笑出声。

生物老师叹口气，像是拿问题学生没办法，又像是把包容表现得露出马脚，不战自败，"你是知道的，实验室有规定，凡是破坏公物的，要通知班主任的。你这是第一次，以后注意点。"他在强调问题的严重性。

"我没有破坏公物。"百合辩解道。

"怎么没有？你在桌子上面乱画……"生物老师有些愤怒。

"怎么一回事？"一张老脸探过来，是年级组长，正在楼道里巡视。其实他长得不太像年级组长，倒有点像文革前的右派，年过半百，头发被改造得所剩无几，几根游丝般的长发遮掩着光明顶熠熠生辉。可他的肚子却是典型的八十年代后的腐败产物，跟没了约束似的，装满教学与人生。

百合想男人就是这点好，到了一定年龄可以大大方方地丑给世人看，不用任何节制，弄不好还会被异性说成“酷”。女人就不行，像她妈妈，硬要违反自然规律，减肥减得比活着还辛苦。看起来，男女天生的就是不平等结构。

“夏老师，这个学生在桌上画小人，我正跟她谈呢。”生物老师像士兵见到长官。

“是吗？”年级组长看了看百合，像在看异类，“那可要告诉她班主任哪。”

班主任就是学生在学校的家长，是管理学生的第一把手。

“要告诉吗？”生物老师欲擒故纵，明明想要那么干，却又装模作样地抗拒一番，意思很明显：我可没想告，是头非让我告的。

“那当然，现在学校查得很严。”年级组长的权威不容置疑。

“要不然……我看……算了吧。”生物老师真假难辨地宽容起来。

“不行，学生就得严管。该怎么处理就怎么处理，尤其像这种蓄意破坏公物的行为。”年级组长斩钉截铁，威风八面似军机大臣。

“是，您说得对！”生物老师一边附和着，一边注意观察着百合，并投以同情的眼神。没想到百合居然很不配合，故意装作没看见似的心不在焉，害得他一大把年纪的人顿感热脸贴到冷屁股上。心想，不感动也就算了，连点儿表示也没有，真是没礼貌。唉，现在的学生呀！

百合看着这俩人一唱一和，仿佛在听他们谈论一桩肮脏的买卖，丑恶透顶。

突然，生物老师盯着百合，表情酷似参加追悼会，压低声音说：“那好吧，找你班主任去吧。”

百合注意观察生物老师的眼睛，它仿佛在说：如果你刚才配合点，不就不用这么烦了吗！

百合撇撇嘴，一副将要大难临头的样子，把眼镜往上推了推，远离灾难般地开逃。沿途挨班欣赏风景，脑子里忽然蹦出“呆若木鸡”这个词。这个词挺棒的，把它贴在每一个认真听课的学生脸上，再贴切不过。

下午，教师办公室。

“百合啊，你得严格要求自己啊。”实验（6）班班主任赉老师第N遍地对百合说。

由于筱老师参加校庆活动暂时不在，赉老师临时代管实验（5）班。

“嗯。”百合低着头，一副悔不当初的样子，额头上一排齐刷刷的刘海成为她此时遮风挡雨的有效屏障。

“百合啊，你是班委，什么‘委’来着？”赉老师语重心长。

“体委。”百合提醒他。

“对，对，是体育委员。所以你更要严格要求自己，给大家作个榜样。百合啊……”赉老师不厌其烦，惩前毖后，治病救人。

简直是在叫魂！已经快一个小时了。要再这么“啊”下去，我非得被他逼疯不可。不行，我必须换位思考一下，得想点儿别的什么高兴的事儿。对了，小姨正在广州开会，据说每人发了一部彩屏可拍照手机要送给我呢。太好了，真是有点迫不及待了。我现在的这款Motorola都用两年多了，很多技术指标都无法与时俱进，早该淘汰了……百合心已神游八方。

“唉，百合啊，你有没有在听我说话？百合！”

“啊？”百合慌乱中回过神来，大脑迅速下达命令，立刻点头如捣蒜，“有啊！有啊！”

“那你刚才发什么愣啊？”赉老师极为不满。

“我……我在消化您讲的内容。”百合急中生智，还生硬地挤出一丝笑容，结果肯定比哭还难看。

赉老师一双鹰眼闪在历史般厚重的镜片后审视百合。

“赉老师，我……我想上厕所。”百合抬头说，实在忍不住想要发泄一下。

“啊？”赉老师从不耳背，平时上课地上掉根针都能刺激到他的敏感神经。

“我想上厕所。”百合使用了一点儿强化音。

“哦，好。你要记住，今后严格要求自己啊。”赉老师仍然依依不舍。

“嗯，一定。”百合看透了，今天不下此保证，她就休想走出这道门。

“你走吧！”赉老师想想也再榨不出什么油来了，大手一挥，终于下达了特赦令。

百合几乎是踉跄着夺门而逃，感觉自由从没有如此的美妙。她仰头望天空，湛蓝的天穹下，有几朵洁白的云朵自由自在地飘浮，无拘无束。一向污染严重的城市难得有这种好天气。她贪婪地深吸了一口空气，不由自主地想起匈牙利著名诗人裴多菲的那首名诗：“生命诚可贵，爱情价更高。若为自由故，二者皆可抛。”“名言呐！名言！”她忍不住大声地喊出了声，惹得周围有几个学生以为她在发神经。

她不怕被骂，更不怕请家长，家长永远可亲。但这次她怕了，真的怕了，平时没发现赉老师竟有如此特长，真是人不可貌相啊！人其实就是一面多棱镜。她从小生活在简明扼要的环境里，从未见过这阵势。她想如果真要是让赉老师跟电影《大话西游》里的唐三藏对话，自杀的肯定是后者。

当天晚上，百合在宿舍里诉苦。

“我数了，赉老师一共说了11次‘百合啊，你要严格要求自己啊！啊……’”百合模仿赉老师的腔调，惟妙惟肖。

“像念经。”月季说。

“是啊。”

“他们为什么说你破坏公物啊？”月季不解。

“我哪儿知道。我就用圆珠笔画了个小人，又没用刀刻，就说我破坏公物。”百合觉得实在冤枉。

“当然是了。用圆珠笔画的，多难擦呀！”鸟不宿实事求是地说。

“反正我不觉得。”月季独断独裁。

“可是……”鸟不宿还想辩解。

“哎呀，行了，行了。我懒得听，别跟我说！”月季没好气地冲鸟不宿嚷，潜台词是：我跟你没有共同语言。

僵局。

鸟不宿用黑白眼仁不停地交错翻楞月季，寻机出气。

月季装作没看见，一边摆弄 MP3，一边哼着流行歌曲，故意气人。

室内气氛有些紧张。

“你们觉得赉老师怎么样?”百合想缓和一下局面。

“我觉得赉老师挺有人格魅力的。”月季说。

“还很活泼。”白兰心领神会。

“活泼?”百合不解，“那么老气横秋的一个人怎么能享用如此青春美妙的词汇?”

“他还不活泼吗？讲课的时候手舞足蹈的。”白兰解释。

“那倒是。”锦乔点点头，补充一句，“像演员。”

“我看老师一个个都是演员，天天从早讲到晚，满堂灌，灌得我直迷糊，恶心，想呕吐!”白兰痛苦得一塌糊涂。

“我爸爸说，老师应该是导演，而不应该是演员。”锦乔严肃地说。

“什么意思?”月季的好奇心永远超群。

“就是说，老师应该鼓励和指导学生提出问题，解决问题。以学生为主，让学生多讲，老师少讲。”锦乔兴奋地比比划划，俨然一演员。

“那老师该有多失落呀，岂不是没权威了吗?”鸟不宿替老师担忧。

“国外就那么教学，学得既轻松，又有兴趣，知识面还广。所以，国外学生的社会适应能力和创新能力都比我们强。”锦乔谈起这些滔滔不绝。

“你又没出国留过学，你怎么知道这些?”月季皱着眉头问。

“我爸最近对国内外教育挺有研究的，听他说的。”锦乔如实禀告。

“百合，你们班的腊梅长得漂亮吗？她可是锦乔的小学同学呀!”月季话锋一转，语气里包含着一点蠢蠢欲动的阴谋，一点婉转的锐利。

由于宿舍紧张，5、6 两个实验班的学生同住一间宿舍，5 班的学生多，6班的百合在这里算“少数民族”。

“挺漂亮的。”百合说，不太合作。

“怎么个漂亮法?”

“人不算黑，学习也不错。”百合很注意挖掘别人的优点，难能可贵。

“这两者之间好像没什么关系。”月季分析道。她头脑一向冷静，逻辑思维能力超强。

“智慧就是美丽。”白兰说，虽然自己并不算智慧。

“因为她平时很少说笑，所以我们班有人管她叫‘冷美人’。”百合说，看不出半点的嘲讽意味。

“你们班人的眼睛是不是都长斜了?”月季激动地从床上一跃而起，像是别人触到了她的痛处，脸上的线条扭曲得像一条条痛苦的蚯蚓，“她那尊典型家庭妇女的体形要是‘冷美人’，那本小姐就是‘白雪公主’!”

白兰爆笑出声，在床上来回翻滚颠簸，比跳迪斯科还疯狂，床架立刻吱吱呀呀地发出强烈抗议。但是抗议无效，只好改作伴奏。

百合掩嘴轻笑，好似大家闺秀。

众人各笑出各异姿态。

突然，房门像神经遇袭一般抽搐起来。

屋里有人感应这种辐射，也跟着一块痉挛起来。

“完了完了!”白兰慌叫，“宿舍老师来了!”她本想说：不好!不好!有敌情!可惜没时间斟词酌句。

一种先声夺人的腔调直闯入室，融合了愤怒与亲切，宛如冷暖交织的气流：“说话的人立刻出来!别冻着，穿好衣服，感冒了可不好。”

月季一边手忙脚乱地穿衣服，一边飞速地说：“就说咱们刚才讨论数学题呢。”学习永远是最安全的话题，必要的时候更是一面挡箭牌，可以很好地自救。

“不是说话三次就退宿吗。鸟不宿，你跟我下去。百合，你们大家留守，万一我们有什么不测，你们就下去营救我们。”月季看上去颇具领导才能，可以迅速指挥部署，连后事都想好了。

百合感觉得自己被当成了“备胎”，不过她今天不想再被“审”，一个赉老师已经让她难受一整天了。

楼下宿舍老师值班室。

寂静的夜。美好的色彩。不算美好的心情。

“你们说说怎么回事？咱们这样可不行啊。本来让你们住宿是因为你们家远，照顾你们。要是这么晚你们还热热闹闹鬼哭狼嚎似的，还不如回家，正好现在床位紧张。有个学生还在住学校的招待所，天天都过来问有没有空床。”宿舍老师的声音不大，因为静，突出了分量，甚至还能听见回音。

月季笑了笑，笑得干巴巴的，不如平时那么滋润。

“老师，我们以后不说了。”月季抿着嘴，背着手，两脚来回扭动，像是在向地球求情。犯错的时候什么动作最令人心疼她就来什么，这种看似忽明忽暗的小动作其实是作给老师看的，借此传达出一些不安，想让老师的心软那么一下，徒增些好感。老师都喜欢学生犯错以后的不安。

“我看你们还是回家算了，在这里还影响别的同学。”宿舍老师心并不软。

“别呀，老师！”月季先软了。

“明天我找你们班主任去。”宿舍老师心太硬。

“老师，我们以后绝对不说了！”月季此刻恨掏不出心来亮给老师看。

“你们刚才说什么呢？”老师欲擒故纵。

“我们……”月季语塞。

“哇……”鸟不宿突然大哭起来。

月季和宿舍老师都吓了一跳。

“老师，我想我妈！我……是因为……跟……我妈妈见……见不到面，所以……所以才说话的。”鸟不宿哽咽着，并且动用了世界上最温情的词“妈妈”。平时她可是从不将这两个音节连起来一块儿叫的，感情也总是减半。

老师惊讶地看着鸟不宿断珠般的眼泪，嘴慢慢扩张成“O”字形，一时慌了神，来不及分析前因后果，连忙过去安慰她，“乖，不哭了，周末你不就能看见妈妈了么。”

“我……老师……我想妈妈！”鸟不宿的眼泪势如破竹，如股市暴跌。

“好了，好了，不哭了。明天给你妈妈打电话，好不好？告诉妈妈你想她，让她来看你，好不好？”老师连哄带劝，眼下巴不得鸟不宿和月季赶紧离开这是非之地。

月季站在一边，自始至终没作配合。她的惊讶还没回过神来，整个过程就像突然放映了一部大片，而且接近黑色幽默。

“别哭了，明天眼睛哭肿了多难看哪？别再哭了，赶紧上楼睡觉去吧，再哭就把整个宿舍的人都吵醒了。”宿舍老师急于打发这个沾在手上的“烫山芋”，回头冲月季说：“以后你们注意点。”

“哎。”月季赶紧答应，整个一天下第一乖女。

鸟不宿和月季俩人相依相偎着往楼上走，像一对经历过大风大浪的患难知己。

月季盯着鸟不宿，“你……”

“干嘛？”鸟不宿擦干最后一滴残留的泪。

“我拜你为师！”月季鞠了一个标准的拜师礼。

鸟不宿“扑哧”一声笑了，月季第一次表现出对她五体投地般的尊重，令她的自尊心获得极大的满足。

第十八章

他的脸一半是火焰，一半是海水

锦乔一向认为历史老师应该具有历史的凝重及厚度，光从他走路的姿势和眼镜的厚度来看，就知道他是学历史的。他走路速度像电影中的慢镜头，因为在看书，稍不留神就免不了磕磕碰碰，甚至触礁翻船，如同中华民族漫长而艰辛的发展历程。他的镜片从侧面看足有鞋底厚，且发黄，如是古董没准还真值几个钱。他平时不大说话，犹如一头沉睡的雄师，只有讲课的时候才清醒，并且开始咆哮。当讲到日本侵华战争的时候，他在教室里气愤地来回穿梭，步子跨度极大，每一步都像是在发动一次战役。此刻他的脸似乎一半是火焰，一半是海水，以鼻子为中线划开，泾渭分明。火焰的一面提醒学生们勿忘国耻，英勇杀敌；海水的一面则淹没怒火，提醒自己还在讲课，切忌过分发作。最后他想出一个折中的办法，一个箭步跨回讲台，手握成拳，“咚”的一声直击桌面，发出“嗡”的巨大回音，十分干脆的气势。砸碎了愤恨，砸回了理智，他泾渭分明的脸也逐渐恢复正常，最后水火交融，左右两极重新恢复一张正常的脸。准确地讲，一张脸就是他情绪演变的晴雨表。

历史老师让学生们周末回家复习历史。周一，他站在教室中间，如同王者，镜片晶亮，满脸兴奋，一手掂量着比他镜片更厚重的历史书，小幅度地上抛，接住，状似轻松，“就这么点东西，早滚瓜烂熟了吧?”

“没有!”回答一致。

“没有?”他的脸色又有所变化，还是以鼻子为中线，“那做题吧，不多，就100道，一会儿就做完。”

结果出来了，他不甚满意，“这次我们班有很多同学不及格。”

“几个?”

“七个，啊!”他感叹。然后转身从讲台上拿出一摞纸，“接着考!”

做了大概五分钟，黑压压的脑袋中露出一张哀怨的脸："老师，光做题有什么用啊，不会的还是不会。"

"对！"他大力地点头，手背在身后，嘴唇坚定地上抿，表示赞同，"我们开始讲题。"

"九·一三记得吗？"他问。

"不记得。"

"不记得？九·一三都不记得咧？不就是林彪自我爆炸吗！"历史老师一副不满而又自满的双重表情组合。

"哦！"众生一音，参差不齐。

"来，看下一题……"

半晌，他的头从卷子顶端冒出来，腼腆地一笑，突然手足无措起来，"我跟大家说件私事……"浓郁的神秘感。他一直是一个直来直去的人，从没这么委琐过。

"呃……大家知道，我的普通话说得不好，我相信这点大家比我清楚。"历史老师是指他上课经常被打断，然后不断有人此起彼伏地重复他的话或纠正他的发音。

"可是，以后我希望我能改正，我知道大家一定会帮助我。"他一脸的诚恳，然后郑重其事地点了下头，"我相信大家一定会支持我。"

锦乔看到历史老师周身散发出历史般沉重但有分量的光芒。

"是啊，君子一直很支持！"苏铁抓住机会起哄，他一向善于此道。

君子自从参悟历史老师的C腔J调以后，就致力于四处广泛传播，如同做数学题般勤奋，他觉得掌握某种方言也是一种荣耀和才华。他对历史老师的每个表情和细节都仔细琢磨，反复推敲，舍得花一番工夫。

当着全班同学的面被揭短，君子涨红了脸。他脸皮比寻常人厚，很少脸红。

历史老师不明所以，天真地问："怎么就他一个人支持，难道你们大家不支持吗？"

全体笑颠。苏铁边笑边点头，上气不接下气地说："支……持！

支……持！”

历史老师绝对不是故意制造幽默，本性使然。以后差不多每节历史课都可以观赏到这样的情景：他讲到某一处，不论是让他的脸泾渭分明的外敌入侵，还是让他的脸结成一体的国民大革命，他总要被迫停下来，在到底是“四”还是“十”这样的字眼上纠缠不休，舌头打滑。

君子跟苏铁等私下嘀咕，说不妨用女性烫头的工具将历史老师的舌头也烫一下，也许就不至于打滑走调了。

有一段时间，历史老师忙着报考研究生，请来他称之为“师兄”的人代课。

师兄不愧为师兄，对生活的看法比师弟略高一筹。

初来乍到，师兄即开始大谈人生。

“敝姓孙，孙子的孙。”师兄如此开场。

下面一片开心的哄笑。

师兄不大自然，“啊，是孙子兵法的孙。当然，你们可以叫我孙老师。”他精炼的身材没比讲台高出多少。为了突出形象，他一手扶住讲台，尽量挺胸收腹，一只腿习惯性地上下抖动。

这种人都比较自恋，善于自我陶醉。锦乔记得在哪本书里见到过对这种类型人的性格分析。

“其实呢，历史相当好学！告诉你们一个秘诀：不管学到哪里，都和人生联系起来，不可能学不好。比如咱们今天讲的井冈山会师吧，这是毛泽东人生的一个重要转折点。毛泽东这个人的人生很曲折，你看，像文化大革命，就是一个错误的决定。呀！不对，文化大革命还没学到是吧，那我们以后再讲。先说今天的井冈山会师吧，是毛泽东人生的一个重要转折点，他……”

“老师，这条你刚才讲过了。”苏铁很不给面子，他似乎跟谁都较劲。

“什么？”孙老师如丈二和尚——摸不着头脑。

“人生——的重要转折点。”苏铁特意强调“人生”两个字，引来一阵低低的窃笑。

“对啊，是他人生的重要转折点啊。”孙老师反驳。

“唉，我不是说这个，我是说……嗨……算了！”苏铁无奈地败下阵来。

“有些同学不要打岔！”孙老师极度不满地瞪了苏铁一眼，继续高谈阔论，“人生这个东西很奇怪，把握不住，捉摸不定。你向东它就向西，你向西它又向东；你向前它就向后，你向后它又向前……”他紧皱着眉头，自言自语地像陷入某种深层的思考，又像回忆他曾经跳过的“人生的陷阱”。他深吸了口气，最后下了结论：“总之，人生很奇特。”

苏铁不打算再听他啰嗦下去了，他翻了翻崭新的历史教科书。开学以来他还没仔细翻过它，翻起来有点陌生。扔到新书堆里，他肯定无法辨认谁是谁。

苏铁是典型的从小就会念生意经的校园小商贩。他对如何赚钱无师自通，利用同学们学习压力大，没时间外出购物的特点，常将纸张、笔、墨、文具等低价买回在班里兜售，生意竟异常火暴，并声称秉持“互惠互利”之原则。他还在班里开办了一个个人银行，凡是需要用钱的人都可以跟他借，然后付利息，且高于银行同期贷款利息，也有人买他的账。过生日同学送的礼物，他收到之后一律重新组合包装，等有人过生日的时候再转手赠送出去，且安排巧妙，不露蛛丝马迹。

有一阵学校刮起“卫斯理”热潮，一时间各个角落都漂浮着一层诡异的气息。苏铁不能免俗，来回倒卖卫斯理小说让他发了一笔小财。

苏铁对市场信息一向敏感，他说时尚就是财富。

君子想埋汰埋汰苏铁，便问他：“脸皮厚是什么？”

苏铁不假思索地回答：“脸皮厚就是财富的基础。”

君子发愣之际，苏铁拍拍君子的肩膀，一副过来人的架势，“兄弟，你还嫩点儿！”

开饭店的没龙虾吃，卖楼的没好房子住。依此类推，卖卫斯理小说的没新小说看。

苏铁去图书馆借卫斯理的小说，原本一长溜的整套小说只剩下残存的几本，在书架上倚立歪斜地支撑着局面，且封面油黑，书页卷曲，落魄得很。苏铁有洁癖，看见那几本死不了活不好的书本来挺恶心，又实在禁不住诱惑，只好一只手捏着鼻子，一只手用手纸包着将书拎回班。一路颠沛流离，弄得书从骨折到散架。

苏铁看了没几页，就大喊："太恐怖了！太恐怖了！"没过两分钟又喊："太恐怖了！太恐怖了！"过了一会儿再喊："太恐怖了！太恐怖了！"将煽情进行到底。

"你有病啊！"菖蒲不满。

苏铁神秘兮兮地凑近菖蒲，说："你知道吗？有个人死了，死在楼顶上，周围没有比那幢楼更高的楼了，可那人是摔死的！"

"你怎么知道那人是摔死的？没准是被人拖上去的。"菖蒲不屑地说。

"不是！这书上写的！"苏铁敲着书，"唉，我跟你说干嘛？你又不懂。"说完继续喊："太恐怖了！太恐怖了！"

菖蒲从鼻腔喷出一股冷气，"人家水仙都看几十本了，也没像你这么神经。"

苏铁回头，果然看见水仙正在座位上静静地看卫斯理的小说，没什么特殊表情。苏铁不以为然地对菖蒲说："这你还看不出来啊，她已经吓傻了。"

苏铁多数的爱好目的明确：赶时髦。但他对武侠小说的热爱绝对虔诚，如同基督徒面对《圣经》。各类武侠小说他从小学痴迷到中学，从金庸、梁羽生读到古龙……他爸爸那代人谈中国近代文人，出口就是"鲁郭茅、巴老曹、丁艾赵……"，有点像文革语录。苏铁张口就来"东邪西毒欧阳锋，南帝北丐洪七公"，审美意境发生了质的改变。

菖蒲从苏铁身上看到她大舅执着的影子，一个每晚喷云吐雾研究武侠到深夜，而自身"武功全废"的男人。老婆跟他离婚了，带着儿子去了深圳，拉开架式准备傍大款。他单位效益不好，裁员的大手无情地轻轻一推，他一个被迫自由落体运动：下岗了。

男女同桌，本应该是异性相吸，可苏铁跟菖蒲就像两块同极的磁铁，天天都能擦出火花来。苏铁总说菖蒲身上有一股怪味，于是公开一则广告：

您想感受独特草原悠悠之气吗？

您想免费作一次神秘的冒险之旅吗？

不要犹豫。

只要签上您的大名，一切交给苏铁，费用全免，只需向我靠拢，再靠拢，一切梦想瞬间即可变为现实！保您满意！

联系人：苏　铁

这之后，菖蒲对气味极度敏感。

一次，苏铁不慎放了个闷屁，却顾左右瞅别人。

“呀，真香！”菖蒲挖苦道。

苏铁大惊，连忙问：“什么？”

菖蒲指了指化学书上一缕蒸腾的气体。

苏铁尴尬之余，对菖蒲刮眼相看。

班主任筱老师抱着一大摞随笔本回到办公室。50年校庆的活动轰轰烈烈地结束了，她的工作能力再一次得到了校领导的认可。她恢复（5）班班主任的职务也有些时日了，凭着青春洋溢的个性和对工作的认真负责，她在同学和老师之间声誉四起。

筱老师逐篇看着随笔，并且在每个人的文章后面都非常认真地写评语，少则几句话，多则写个十句八句的。当看到石榴的随笔时，她稍微顿了顿。虽然接管（5）班班主任的时间并不算太长，但这个学生已经引起她的高度关注。这孩子的学习成绩从一开始就在全班倒数几名，而且性格极为孤僻，好像对任何人都有所防备，是曾经遭受过什么伤害么？抑或是其他什么原因？她曾经找石榴谈过几次，想破解心中的问号。后来石榴似乎对她逐渐产生了好感与信任，便开始在随笔里向她倾诉自己的真情实感，尤其是对学习成绩不佳的失落和痛苦，来自家庭父母的训斥，同学的白眼、歧视和冷嘲热讽……她觉得在石榴脆弱的心灵中承载了太多太多的压力与苦难，所以每次都通过随笔的评语跟石榴进行沟通，极力开导她树立自信，摆脱自卑，努力掌握学习方法。可是经过一段时间以来，效果并不明显，原因是石榴的学习成绩始终上不去。而石榴又是个自尊心很强和极度敏感的孩子，同学或家长话里有一点儿带刺都能引起她激烈的心理反应。

筱老师的教学时间不长，第一次碰上这样的学生感觉有些棘手。

翻到石榴的这次随笔，筱老师吓了一跳。随笔本上除了钢笔字迹外，边边角角上还布满了用红色涂抹的凌乱印记。她平时也鼓励学生在随笔本上作些装饰，可这却不同。红点大小不均，颜色发暗，不像是笔画的。她把本子凑近鼻子，一股淡淡的血腥味扑面而来，仿佛是某种不祥的预兆。她惊悸，瞪大了眼睛辨认暗红色的痕迹，心惊肉跳地发现那竟是一个“血”字。她感到心“咯噔”往下一沉，这显然是用血书写上去的，可这是哪儿来的血呢？是石榴自己的吗？她害怕了，面对这样一个学生，她到底该怎么办？她甚至不敢相信眼前手里拿的居然是血书！她的胃在翻搅，想吐却又吐不出来。透过斑斑的血迹，她仿佛看见一颗被扭曲的心灵正慢慢向她靠拢，哭诉着它的巨大痛苦以及关于血的秘密。

筱老师脸色惨白，紧紧地闭上了眼睛。

孙师兄已被大家尊称为“人生老师”，号：悟空。悟空平素动笔很少，笔记也轻描淡写，可是他对人生的感慨良多。其实他讲的课不多，每讲几句就要掺杂一些人生的所思、所想、所悟，故而将课拖得长长的，黏黏的，像是在有意折磨时间。人生本身就是在折磨时间。悟空如是说。他讲课就是在讲自己的哲学，常常自言自语地一路讲下去，旁若无人，倒也自成体系，创新一派。他说话的时候眉头紧锁，嘴唇嚅动，犹如痛苦地咀嚼人生苦果。历史课只是他哲学的铺垫。没有人忍心打搅他，同学们大多都在闷头写数学作业，给悟空创造一个良好的氛围，如入无人之境。

锦乔说悟空选错了专业，他应该去学哲学。

月季说悟空就应该学历史，他要是学哲学就什么都想不出来了，连饭碗都不保。俗话说：功夫在诗外。

锦乔点头称是，佩服月季的高见。

人对自己不熟悉的领域总是盲目地充满敬畏。

悟空的记性很差，几乎每次上课都要问：“我上次讲到哪里了？”

他问得和煦，满脸笑意，好像在问：你们当我的秘书怎么样？他这样一问，众多的临时弟子们就会异口同声地回答："讲到人生了。"他笑笑，说："好，那我们就接着讲人生。"

班主任筱老师喜欢在课前两分钟进班视察。她跟各科老师的关系一向不错，多少得益于这日积月累的两分钟寒暄客套。轮到悟空的课，小巧玲珑的筱老师含蓄地站在门口，不敢越雷池一步。偷偷观察了半晌，她才蹑手蹑脚地走上前，小心翼翼地问："请问……您是谁啊？"

悟空笑着回答："我是历史代课老师。"

"哦，你好！你好！"筱老师主动伸出手。

悟空象征性地伸了下手，说："明天我就走。"

筱老师"哦"了一声，感觉浪费了点儿什么，热度顿减。

筱老师走后，悟空问大家："她是谁啊？"

"班主任！"学生们齐刷刷地告诉他。

悟空听了，一只眼大，一只眼小，一副有眼不识泰山相。

"悟空，你不能走！"君子作出一副好心的沙和尚挽留大师兄相。

"对，悟空不能走！"苏铁跟上起哄，"你走了，谁跟我们谈人生啊？"

班级里七嘴八舌地一片嘈杂，有叫声，有笑声。

"大家静一静！静一静！"悟空挥舞着双手，情绪有些激动，"同学们，你们听我说，听我说。其实呢，我走不足惜，因为我毕竟是临时代课老师，属于兔子尾巴，长不了。"

"哗"的一声，大家全被逗笑了。

"真的，你们别笑，我说的是实话。"悟空认真得可爱，"走了我一个，自有师弟来。你们如果能记住一些我说过的话，把握住自己的命运，继续走你们各自精彩的人生，我走无憾矣。"

一阵暴风雨般的热烈掌声，是送给这位人生老师的最好礼物。

悟空的一周代课时间很快就结束了。

他走后，同学们才发现仿佛缺少了点儿什么。

苏铁扼腕："我以后再也无法理解人生了！"

君子为此捶胸顿足，痛不欲生。

第十九章
她所有的痛苦都源自学习成绩不好

课前5分钟，数学赉老师依旧火速地往（5）班赶去，他手里拿着一大摞卷子，眉头紧皱，似乎忧患意识永远困扰着他。进了班里，他一边发考卷一边说："连堂考，中间不休息。这次考试比较重要，是上选修课分班的凭证，考得好的上选修课时去（6）班。"学校重视数学，尤其是奥林匹克竞赛。上初中后，实验班的学生必须在周六上数学选修课，讲的都是课外知识，是学校特别给尖子生开的"小灶"。

不过学生们可不这么想。

卷子发到手里了，全是刁题难题，明摆着故意跟学生们过不去，还美其言曰：一切为了学生，为了学生的一切。真可惜了这两句对丈工整，酷似领袖语录的话。准确地说句实心大萝卜话，应改写为：一切为了分，为了分的一切。而在"分"的背后，应该是：一切为了荣誉和利益，为了荣誉和利益的一切。再往后，就是金钱、地位及其他……结果：急功近利、培养共性、扼杀个性……

锦乔勉强只做出了前几道小题就实在做不下去了，再看看后边的大题，她的头顿时涨大了数倍。每次竞赛考试都是这样，给2小时左右的时间，可真正做题的时间还不到半小时。她又没那魄力提前交卷，只能在痛苦的煎熬中跟时间干耗。小学的时候她还挺喜欢考竞赛的，反正她不会别人也不会，没什么可顾虑的。可到中学就大不一样了，尤其是重点校的实验班。听着旁边"刷刷刷"的答卷声，她觉得心慌，觉得脸皮像洋葱头一样正在被一层又一层地剥下去……

石榴看着卷子，再次涌现出漫无边际的无力感。每次想到自己的成绩，她就有欲哭无泪的感觉。怎么办？怎么办？她不断地扪心自问。卷上的题她几乎一道都不会做，看着都眼晕。别说这次是竞赛，就是平时的普通测验，她又会做多少呢？她偷偷瞟了眼木槿，他正皱眉苦思冥想。她喜欢木槿，不仅因为他学习好，是团支书，还在于他身上散发着一种温和的光彩与魅力。她知道木槿喜欢银杏，这已经成为全班公开的秘密，而自己是无法跟银杏相比的，无论在各个方面。除了比银杏拥有一个更健全的双亲家庭，可那又有什么用呢？银杏虽然有些冷漠，但并不妨碍她的优秀，她是个能完全能把握自己，朝人生目标越走越近的人。相比之下，她自己真的是一无所有，没有成绩，亦没有人生目标，什么都没有。

石榴强迫自己低头看卷子，却只看到一片横七竖八无法调动的符号……

白兰倒是轻松得多。发了卷子，她看也不看，把卷子往旁边一拍，晃了晃一头飘逸的秀发，抱住双肩，趴在书桌上开睡。在她看来，考哪个班都一样，反正不会做，还干憋个什么劲儿呀，弄不好憋出个毛病来。还不如美美地睡一觉，达到滋润养颜的效果。她是个懂得如何善待自己的女孩儿，衣服要穿名牌的，吃饭要讲究的，日用品要用高档的。学数学怕费脑，学语文怕变老，就是不怕美。只要能美，可以不惜一切。用她的话讲：女孩子为美而生，而老，而死。

当然，有人说白兰充其量只是臭美。说这话的人是月季。

终于，白兰的瞌睡引起赉老师的注意，他扶了下眼镜，状似微笑地走到白兰的身边。

有几个正在答卷的同学不约而同地停下笔观看即将要发生的新闻快讯。

赉老师就是具有这种魅力，一举一动都牵动人心。他怪笑出声，阴阳顿挫地说：“白兰困了。我跟你们说，你们可不能学得太累了。”明显在说反话。其实，他恨不得他的学生每天做一本练习册，最好做到吐血，方可成就大事业。

白兰被全班的哄笑声吵醒，惊抬头，也不知大家在笑什么。正在叹惜错过了好梦之际，忽然发现赉老师正盯着她看，便吐了吐舌头以示知错并准备改之。

赉老师问：“白兰，你还困不困？”

白兰笑嘻嘻地说：“啊？不困了。”

赉老师又说："你可别太累了，晚上精力别太旺盛了。"话里有话。

白兰几乎每天晚上在宿舍大谈班里草长虫飞、鸡鸣狗叫之事，如数家珍般地一一道来，且兴奋异常，常常到晚上十二点了还说得不亦乐乎。这一点跟月季投缘，俩人完全可以打一壶酒对酌。

白兰警觉地看了眼赉老师，心想：他怎么知道的呀？不会夜探女生宿舍吧？一定是出了内奸告密。再看看他似乎知道一切的眼睛，觉得很有可能。白兰佯装心虚地低下头，避开赉老师深究的目光。

教室回归安静。

收卷时间到了。

大部分人舒了一口气。在不会的问题上硬抠，越抠越难，越抠就越容易钻进死胡同。只有一小部分人抓紧最后时间埋头苦做。这种人分两种：一种人是真正会做，凭借最后的冲刺拿一分是一分；另一种人是实在不会，瞎蒙出一个得数就往上写。反正写上总比不写强，没准还能蒙出点儿奇迹。

石榴就属于后一种人。她知道自己的能力，但自尊与不甘让她轻易不愿低头认栽，每次考试她都尽量把题写完，不管是会还是不会，这样至少可以给自己一些安慰。其实她清楚自己，她自卑，而自卑的人是极度敏感的。连她自己都搞不明白，为什么班里一有风吹草动，她就会惊慌失措。

石榴羡慕那些学习好的同学。在她看来，学生时期——至少是现在，所有的痛苦都来源于学习成绩不好。只要学习好，人就会活得滋润。就像银杏，本是个内心孤独的女孩子，因学习成绩突出，便受到老师及同学们的热情关注。几乎每一次考试结果出来以后，都会听到"银杏得多少分?"在课下对题出现争议时，有人就会说："银杏是怎么做的?"银杏，似乎就是标准答案的化身。所以，如果银杏哪一天表现出对学习的烦恼或不满，石榴觉得会很讽刺。如果她还有什么不如意，那我真应该立刻就去自杀，她这样想着。她记得有一次在办公楼看到墙上有一幅公公整整的"教师守则"，其中有一条写着：不完全以成绩评定学生。她感到很搞笑。那幅守则那样醒目地挂在墙上，是真的要给老师和学生看呢？还是给不断来访的各级领导和其他学校看？抑或是自欺欺人？说是不靠成绩评定学生的好坏，可学校和老师无时无刻不按照这个标准评判学生。石榴经常幻想奇迹发生，如果她学习好，她便会拥有全部的快乐与幸福。可悲的是，奇迹从未降临在她头上。

石榴回头看木槿，他正在认真地做题，他总是认真得像一丝不苟的机械。

石榴还记得有一次从班里出来，不小心带上门，锁住了，进不去。正巧木槿路过，他去后勤室拿了一大把钥匙，一把一把地试，试错了从头再接着试。

石榴在一旁看木槿那么专注地开门，觉得温暖，是不曾有过的女孩子特有的幸福感。

“答完的就交吧。”赉老师发话了。

无雨马上从椅子上跳起来。她聪明伶俐，机灵得像一只野猫。她常常在考试的前几天晚上突击到半夜，然后第二天拉着好朋友瞎逛，显示出她对考试不以为然和她的聪明。她那本包了“笑话集”封面的数学习题集，展示出绵里藏针的巧妙与虚荣。

木槿也交卷了。他的脚很大，脚步是踏实的，眼睛炯炯有深度，身材瘦长，来去有风。

更多的人在走动，如同一群飞翔的精灵般晃进石榴的视线，模糊又混乱。

“还有人没交吗？”赉老师问，眼睛像侦探敌情的探照灯般来回扫视。“没交的举手。”他低沉有力的声音阴森恐怖。

白兰的手犹犹豫豫地举起来，像疲弱不堪的猎物。

赉老师看看白兰，面无表情，眼睛里像是落满灰尘，把恨铁不成钢的情绪收敛到零。

第二十章

她也没那么多的爱可以挥洒

周五下午。

这节是生物课。生物老师挥汗如雨地在台上讲课，不时往黑板上写板书，备课本上密密麻麻地写满了字，认真得应该像模范党员。学生们安安静静的，时而倾听，时而奋笔疾书，好似都在抄历史笔记，实际上大多数人在做数学作业。至于生物老师，睁一只眼闭一只眼，难得糊涂。

数学赉老师有个习惯，留的作业要求学生当天交。没办法，学生只好抓紧上副科课的时间完成任务，反正老师已经默认。数学老师留作业堪称一绝，如果上午有历史、政治之类的课，作业就上午交；同理，下午有就下午交；实在没有才第二天交。现在的教育者将知识人为地划分三六九等，培养出来的人才以此类推也就不足为奇。

菖蒲正小声地跟同桌苏铁讨论着数学题。突然，菖蒲放了个屁，音量不大不小，恰好能让她和苏铁同时听见。而苏铁竟然很不道德地闷笑出声。菖蒲尴尬地满脸通红，赶紧找了个话题转移苏铁的注意力。七拐八拐地谈了半天，菖蒲偷偷地察言观色，看苏铁好像已经淡忘了刚才的一幕，心里逐渐放松下来。

最后一节计算机课，菖蒲留意观察同学们的各自表情，做贼心虚地上了一节课，没发现任何异常，终于放宽了心。

放学了，菖蒲呼出一口长气，端着水瓶大口大口地喝水，猛然看见丁茄笑眯眯的走近她，乐不可支地说："菖蒲，你放屁！"

菖蒲愣了一下，随即殊死赖账，但难免有些英雄气短，"你胡说什么呀！"

"哈！你还不承认？苏铁在网上发了个帖子，说你放屁，好多人都看到了。"黄杨在一旁接茬。

菖蒲顿觉大脑塌方，心想这回丢人可算丢到家了，那个混帐的苏铁真应该被千刀万剐。她看着同学们陆陆续续地从计算机教室回来，一个个带着异样的笑看着她，直想找个地缝钻进去。

这时君子连蹦带跳地跑进来，起哄道："菖蒲放屁!"这厮的腿脚利索以后老毛病又犯了，狗到天边都改不了吃屎的毛病。

关键时刻，月季站到菖蒲面前，拉起她的手问："你没事吧?"

菖蒲眼泪汪汪地摇了摇头。

月季实在看不过君子的放肆，指着他出人意料地骂道："你不放屁？你没屁眼儿才不放屁，哼!"

君子被月季骂得一下子呆在那里，像电影镜头里的定格，原本要做动作的手悬在半空，嘴唇翕动着，下巴抽搐着，比电影大师卓别林还滑稽。

大家哄笑，将注意力转移到君子身上。

菖蒲对月季心生感激，没想到平时总以霸道面孔示人的她居然也有可贵的一面，关键时刻站出来主持公道，除暴安良，一派侠女气概 。

背着书包走在放学的路上，菖蒲对今天的意外失手懊悔不已，心想今后无论如何也不能再犯如此低级的错误令人耻笑。

历史老师回来了，如同正宗的和尚重返寺庙，带着大家熟悉的红白掺半的脸和阴阳顿挫的脾气。历史老师问学生们讲到哪里了?

学生们争先恐后地告诉他讲到"人生"。

"人生?"历史老师不解。

"对。"木槿表示肯定。他的话老师基本秉持"两不"主义：不怀疑，不细究。

历史老师拿着不到一页的笔记默默地看了一会儿，像是在考虑怎么交接历史，表情有点悲壮，他不愿意历史在他这里断档。他喜欢承担责任，沉重而有滋味的感觉。看着看着，他露出一个古怪的表情，脸上颜色分布得也没那么均匀了，像是什么东西逃亡了，散落得四分五裂。他说："我师兄就是厉害，很少的笔记就能发挥得如此出色，我乃望尘莫及。"

"老师，你的普通话进步多了!"苏铁又发现了新卖点。

“是吗？谢谢同学们的支持！”历史老师有点受宠若惊。

“太没劲了！”君子顿觉失望。好不容易跟历史老师学会的那点儿皮毛腔调，由于老师的进步就会失去唯一的语言环境，就好像鬼子进村——土八路消失得无影无踪。

地理老师换了。

其实，地理老师多才多艺，既能教地理又能教音乐。但是她不适合干老师这一行。她自己没感觉到，学生们帮她领悟到了，然后替她辞职。她走了，没人知道她去了哪里。可能是另一所学校吧，那种能善待她的学校，然后再等着别人替她辞职。她长得就像一个漂泊的人。

新来的地理老师各方面都好，好得很难挑出他的不好。他姓刘，从一个偏僻的小山村考出来的，算是经历过苦难。他梳着一丝不苟的偏分头，穿着永远干净整洁的制服。他的课形象生动，声情并茂。他讲着比语文老师还咬文嚼字的普通话，而且从来不骂人。他……总之，很职业化，连笑容都是。他讲课永远挂着职业的笑容，难得生气一次。他就是一个有血有肉的机器人。

地理科代表走进地理老师办公室，发现他桌上尽是些感悟人生的书，立即撕下一张便条，给他留下“悟空”的电话号码。

第二天，科代表问：“老师，你们交流得怎么样？”

地理老师疲惫地一笑：“昨晚我和你们的考试卷交流了一整夜，很多人不及格，你要不要看看你的分数？”

科代表拔腿就跑。

月季操一副专家般的口吻说：“太好的人都不太正常。你们看咱们的地理老师，英语好，电脑好，仪表好，语言好，微笑好，像礼仪小姐一样，没什么不好的，可他就是不正常在什么都好，越是这样的人越容易心理扭曲。要是咱们学校出现什么杀人案，我第一个怀疑他！”

“你电视剧看多了。”鸟不宿说。

“你爱信不信！”月季一遇到别人的看法跟她相左就恨不能立刻冲上去跟谁理论。她是完全典型的独生子女综合征，绝对以自我为中心，且领导欲旺盛。

不久前的一个晚上，大家从自习室回到宿舍，正有说有笑地议论着当天发生的趣闻轶事，门突然被“咣”的一声踹开，月季披头散发地冲进来，将一瓶矿泉水狠狠地摔在地上，扑到自己的床上嚎啕大哭。

宿舍人全都吓愣了，不知发生了什么天塌地陷的大事。

第二天上午上完课回宿舍，月季像是还没发泄完，坐在自己的床上谁也不理。

大家都怀疑她跟银杏闹别扭了。她俩原本形影不离，当然都是月季主动拽着银杏陪她去东逛西逛的。不过照月季的脾气来看，她们的关系已经算难得了，至少在别人面前月季从没跟银杏红过脸。

但是这两天，她俩在一起的时间明显减少，月季似乎是在跟银杏赌气，给她脸色看。可银杏偏偏不吃这套，还是那么合群，照样跟其他几个要好的同学一起去食堂。回到宿舍，比跟月季在一块儿时还快乐。月季像一只无头苍蝇一样到处乱撞，引起公愤。

“其实月季这两天生气是有原因的。”乌不宿悄悄地跟锦乔说。

“为什么?”

乌不宿顿了顿说：“这也是白兰告诉我的，你可千万别告诉别人。”见锦乔点点头，乌不宿接着说：“月季喜欢木槿，前几天她跟木槿说了。”

“啊?”锦乔为月季的大胆吃惊，“那木槿说什么呀?”

“木槿说他喜欢银杏。”

“那月季还不得气炸呀!”锦乔终于弄明白月季和银杏冷战的原因。

“可不是吗。”乌不宿冷笑一声，“你没看这两天月季看谁都不顺眼。银杏就是比月季强，比她学习好，比她人缘好，还比她漂亮。我要是木槿，我也不喜欢月季那样的。她处处跟银杏比，比不过就生气。”

乌不宿声情并茂地说着，锦乔不禁回想起不久前发生的那件令她极度不爽的事。那其实是一道很怪很难的数学题，宿舍里没人能做出来，锦乔却做出来了。月季当时就酸溜溜地说：“锦乔，你怎么变聪明了！”

月季最近忙于苦攻数学。她晚上不再去老教师家补习数学了，因为她和她妈妈都认为目的达到了，学会了学习方法比什么都重要。师傅领进门，修行在个人，以后的事就要靠自己了。

月季曾经深情地说是老教师让她数学开了窍，她将一辈子感谢老人。

月季晚上在宿舍做数学题，紧皱眉头，头不抬眼不睁，终于攻克了一道难题。她立刻心花怒放，一边合上书一边雀跃，“我太强了！”

“哎呀，糟了，忘了写随笔了。”月季得意后有点失意，“水仙，随笔是明天交吗？”

水仙正在看凡尔的科幻小说，眼睛一转不转。

“水仙，我问你呢。”

“啊？什么？”

“明天是不是交随笔？”

“对。”

“噢，天哪！”月季托腮想了一下，“没事儿，我有办法！”月季掏出随笔本，“反正我的随笔经常就是一句话，再多一次也无所谓。”

月季随手翻看着前几页随笔，不禁得意于自己的明智。随笔一周一篇，语文老师说练笔是必要的，这已经是她最大的宽限了。当然，这些对学生来说都是废话。老师要留作业，说再多还是要写的，不如不说。但是老师的另一句话月季是喜欢听的：“随笔就是自己真实的感受，可多可少。有话就多写，没话就少写。”这句话在月季眼里是稀世珍宝，菩萨转世。连续3周写了比短文还短的“短文”，感觉就是爽。到了第4周，她自己也觉得心虚，灵机一动，决定装点小病小痛蒙混过关。她是这样写的：这周好难受呀，一直发烧咳嗽，连握笔的力气也没了。真希望病能快点儿好，迎接新的一周。数一数，竟超过40字，不错。

终于，语文老师耐力有限，对月季第4周的随笔评语是：一个月来你的随笔已经接近短信了。你很超前哦！

月季看着老师的红色批注，觉得挺对不起她的。但转念一想，在随笔上花太多时间都是无用功，还不如多做几道数学题，再说马上要熄灯了，想写也来不及了，何况也想不出要写什么。她无论如何也没有曹植七步一诗的功力。

银杏捧着一本《星星物语》津津有味地在做心理测试。什么时候看着她都是一副悠闲的样子，不是在看小说就是在看漫画，从没见她如何刻苦啃书本。她不像有些人偷着学。她就像一块浑然天成的玉，不加雕琢，冷傲，自然，又带一股亲和力。

月季曾写过一篇作文《我的好朋友银杏》，感情至深，催人泪下。事后觉得自己挺恶心的。

银杏长得不算漂亮，属于那种“小鼻子小眼”的人，但一笑起来两个酒窝，不少人夸她可爱。她熬夜不为学习，快乐不为成绩，做事喜欢点到为止，却不费吹灰之力便拥有傲人的业绩。她不垂头丧气，更不张扬浮躁，似乎对任何事情都表现得毫不在意，一切尽在掌控之中。她像谜，像雾，令人费解，又忍不住去亲近。

令月季眼红的正是这点。

这很正常。像银杏这样的人生来就是让人又忌又羡的。

月季始终也搞不明白，为什么自己拼命做题，银杏拼命看课外书，却还是比自己优秀？为什么当别人丑态百出时，她却总是优雅大度？她不服，她就是不服。但不服又不行，银杏是能让人恨得牙根痒痒却又拿她毫无办法甚至不得不赞叹的人。任何和银杏相处过的人都说不出她具体有什么缺点。然而，银杏的冷漠是伤人的，她跟所有的人都保持适当距离，连她妈妈也不例外。俗话说，距离产生美。看来确是至理名言。

“你的心是用什么做的？”银杏看着要测试的题目，微皱了下眉。很独特的题目。

“你跟男性朋友能否无所不谈？”能吗？银杏问自己，选了否。

“如果你心仪的异性答应致电给你，但忘记了，你是否会伤心？”当然不。她自认绝不会为这种小事伤心。

“你是否要经过长时间相处才能相信一个人？”谈不上相不相信。

人和人之间，没有绝对的相信，也没有绝对的不信任。心理复杂的高级动物用“是”和“否”判断太过轻率了吧？想了半天，银杏选了“是”。

“若男友对你很差，你会跟他继续恋爱吗？”银杏蔑视这种的女人。她认为自己会为爱放弃一切。她也没那么多的爱可以挥洒。

测试结果：银杏的心是用橡皮造的，意思是内心灵活，做事有弹性。这倒符合她的个性。

宿舍老师提着她的大嗓门上楼来了，“熄灯！熄灯！睡觉！睡觉！”

见328室仍然亮着灯，宿舍老师推门进来，一把抓住灯绳。

“哎，老师，等会儿！”银杏的话音没落。灯“啪”的一声熄灭了。

“赶紧睡吧！”老师对此从来不手软。

“这么晚了，还没洗漱，刚才干吗去了？”走廊里传来训斥声。

鸟不宿不安地翻了个身。

“咚！咚！咚！”大力敲门声。

“说话的全给我滚回家去！”

“哎哟，烦死了！”月季嘟囔了一句。

银杏打开手电继续做心理测试题，一直到深夜……

第二十一章

其他的就几乎是美国费（废）城

上次考的那张数学难题卷子的分数出来了。一摞卷子静静地躺在赉老师的办公桌上，被折叠着放置，隐约可见第一张卷子上鲜红的分数，如同出墙的红杏，形成独特的诱惑。

锦乔最受不了这种诱惑，就像全班所有人的隐私在向她频抛媚眼。她跟几个同学在办公室出壁报，已经放学了，办公室里没有老师。锦乔身在曹营心在汉，眼光不时瞟向卷子，泄露出渴望。

“哎呀！锦乔，你干吗呢？墨水都滴到纸上了，你看看！”旁边有人不满地嚷嚷。

“啊？”锦乔赶紧低头看了眼纸，果然上面一个大黑点格外醒目，她赶紧拿起笔沿着黑点的外沿勾出一朵卷曲的云。云中饱满的一点黑，倒是很协调。放下笔，她的眼睛又不争气地往办公桌上瞟。那张卷子她作的挺糟糕，除了前面的一些小题还算有把握，其他的就几乎就是美国“费（废）城”。这张卷子满分是150分，会不会不及格？她紧张地想着，却没有勇气去揭晓答案。

“哎，咱们去看看数学分吧。”班长丁茄提议。

“好啊！”众人皆大欢喜。

于是，一行人马拥至办公桌。

“45分、35分、50分、60分、0分……”丁茄夸张地怪叫着，随着卷子在他手中快速地翻动。

锦乔的心也越揪越紧。看着一个个惨不忍睹的分数，锦乔为自己担忧。那张20分的卷子是石榴的，如果她知道了……锦乔忧心忡忡地想。

“锦乔，你的卷子！”丁茄的怪叫声再度响起。

锦乔全身一激灵，迅速接过卷子。75分！确实没及格。不过比起前面那些人的分数，尚有一打垫背的。她在给自己寻找慰藉。

“哇靠！你得了75分，老师是不是闭着眼睛判的。”丁茄故意气锦乔，他只得了45分。

“是啊。”锦乔眯起了眼，“该得0分的都得了45分，老师铁定是梦游时判的。”

“好！好！好！我得0分，行了吧！”丁茄举起双手作投降状。

“我说是你了吗？不打自招。”锦乔不依不饶。

丁茄认命地摇摇头，自认倒霉地嘀咕着：“好男不跟女斗。”

“你再说一遍？”锦乔咬牙切齿道：“好女不跟臭男争。”

丁茄的眼睛笑的时候眯成一道门缝，还习惯性地用手拨弄两下脑门的发丝。他自认很酷的动作让锦乔反胃，她看了眼旁边的牵牛，俩人会心地相视一笑。

丁茄自讨没趣，继续翻卷子。“哇！”他又爆出惊人的一声。

“丁茄，你能不能别狼哭鬼叫的！”牵牛皱着眉头说。

丁茄不出声了，对着一张卷子发呆。

“你灵魂出壳啦？”锦乔一边说着，一边和牵牛凑上去瞧。那是银杏的卷子，上面苍劲有力的笔迹显示出赉老师判这张卷子时的兴奋心情。

“117分！是人吗？”丁茄回过神叹道。

“水仙上选修课肯定进（6）班。”牵牛的眼里全是赞叹。

锦乔折服地点了点头。

第二天一大早，数学卷子就发下来了。赉老师做事讲究效率和方法，在第一时间给他的信徒们以最沉重的打击。

教室里一片唏嘘。

“天哪，我不活了！”月季看了自己65分的卷子，直想自杀。她迅速把卷子七折八折，折成很小的一个小方块，放在书包最隐秘的地方，离开座位去看银杏的分数。

“厉害。”月季对着银杏117分的卷子分暗竖大拇指。她已经从跟木槿的感情纠葛中解脱出来，跟银杏也和好如初。不过她不理睬木槿，有时他主动跟她说话，她立马转身走人晾他的台。在她眼里，她月季没有搞不定的人，没有搞不定的事。木槿的拒绝严重伤害了她的自尊，她恨他。自己很喜欢木槿吗？也不是，只是有好感而已。他木槿凭什么仗着自己学习好，又是团支书就牛？但她不服输，虽然表面上跟银杏好，但她已暗下决心，她会跟银杏一争到底。

月季在班里到处乱窜，看别人的分数，逢人就说银杏得了117分。那语气像说她自己，却又带着自卑的骄傲。

“不错嘛，我还蒙到10分。”白兰对着自己10分的卷子欣赏起来。考试那天，她被赉老师扰了好梦，没事可做，只好拿过卷子，装模作样，看一道题就瞎蒙一个结果，往上生搬硬凑。嘿，没想到瞎猫撞死耗子愣撞出10分。白兰乐得手舞足蹈，哼着歌，心想：我也不白给。

丁茄拎着卷子来回走动，看谁闲着就把卷子在人家眼前一晃，然后指责道：“靠，老师太不公平了，我和木槿得数一样，他对了，我就错了。我其实应该得60分的。”他越说越来劲，唾沫星横飞，令人作呕。

当丁茄晃到月季身边时，月季先是厌恶地看了他一眼，随即用手捂住耳朵，大声叫道：“行了！行了！你应该得150分，谁不知道你大班长的厉害呀。”语气中充满嘲讽。

全体哄笑。

丁茄吃惊地看着月季。

“看什么看，再丑也比你美。”月季叉腰怒吼。

丁茄甘心认栽地点点头，这已经成为他的招牌动作。

月季得意地扬起头，冲着锦乔道：“怎么样，我强吧？”

锦乔满心喜悦，终于有人替她出口恶气，连声说：“强！强！强！”

月季就是这样一个事事争强好胜，四处制造喧哗与骚动的人，寂寞对于她而言无异于珍稀或濒危。有一段时间天气太热，她妈妈心疼她，临时给她在校外租了一处有空调的人家住。这一下效果凸显，宿舍立马变得安静而和谐，改头换面地被评为先进宿舍。

周五晚上，月光静静的，整个校园像一幅伸展开的油画，魅力四射。

因为周六上午有选修课，宿舍的人都回不了家。萝卜白菜，各有所爱。水仙跟银杏去网上聊天了，白兰失踪了，月季十有八九偷偷约会新男友去了，她在这方面既早熟，又乐此不疲。宿舍里只剩下锦乔和百合。

锦乔想写作业，却又写不下去，心里跟莺飞草长似的。她其实是一个必须在某种压力下才能制造出色的人，一般是在周日晚上九点以后突击赶写周末作业。她突然想听听音乐，翻翻库存的那几张光盘，都是听烂了的老歌。

“百合，可以陪我去买 CD 吗?”

“嗯!”百合点点头，爽快地答应了。

锦乔颇感讶异。应付表面友谊之类的事百合是绝对不会做的，所以她总给人冰箱的感觉。鸟不宿曾经说过，她刚来宿舍的时候觉得最不友善之人就是百合。

俩人结伴走出校园。

锦乔想着最近发生在学校里一些乱七八糟的事情，经过一个十字路口的时候心不在焉，径自迎着车水马龙往前走，忽然感觉眼前一黑，还没来得及反应，就被一股强大的力拖住衣角给拽了回来，她的魂也跟着躯体退到安全隔离带。

锦乔稳了稳神，才弄清楚刚刚发生了什么。如果不是百合及时有力的一拽，她恐怕就已经把鼻子给贡献出去了。

锦乔苍白着脸，惊魂而献媚地叫了一声：“百合……”

“得得得，你先不用以身相许。”百合戏谑道。

“哼!”锦乔举拳就打。

百合机敏地闪过，调侃道：“不是吧，刚救完你，你就露出本性了……”

两人走进音乐店，来到卖 DVD 的柜台。锦乔一眼发现有《空军一号》光盘样品，顿时来了兴致，

便问店员：“请问，有《空军一号》吗?”

女店员扫了锦乔一眼，像是高贵的主人准备施舍乞丐的眼神，然后收回目光，不再多看她一眼，慢吞吞地吐出一个字：“有。”

“那您能帮我拿一下吗?”锦乔小心翼翼地说，生怕语调稍有不恭便得罪了店员。

女店员又扫了锦乔一眼，眼神跟先前复印出一般，然后慵懒地走到架子前，从一堆碟里抽出一张，随手甩到柜台上。

锦乔把光碟拿在手里来回摆弄着看，感觉不大像正版。她对这方面的知识匮乏，完全凭感觉。很多人认为正版跟盗版没什么区别，图省钱甚至专门买盗版看。可她不这么认为，有一次她上当买了张盗版碟，回家用 DVD 机一放，斑斑点点的效果极差，根本没法看。

锦乔把碟来回又翻弄了一遍，女店员有些不耐烦，两眼一眯，双手交叉胸前，一副看小瘪三的样子。

“这是正版的吗?”锦乔迎着女店员斜射过来的眼光问。

“是。”

没一个废字。

锦乔又问：“如果不能看，能退吗?”

“三天之内。”

“包括今天吗?”

女店员的忍耐已达极限，音量提到高档：“当然。”

“可是……我明天才能回家，周一回来……”锦乔对女店员的激烈态度反应颇为迟钝，她正在心里盘算着周日是否有时间看碟，因为还有许多作业要做。

“这个我们管不了。”女店员明显的不耐烦。

“那算了。”锦乔依依不舍地将碟还给女店员。

女店员一把夺过碟去，没好气地插回原位，同时翻起一串白眼。

哼，我啥都不买了。锦乔愤愤地想。虽然目前流行“顾客至上”、“顾客就是上帝”的口号，但有些地方事实恰恰相反，顾客就是一孙子。

百合已经买好了几盘 CD，正站在门口等锦乔。

锦乔使出全身力气推开那扇厚重如历史的玻璃门，比百合抢先一步跨了出去。

“以后我不会再到这儿来了，服务态度那么差。”锦乔愤恨地说。

“她们才不在乎少你一个顾客呢。”百合一副老江湖的口气，“你不知道，咱们学校周围新开了好几家书店和学习用具商店，都卖疯了。咱们学校的学生一个个都跟不要钱似的，疯狂购物，这叫什么……买方市场，服务态度好坏照卖不误。”

锦乔刚刚还被气得像一只气球，经她这么一说，顿时气泻千里，再难打起精神，满心满身都是“疲软”与“无奈”。

锦乔的个性本争强好胜，绝难容忍别人脸色，但行动往往远远落后于个性。如此大的落差并存在一个躯壳里，其结果是常常把发泄的过程只能留在心肺之间进行一番搏杀，跟她小时候的作风大相径庭。记得8岁的时候，她当着小姨的面声情并茂地朗读课文，读到“哪吒闹海”的时候，顺理成章地念成了“哪毛（na mao）闹海”。

“什么，哪毛？我看看。”小姨觉得新鲜。

“诺，你看。”锦乔不以为然。

小姨把书接过来一看，立刻像精神雪崩般蹲地狂笑。

锦乔越问她为什么笑？她越是笑得汹涌，直笑得锦乔心里发毛。

后来爸爸妈妈来了，也问小姨为什么笑？

小姨断断续续地勉强说出原委，像个奄奄一息的人，其间多次被笑声填满。

爸爸妈妈也开怀大笑。

当锦乔意识到自己的露怯和被嘲笑时，她的自尊心被激怒，遂以狼一般的哭嚎终结了众人的笑料，也令在场的所有人领教了从她那娇小躯体内爆发出来的核威慑力。

还有一次锦乔让一个小阿姨教她编手链，学了半天竟不会。小阿姨无心的一个“笨”字，让她哭闹折腾了整整一个下午。

爸爸无奈地说，这丫头应该是一个男孩坯子。

家丑不能外扬。尤其是在学校，这一茬一茬的全是娇生惯养的小皇帝，没谁会迁就谁，山外有山，人外有人。更何况，两强相争勇者胜，那些带有“野性”和“狼性”的人明显占有优势地位。相比之下，锦乔上来那劲似乎更接近“驴性”。

第二十二章
一级谋杀案成立

晴转多云。

月季、水仙、银杏三人走在去网络阅览室的路上，边走边聊天。

月季说："我觉得咱们学校真挺好的，还有专门上网的地方，网速也挺快的，普通学校肯定没有这么好的条件。"她庆幸老爸给她安排了一个这么好的学校。社会上不是早就有一句流行语嘛：学好数理化，不如有一个好爸。

水仙不以为然地耸耸肩，说："只要老师教得好，其他倒是次要的。"

水仙是以绝对的高分考进这所学校的，一跨进校门就具有优势，备受瞩目。第一学期，她的成绩全年级第一。而且，她还不是那种死读书，光靠考试成绩说话的学生。她平时喜欢看书，不要命地看，只要是她感兴趣的书，一晚上不睡觉也要看完，玩命。

水仙生病，班主任知道以后，天天问她怎么样了？好点没有？好了以后还继续问。

任何人都没有这种贵宾级待遇。

一次月季借了几本琼瑶的书看，看完之后说太好看了。

水仙在一边冷冷地说："琼瑶的书，一没有思想的艺术，二没有语言的艺术，花里胡哨乱爱一气，没什么意思。"说得月季张口结舌。

水仙的文笔成熟，初一就写下：我也曾经有过失去自我的岁月。听起来老辣又沧桑。

三人刷卡进入阅览室，分头行动。

银杏随便找个空位坐下来，瞄着不远处月季专注的模样，坏坏一笑，心生一计。银杏伸长脖子见月季进了一个聊天室，暗喜，也随着跟进，并给自己起了个男性化的名字"渔夫"，准备下钩。见有个"月季"的网名，立刻搭话，开始"泡妞"。

“哈罗，有幸能跟你聊聊天吗?”银杏尽量表现出绅士风度。

月季一愣，犹犹豫豫地敲下：“OK!”

“一见你的名字就知道你一定是一个女孩，而且还是个很漂亮的女孩，我的第六感觉一向很准哦!”银杏偷偷抬起头瞧瞧月季的反应，只见月季的嘴咧得像春风荡漾的小船。

“你怎么知道?”月季美过了头，竟忘记要矜持一点儿。

银杏窃笑，又不敢太大声，怕打草惊蛇。“猜的呗，你性格真爽朗。我就喜欢爽朗的女孩。”

“谢谢!”月季大喜。

“我们交个朋友吧。”

“好啊。”

“能知道你的联系方式吗?”银杏问。

“没问题。我的邮箱是shiku－2000@sina.com。”月季没有一点防范意识。

银杏成就感顿生，忙跟水仙一起分享“钓鱼”成果。于是乎，水仙出谋，银杏操盘，不出半小时，月季把自家的电话、详细地址、邮编、兴趣、爱好以及祖宗十八代全部如实招供出来，痴情得一塌糊涂。

时间差不多了，三人怀着各自的好心情出了门。

银杏和水仙为诱色成功而眉开眼笑。

月季则为意外地遇见白马王子而暗自窃喜。

走着走着，银杏忍不住神秘兮兮地故意说：“水仙，告诉你一个秘密。刚才我用一酷名跟一个纯情女孩聊天，聊得还真带劲。咦?月季，那女孩和你的名字挺像的。”

水仙瞅着月季“嗤嗤”地笑。

月季一脸疑惑。

“水仙，咱俩回去宣传宣传，简直就是一段精彩无比的罗曼蒂克故事，少女春心萌动啊!”银杏无限张扬地说。

“对，绝对是AA级桃色新闻。”水仙嘻嘻笑着。

“你俩别欺人太甚!”月季终于恍然大悟，奋力追赶银杏和水仙，恨不能将她们俩生吞活剥了。

快期末考试了，整个校园一派忙碌。学生紧张，老师比学生更紧张。学生为成绩，老师为业绩。

数学赉老师关于把不把自己放进麻袋里的问题已经无暇提及。前一节课刚结束，老师还没来得及下讲台，赉老师已经迫不及待地在黑板上写题了。平时数学就是主科里的主课，等到快考试的时候，各门课排名不分先后都很重要时，他则需要让自己的课更重要。他在非常时期还故意制造紧张压抑的气氛，有意吩咐数学科代表放出风声：这次期末考试题很难很难，如果不作好准备，后果会很严重很严重。弄得人心惶惶。

哀兵必胜，这是赉老师多年教学的宝贵经验。一次他讲课，底下有躁乱。他眉头深锁了一会儿，底下躁动愈甚。他生气了，大发雷霆。

锦乔事后想想，那是她看见赉老师发的最大一次火，接近“火山爆发”。

赉老师将大家刚刚交上去的一打考卷狠狠地摔在地上，由于用力不均，有的飞出讲台外，有的则残留在讲台上。残留在讲台上的那部分被他接下来的怒火揉成团扔了出去，形成一道惊险的抛物线，恰似他黑板上的涂鸦。正当大家为他的异常不知所措时，他冲下讲台，头发僵硬地一根根竖立着，活像非洲雄师头顶一团仙人球。

“我……我知道……我知道我没有威信了！你们就用这种态度对付我！锁门！全都给我走！”赉老师已经语无伦次。

所有人都听出了问题：赉老师生气是因为他高深莫测的教学方法在此刻没了市场。他似乎是意识到口误，又似乎是不小心泄露出平素深藏在胸的利器，恼羞成怒地拂袖而去，连和他形影不离的那个深蓝色大布袋也被遗弃在讲台上痛苦地扭曲着。

后来才恍然大悟，原来赉老师留下这个伏笔是为了卷土重来。

临下课的时候，赉老师和班主任筱老师一起出现在门口，他搬来了身材娇小但却是重量级的救兵。

“你们太过分了！”筱老师开篇就火药味十足，“你们怎么可以把赉老师气成这样！我早就想说你们了，你们太浮躁了，就这种心态怎么考试?”她字字句句都是指控，威严得整个一道德法庭。

赉老师反过来却安慰她：“筱老师，你别太生气了，这届孩子照上几届差远了。”

“赉老师，您也别太生气了，实在不行请他们家长来。”两个老师用统一阵线的语言打击学生，互相安慰，互相支撑。他们是同一战壕里的战友，正应了那句名言：“团（船）结就是力量。”

新上任的生物老师也颇具火力。原来那个循规蹈矩的生物老师退休了，学校又返聘回一名老教师，据说经验丰富。可能是年纪大的关系，她讲话经常说了一半就没了下文。如果有人追问，她就生气地说：“我已经讲过好几遍了，你们听什么呢!”课堂上抄笔记，她常常只写一半就不写了，叫道：“我跟你们说过多少遍了，自己写笔记，自己写笔记，刚才我写的时候为什么没有人提醒我不要写?都是原来的老师惯出来的坏毛病!”

她的嗓子一直不错，据说从年轻时代基本上就是“美声”，到老了也可称得上是“民歌”。她教起课来一心一意，责任心极强。去医院看病，让别的老师代课。课上到半截，她却破门而入，冲代课的老师说：“你走吧，我回来了，自己的课自己讲。”然后当众展示手上刻意保留的胶布：“看看！我打完点滴立刻赶回来给你们上课，有几个老师能做到啊？一般老师早回家休息了，谁还管你们啊。哎，没办法，我就是挨累的命!”

这周的日子，每个人都过得像炼狱一般，只是一个劲儿不停地考试、考试、再考试……周一考生物，周二考数学，周三考历史，周四考语文，周五考英语，把人翻过来倒过去地考，考糊了，考焦了，考傻了，再浇上汁，整个一浇溜丸子。

君子爸又来了，在走廊里把君子狠狠地臭训一顿，因为他上课乱说话。

班里几个好事的男生故意围过去凑热闹，回来故意问君子：哎，你爸都跟你说什么了？训你了吧？我怎么好像听你爸说不许你上课再讲话了，要不然他就亲自来跟你一块儿来听课？嘿，好嘛，你爸一来，我们不也成同学了吗？有意思！父子同班，有意思！实在是有意思！

君子活像一只被围观和戏弄的国宝大熊猫，往日顽皮明星的风采丧失殆尽，蔫头耷拉脑地挥手驱赶蚊虫似的，“去！去！去！你们别来烦我了好不好！”

君子也有“耶稣受难日”。

物理老师不停地讲笑话。如果让他开一门幽默与笑话课绝对大受欢迎。他和数学老师相反，主张“哀兵必败”，深得人心。他是个老顽童，每年春天一到，他比谁都更能及时地捕捉色彩。他经常举着部相机在校园的花园和各个角落里转来转去，对一草一木都表现出浓厚的兴趣，总是照来照去的，从各个角度分析比较，并一直保持弓形。

一个学生从后面拍了下他的肩膀：“老师，好雅兴。”

他回眸一笑，露出两排惨不忍睹的牙齿：“过奖。”

教学楼门口不知何时安装了一个监视器，他在那里立定看了半天，然后夹着课本走进班，神秘兮兮地对同学们说：“你们看到没有，门口安了好大一个灯泡，还是黑颜色的！”

“那是监测器，是监督有人行为不轨的。”君子好不容易捞到一个给老师上课的机会，自然是一马当先。

“哦！”物理老师当面被学生解惑，丝毫也不觉得尴尬。

“还物理老师呢，连监测器都看不懂。”有人小声嘀咕。

“怎么啦？”物理老师如快速反应部队，“物理老师就应该是全知全能的神仙吗？那海军司令不一定就会开军舰。大家说对不对呀！”

同学们哗笑。

物理老师由被动式瞬间变为主动式。这就是能量转换的奥妙之所在。

他作喷泉实验的时候不小心喷了（3）班班主任一脸水，便失声大叫：“天啊！不要担心，我帮你洗衣服！”

物理老师喜欢弄得自己一脸一身的粉笔灰，说做老师就应该有做老师的样，就像学生一定要穿校服，老师身上的粉笔灰也不能少，这样才算各司其职。

他那几个固定的笑话在讲课的间隙自然流淌，“大家知道吗？我对化学老师一向很敬畏，不信我给你们讲一个故事。有一天我去上课，走得急了点，正好跟化学老师撞个满怀，他那个乱七八糟混在一起的什么硫酸、硝酸之类的撒了我一身，幸好都是稀释的。我赶紧到水房冲洗，洗完了再赶去上课。课堂上我就发现所有的人都在看我，我还在想我什么时候变帅了？如此吸人眼球？连我自己都不知道，有点不好意思。后来，我发现大家都盯着我肚子看。我低头一看，你猜怎么着，露肚皮了，衣服一片一片全掉了，成片布了！这以后我看见化学老师都绕着走。”

同学们笑得前仰后合。

他接着神侃：“我昨天看你们的作业，发现有些同学特别爱算错速度，这可不行啊！你说我要是手里拿颗子弹跟你扔着玩，俩人玩得还挺高兴，你打我一下我打你一下的。我要是放在手枪里跟你玩，那完了，一级谋杀案成立！”

幽默得还可以。

他的话题常以他的女儿为中心，“我女儿上个假期背着我在网上买了好几本这个教材那个辅导书的，结果回家一翻全没用，我都替她难过。”

“我昨天晚上没睡好觉，我女儿非让我帮她看足球赛的比赛结果。”

“哪两个队？”木槿立刻问，两眼放光。他是一个足球迷，无奈，每天大量的作业习题，没时间，也不敢看电视，踢球便成为理想中的梦想。

“我不记得了，反正我看到半夜两点半，很辛苦。所以你们一定要好好考，不要辜负我。”

白兰笑着说：“你要收我作干女儿，我就破例好好考一回。”

“没问题，你这么说我很感动。”他真的很感动，眼睛里闪烁着萤光。

这天物理老师正讲得如痴如醉，唾液四溅，上至天文下至地理，纵横几千年……猛然间，他警觉地扫了眼手表，算计了一下，还差十分钟下课。他脸色一凛，庄重地说："下面我们开始正式上课。"接下来的十分钟他不敢随便讲笑话了，紧赶慢赶还是没划完重点。下课铃响的时候，他整张脸皱在一起，如同压在箱底被抽出来的衣服，褶皱四现。

"看来今天下午大家得留一会儿了。"不等有人反抗，他继续说："我知道这是我的错，我很对不起大家。不过我宣布你们今天回家不用复习物理了，明天再说，算是我的补偿。不过我希望你们明天多看一会儿。"

"这不跟没说一样吗!"君子大为不满。

他尴尬地笑笑，"不好意思，我的嘴一时走火。"

"老师!"月季大叫，"你的衣服破了一个大洞。"

所有人同时盯着他肩膀看。

他没看自己的"伤疤"，却温和一笑："我故意的，这样通风良好。"

"这回还是化学反应吗?"木槿鲜有跟老师插科打诨的时候。

"不！不！不!"物理老师一本正经，"这绝对是物理反应，自我磨擦反应，自取灭亡!"

第二十三章

她把那块被征服的墙皮缓缓送进嘴里

石榴更多的是无助。

看着老师们一个个有次序地烦躁，如同在医院看病事先挂了号决定谁先谁后，她觉得也该轮到自己烦躁一点了，因成绩而烦躁。她恐惧面对成绩，一张张成绩单如同一份份宣判书，就差判她个死刑就地执行了。她想。

此刻，她拿着一杯果汁，站在自家的落地窗前看风景，状似悠闲。不远处草地上几只小狗在玩耍，石榴想它们的生活无非是吃饱了睡，睡饱了玩，再不就是摇尾取悦主人。她看过马戏团的狗表演，最厉害的狗不过是做几道10以内的加减数学题，钻几个铁圈，便洋洋得意，一副英雄气概。她宁愿过那种无忧无虑的生活，有时面对自家的狗便会无端地羡慕。班里是她最不愿意呆的地方，每次走到门口就像要走进一个陷阱，但又不得不自动跳进去。同学们的窃窃私语都让她如芒刺背，有时候她们的话让她心惊肉跳。

妈妈的脚步探了进来。“石榴……”她柔婉地叫。

石榴没应声。

妈妈对她漠视很久了，大概是承受不了她学习一落千丈的事实。石榴需要这种漠视，可以让她理直气壮地放弃。

“复习了吗?”妈妈尽量将语调放得柔和一些。

“没有。”她嘴一抿。课落得太多了，根本不知道从何处下手。

妈妈严肃起来，“你要努力呀。”见她没反应，又说：“妈妈信任你。”语调柔中带刚。

石榴瑟缩了一下，那种藕断丝连的感觉又涌了上来。她像是妈妈手里的风筝，被自由放逐了一阵，就快接触蓝天了，这时候被人用力拉了一下，她才恍然大悟。其实，她从来都没有真正解脱过，一直被牵制，然后眼睁睁地看着自己被扯下来。力道不重，为的是让她知道她还被爱护。现在妈妈做的就是拉一下的工作，提醒她不能放弃。

石榴有种被拖着走的感觉，拖得全身是土，满身是伤，还得记住感恩。

她清楚地听见自己的声音激动起来：“你到底是喜欢我的成绩还是喜欢我的人？高分是你女儿还是我是你女儿？你今天选择一个吧。”

妈妈静静地、忧伤地看着她，想从面前这个女孩的躯壳里寻找出当年那个聪明乖巧的灵魂。

“我在问你话，妈妈！”

“你还知道我是你妈妈，你以前……”

“不要提我以前，以前那个我早死了！”石榴飞快地打断妈妈的话，语气坚决，下定决心要跟过去决裂。

妈妈换了个姿势，双手环胸，细细打量这个满脸叛逆的女儿，回想从什么时候开始她不认识女儿了，更准确地说女儿什么时候开始不让她认识了。

“我想……，”她说，考虑着如何措辞，“我不是个失职的母亲。”

石榴冷笑一声。

妈妈美丽的杏眼一眯，高雅中放出柔软的声音，话却是刻薄的：“如果我在你和高分之间选择高分，你认为我该怎么选择？你有高分让我选择吗？”

石榴抬高下巴：“你可以领养一个孩子。”

妈妈点点头：“这倒是个不错的主意。”

石榴大喊：“是啊，你早就不想养我了，我早该知道了！你只重视分、分、分！”她愤恨地喊叫：“你根本就不重视我！还说什么你不是失职的母亲，你失职透顶……”

“啪！”清脆的巴掌及时打掉石榴尚未冒出的话。

“我希望你知道反省自己。”妈妈深吸口气，脸色苍白，杏眼圆睁。

石榴感到绝望。妈妈长相柔弱，吸吸鼻子都是楚楚可怜相。以前跟妈妈吵架，吵完了两个人争先恐后地跟爸爸告状，像两个争风吃醋的孩子。妈妈往往把事实夸大两倍，她就夸大四倍。她爸爸夹在中间很难做人。不是得罪这个就是得罪那个，搞不好两个一块儿得罪。妈妈适时掉几滴眼泪，样子可怜无助，事儿就算完了。爸爸会搂着妈妈的肩说："好了，好了，谁都不许提了。"现在，在她打了人之后，在她没理之后，她居然好意思先哭出来！

石榴捂着脸。不很疼，但她拼命捂着，她就是要让妈妈看看她干了什么好事，让她愧疚。

"你第一次打我。"石榴悲哀而愤怒地说。

妈妈看着有些颤抖的手，再看看女儿捂着脸的手，不知所措，表情相当茫然。仿佛刚才那一巴掌是另外一个人借她的手打上去的，跟她一点关系都没有。她的手仍然保持那个高度，微微弯曲，一时竟忘了收回。

石榴死死盯住那只手，一如小布什仇视本·拉登。

妈妈知道自己无路可退了，索性挺直胸脯，一副慷慨就义的模样，"我并不后悔打了你。"字字血泪。

石榴直想发疯，撕破脸皮大概也就如此吧。"对，你打了我，这在国外是犯法的！"石榴大吼着说完，一头冲回屋，将门摔得惊天动地，锁死。

石榴让自己在墙角瑟缩成一团，造成可怜兮兮的局面。这种姿势，这种氛围，明摆着一弱势个体。她感觉委屈，受到莫大的侮辱。想到刚才说的那句话，对妈妈根本构不成任何威胁，甚至有点傻气，无助。这不是在国外，中国家长打孩子算什么？天经地义。

石榴目光散漫地四处流溢，处处碰壁。白色的墙壁连成一片，像一张密密实实的网。石榴突然觉得这个屋子呆不下去了，四面白色的墙壁正在联合起来挤压她，渐逼渐近，压得她透不过气来。石榴坐直身体，跟床边的一块墙皮对峙，她觉得它过于顽劣。她的手奋力抓了上去，就像一条走投无路的狗。石榴的指甲深深嵌在墙里，她忘了疼，撕下一块墙皮，脸上浮现一丝胜利的笑。她赢了。分数，同学的白眼，冷嘲热讽，跟妈妈的吵架，懵懵懂懂的感情，她都赢了。然后，她把那块被征服了的墙皮缓缓送进嘴里，慢慢咀嚼……

第二十四章

她说这是她最秘密的隐私

周四下午是语文考试，长达两小时之久。大好光阴消磨在啃噬试卷上。

苏铁最不在行的就是语文，学习母语感觉比学英文都难。原因当然是汉语太灵活，而英语较死板，老师就这么教的。他心急火燎地转着笔，瞄瞄左边的木槿，再瞅瞅右边的丁茄。考试前明明跟丁茄说好的，左手A，右手B，左脚C，右脚D。让他老兄罩着点。再看看丁茄现在专注答题的样子，明显一副不顾兄弟死活的样子。哎，人情冷暖啊。还是《国际歌》中唱出了真理："要创造幸福全靠我们自己。"

苏铁一转头，正巧看到窗外飘扬的国旗，心想，不能作弊，国旗在看着我，不能给中华民族丢脸。考试前他已经大吼三声"及格"，以助军威，过关应该问题不大。

文竹正在仔细审阅一道阅读题，对这类题她一般是手拿把掐的。她从小喜欢诗词，当别人家的小孩一有时间就捉迷藏、玩土、做游戏的时候，她就懂事地拿起唐诗宋词，摇头晃脑一字一句地背诵，弄懂其中的每一个字，颇似古代私塾调教出来的好孩子。稍大一些，她搬来全套《红楼梦》，开始背里面有名的词句。日积月累，收获不小。肚里的干货多了，遇到主观的灵活试题，便文思泉涌，挡都挡不住。别人最头痛的题，一扣十几分，甚至几十分，她最多只扣1点几分，2点几分，有时甚至是零点几的分数，对其他人刺激不小。

锦乔囫囵吞枣地答完卷子，回头看看墙上的表，还差二十分钟收卷。检查。没效果。锦乔做语文题不喜欢检查，完全跟着感觉走。同学们听说她这个特性都认定她是语文高手，她自己也这么认为。做过的题往往自认无懈可击，可一旦卷子发下来，一个接一个原本不应该错的题纷纷遭遇红×，令她极度郁闷。她身体内潜伏着马虎的因子，抓不住，逃不脱。为此，她只能自我安慰。

锦乔再看看表，坐着难受，心理和精神上都受到折磨。今天有特殊行动，还是赶紧撤吧。她在无数双讶异的目光中交了卷子，胜利大逃亡。

妈妈休假探亲回来了，一个20多年没见的战友从外地来北京开会，约妈妈和另一个在北京工作的战友今天要一起聚一聚。锦乔其实不太喜欢跟几个中年人坐在一起听她们说些陈芝麻烂谷子不堪回首的往事，不过饭可以去吃，撮饭局也是一件乐事。

灯红酒绿的饭店，五颜六色的菜肴，为吃而生而战的一群地球人。

一个长得膀大腰圆、满脸被酒精浸泡得红得发紫的中年男子，穿一件成千上万中国男人都爱穿的黑皮衣，左腋下夹着一个成万上千中国男人都爱夹的黑皮包，一看便知是一个毫无个性的东方之子。这就是妈妈当年的铁杆战友，官晋团职，简称团长。

另外一个阿姨锦乔认识，也是妈妈当年卫生队的战友，苏阿姨，两人偶尔有来往，都跟战友有关。苏阿姨现任政府机关办公室主任，为人处世如鱼得水。

"快叫叔叔好啊！"每逢见陌生人妈妈都是这句开场白，令准备大吃一场的锦乔很没面子。

锦乔冲叔叔微微一笑，一副羞答答的神态。这种表情已经练到炉火纯青。

"嗯，文静，乖巧。"团长显然对锦乔的表现满意。

"几年级了？"团长问，一副国家领导人关心下一代状。

"初二！"锦乔心里琢磨团长如今官至几品？俸禄多少？

"我儿子都上大学了，在清华。"团长的音调突然拉高，一张脸纵横张扬起来，有点儿失态。

"哇噻，真强！"锦乔使用了一句校园流行语。

苏阿姨和锦乔妈几乎是异口同声地赞扬团长教子有方，儿子聪明争气。

"我和你妈妈是老战友了，已经20多年没见面了。"团长无限感慨。

"我听妈妈说过了。"锦乔说。

妈妈当年跟一拨女兵都属于"后门兵"，令那些上山下乡的同学们羡慕得一塌糊涂。当兵六年退伍后，妈妈发现当年羡慕她的同学很多比她成绩差的人都考上了大学，跟人家站一起觉得自己矮半截。她这才开始懊悔，当机立断发奋苦读。无奈大好时光已过，只能凑合着读夜大。她总觉得自己比别人曲折。那些优秀的同学和战友走了一条直线，唯独她绕世界跑了一圈。

"这叔叔可了不得，将来是市长苗子。"苏阿姨插嘴恭维道。

"前途无量。"妈妈笑着补充。

"正经的大官儿。"苏阿姨善于连续奉承作战，驾轻就熟。

团长的笑容瘫掉，像瞬间融化的冰淇淋。他神情一敛，"什么官不官的，我最讨厌听这些。腐败！这样讲话不好，做人要踏踏实实的。"

锦乔注意看了团长一眼，他正用餐巾纸擦嘴角的流油，像是不高兴，又像是挺高兴，一副志得意满的样子。

众人喝酒，吃菜，聊天，清一色忆苦思甜。

苏阿姨清了清嗓子说："前两天我在家收拾东西，看见以前在军队记的日记。哎呀，每篇结尾都是口号，可革命了。我儿子看了，说我写得太假。"

团长满面红光，喷射着强烈的酒气说："现在的孩子哪里能理解我们那个时代的思想。留着！留着它！等我们老了，翻阅人生往事的时候，一定倍觉珍贵。"

"你真是个有心人。不像我，傻大呼呼的。在部队我也记过一些日记，搬家的时候觉得没什么用就撕了。现在想想多可惜，翻着日记回忆当年的情景该有多好！"妈妈满脸陶醉的样子。

"咱们拉练时给大家洗衣服，警卫班的一个小个子衬衫上有虱子，哎呀，当时头皮都发麻。"苏阿姨嗓音尖，表情和动作都极度夸张。

"可不是。"锦乔妈接着说，"有一天，我和桂芹俩人一天洗了一百三十多件衣服，中午饭都没顾上吃。那时候年轻，要求上进，干劲也足，累也不觉得。最可怕的是我在门诊部的时候，我跟桂芹去游泳，训练团有一个男兵跳水的时候，一头扎在泳池底的水泥地上，当场就死了。现场没有医生，当时我们刚下水，结果桂芹说去找医生，溜了。就我一个人穿着泳衣在众目睽睽之下就开始急救，胸外按摩，我都不知道过了多长时间，当时已经傻了，就知道一个劲地按。后来王军医来了，救了我。他说我来，你快去换衣服，回去急救。我这才冲出那帮男兵的包围去换衣服。过后我一个月都不敢睡觉，值夜班都得找人做伴。因为这我还立了一个三等功，哈哈……”锦乔妈也有如此精彩的历史，令锦乔不得不用第三只眼看妈妈。

“对！对！对！有这么回事！”苏阿姨点头附和。

两个中年女人像孩子般笑着，仿佛又回到了十七八岁——花一般的美好时光，在军营里度过的时光。

“我们这一代人就是靠当年那些革命口号活过来的。”团长善于及时做思想总结。

“真够不幸的。”锦乔为母辈们惋惜。

“没办法。那年月的口号就像现在的广告一样，谁喊得震天响，谁就能迅速走红，卖个好价钱。”妈妈一不留神也思想一把。

“没错。那时候喊口号的比现在说小品的都火。”苏阿姨善于接力跑。

“北京真是太大了！”团长感慨道，似乎刻意掩饰着什么，“走一条长安街差不多转大半个松花市啦。”

“是啊，北京交通太不方便了，办一件事儿要跑上半天。都说北京好，其实有什么好的。”苏阿姨以东道主的身份说。

“那你为什么还往北京跑啊？”团长反问。

“唉，身不由己呀！”苏阿姨似乎一肚子的委屈。

“得了吧你，松花要是首都的话，你早尥回去了！”团长运用方言一语击中要害。

大家笑。

“哎，咱们那儿交通还行吧？”苏阿姨问。

“还可以。我们上级干部每人配一辆车，保证我们家用。”团长自豪地说，突出“我们”二字。锦乔想起刚才团长对“官儿”不屑的态度，出于礼貌只能在心里冷笑。

团长将焦点又聚向锦乔，“孩子，你现在正是累的时候。上了高三更累。高中熬三年，等上了大学就算熬到头了。外国的大学进去容易出来难；咱们中国的大学出来容易进去难。极端的对立。”

没想到，团长对国内外教育还略知一二。

锦乔想着国内外大学之间的差距，皱着眉，困惑，像是一只迷途的羔羊。

“我儿子考大学那阵儿就是这么一步步走过来的。”说这话的团长眉毛扬得老高，身板挺得笔直，一身凌云的傲气，有点英模报告团的味道。“从小我就教育他要严格要求自己，学习不苦不行。‘学海无涯苦作舟’，就是说要有吃苦精神。我们那代人就是在苦水里泡大的，不信问问你妈妈。我小的时候就没吃过饱饭，鞋都买不起，天天光着脚走路，脚底板磨得全是血泡。你们现在的条件多好啊，可以上学，可以读书。我那时候想读书都读不了。所以，吃苦是必要的。我主张孩子要能吃苦。我儿子给自己规定每天的饭费 10 块钱，多出一毛钱他就去吃学校给特困生作的免费饭，馒头就着咸菜。我去年看他的时候他鞋破了，脚指头都露出来了还在穿。大冬天的连件衣服都不舍得买，单薄着呢……我们家有俩手机，我和我老婆一人一个，我儿子说死也不要……有一次我儿子为了买一套《莎士比亚全集》，吃了一个月的泡面。我知道了那叫一个心疼……”

团长把他儿子说得像五四青年一般正义凛然，满桌子一共俩女战友都在夸他儿子品质好，前途远大。说到高兴处，团长从兜里掏出他儿子的照片挨个发，每发一张作一通解说，说这是他儿子多大在什么地方照的，当时心理情感正发生着怎样的变化……那叫一个详细。就差没把他儿子的吃喝拉撒睡全抖搂出来了。发到锦乔的时候出现高潮，团长硬塞给她一张全家福。

“这可得保存好啊！将来等你儿子出息了，获个诺贝尔奖成为世界名人什么的，这些珍贵的资料没准能值大钱啊！”苏阿姨说得很上心，不知是真是假。

歇了口气，团长接着又说：“等我儿子 18 岁的时候，我就教他‘三要’，你知道是哪‘三要’吗？”

“不知道。”锦乔很想听听。

“啊，这第一，要对自己负责，这点是根本。第二，要对家庭负责。我告诉他父母养育了他这么多年，也不求他有什么回报，但是要做到孝。第三……”他眼珠一瞪，情绪激昂起来，声调爬高。

锦乔憋一口气，等着他说。

“第三，要对社会负责，为社会贡献出自己的一份力量。”团长总算说出来了，感觉像一堆屎在体内堆积，憋了很久才壮烈喷出。

锦乔想起小时候坐在饭桌上吃饭，听见有人放屁，随口便说：“脱颖而出。”因为那屁干脆，响亮，和团长的话是截然不同的两种物质。

饭吃到大半，团长提出要合影留念。

没等锦乔摆好表情，数码相机的快门就亮了。照片出来，锦乔看了看自己，一脸打鬼子的表情。

饭局接近尾声，终于有人说了一句：“吃点主食吧。”锦乔把这话当成天籁之音，立刻要了一碗米饭，就着剩下的菜做清盘工作。

锦乔一直不明白，为什么所有的饭店都要先点菜后上主食。有一次她跟爸爸去饭店，她饿了，上来就要了一碗米饭，结果爸爸的眼跟炫彩灯似的忽明忽暗。吃完饭爸爸语重心长地说：“女儿啊，你以后再别这样了，跟农民似的。”

锦乔说农民怎么了？没有农民种粮种菜咱们活得成吗？你不是教育我做人不能做作吗？

锦乔连珠炮似的问题给爸爸弄得特尴尬，爸爸缓过神来说这不是做作不做作的问题，这是餐桌礼仪。

锦乔说什么礼仪不礼仪的，吃饱饭才是硬道理。

送团长回宾馆的途中，团长问锦乔：“今天跟叔叔谈话觉得有收获吗？”

“有。”锦乔点头如捣蒜。

“哈哈，有就好。今天谈得不深，等下次叔叔来再跟你好好谈谈，到时候保证你收获更大。”团长激动得紫红的一张大脸似乎要喷出血来。

“还……还望多多指教。”锦乔本想说：“还谈？”幸好嘴边最近新安装了个把门的，得以及时拐弯。

"啊，不客气！我跟你妈妈是老战友了嘛。"团长非常大度地摆摆手，从兜里掏出一包烟，一边拆着包装一边语重心长地对锦乔妈重复着刚才饭桌上讲过的话："要教孩子学会对社会负责任。"目光坚定，仿佛在下达一道命令。他点着一根烟以后，迅速摇下车窗，将烟盒包装随手扔出车外。

锦乔愕然。

流光溢彩的长安街对如此慷慨的馈赠早已厌倦到无奈……

团长走后不久，他所在的松花市突发大火，烧死烧伤数十人，成为全国所有媒体曝光的焦点。市长为此辞职下台。团长正好分管公安消防工作，是否也会受到牵连？妈妈挺为老战友担忧的……

周五语文课上，按照惯例，筱老师读学生精彩的随笔和摘抄。

"十一国庆节放长假 7 天，我们一家三口一起商量去哪儿玩。

我曰：去陕西看兵马俑吧，还可以增长知识。

父曰：好不容易放 7 天假，去什么陕西。还不如去桂林，那儿有山有水的，多好玩儿啊！

我曰：还是去看兵马俑吧，那可是世界第八奇迹啊。报纸上说，因为国内外参观者众，在二氧化碳和空气的作用下，许多兵马俑正逐渐被风化，一些参观馆被迫采取关闭保护措施。我们应当及早去，采取抢救性参观战略，不然悔之晚矣，该看的都看不到了。而桂林山水根本不存在风化问题，什么时候想去就去，可以往后安排。

父曰：那好吧，这一次就先听你的。下次可得听我的。

耶！我高兴得一蹦丈高。

母曰：要我说，还是去新马太最实惠。

我和父惊愕之余，大喜过望。

母曰：只需一张月票足矣。

一张月票？

母曰：Yes！一张月票游遍新街口、马甸、北太平庄。

嗨！敢情市内游啊！

我曰：还是在家呆着吧！”

全班笑喷。

“下面这篇摘抄是牵牛的。”筱老师左手卡在扉页查看名字，右手翻到一页。

一篇讽刺中国青少年模仿追风韩国影星的文章，文笔犀利，只是模仿鲁迅的马脚太露，有点拿腔作调。

月季在写作业，可是耳朵一直竖得直直的，像高高挂起的两只灯笼。她对韩星的热爱就像老鼠对大米的感情。

“你抄它干吗？”月季终于忍不住回头质问牵牛。

牵牛睁大眼睛，不说话。她以前跟锦乔说过，如果选班干部是写在纸上选，那她绝对不会选月季。如果是举手表决，那她不想选也得选。由此可见牵牛对月季的畏惧，并且代表了相当一些人的心态。

“没事闲的。”月季小声嘀咕。

筱老师读完了说：“文章写得倒是不错，可也不是绝对的。个人观点不同，还得凭个人喜好。”

“嗯，这话我爱听。”月季头也不抬地说。

筱老师小心谨慎地看了石榴一眼，眼神复杂。那天她在办公室里看随笔，石榴在随笔里写了自己的现状：迷惘、混沌、不安、恐惧、和家人的矛盾，足足写了四页，每一页上都似乎沾染了血泪的痕迹，最后又写了希望老师保密。她说这是她最秘密的隐私，只想告诉最信任的人。如果连老师也不可以信赖，她不知道这个世界上还有谁可以信任了，说得无助而惨痛。一行行规矩的方块字泄露出极不规则的心理轨迹。筱老师透过那些字仿佛看到一个扭曲的灵魂在一个洋娃娃般女孩的躯体里痛苦地呻吟着，自我挣扎着，还有对周围的一切存在着巨大的信任危机，犹如鼠类面对人类。

筱老师从来都认为教师这个职业是高尚的，有责任感和使命感的。虽然教师也是平凡的人，也难免会有这样那样的缺点和错误。但是如果教师和教师之间出于相同的职业心理，谈起行为不轨的学生同仇敌忾，谈起不争气的学生来无可奈何，言辞不恭，那她就不是一个称职的教师，她的人格就永远高尚不起来，在某些问题上甚至还不及普通老百姓，那你还怎么教书育人？看了石榴的随笔，她紧张得要命，她已经思考好久了，究竟用什么方法去开导这个女孩子。虽然她没有十足的把握去说服和改变那颗受伤的灵魂，因为它看起来早已严重变形，不是有谁能在一朝一夕可以矫正过来的。但是她必须竭尽所能去帮助和挽救她的学生，争取不让一个学生掉队或出现意外。她打算在石榴的随笔本上写一些话开导开导石榴，语言尽量质朴，尽量感人，引发深思。想想又觉得不妥。通篇的劝导式语言，弄不好反而会增加说教感，于事无补。应该找机会跟她平等地、做好朋友的那种感觉推心置腹地好好谈一次，或许会有效果。

筱老师找石榴谈了一下午，石榴的精神状态似乎有点阴转晴。

筱老师抓住时机，又及时在课堂上表扬了石榴，给她挽回不少面子。

第二十五章

她将隐私摆上台面，隐私便失去了魅力

新年快到了，学校里热闹起来。

在锦乔的记忆里，贺卡是小学同学之间互送的时髦礼品，如果有谁能收到布娃娃那简直就是傍上大款了，一连能美上好几天。而到了中学，随着年龄的增长，贺卡已成为最普通不过的小儿科，好朋友之间都变着法儿地互送各种工艺品，惟恐被人看扁了，甚或痛失友谊。

由此看来，人世间有多少友谊不是靠金钱来维护的呢？金钱万岁！

记得小学四年级时过新年，锦乔几乎花了整整一个晚上的时间自制了两张立体贺卡，代价是手指上划破了好几个口子。当她满怀成功的喜悦将贺卡送到语文老师手里时，没想到老师只淡淡地瞟了一眼，敷衍地说了声“谢谢”，瞬间将她的满腔热血凝固成冷血。锦乔被一群唧唧喳喳围着老师送礼的学生排挤到了一边，她看见有个家资殷实的男生送给老师一件有精致包装的礼物，老师开心地笑成一朵花，点着头一连说了好几声“谢谢”。当时她差点儿自杀。不过从那以后，她再也没送老师什么礼物，不光是语文老师，是所有的老师。

今年她同样没这个打算。不过，她还是精心选购了30张贺卡，一一写好名字分送给同学，她认为心意到就好。给小学同学牵牛的贺卡是她特别挑选的，心叶般的形状，配有席慕蓉的一首诗《素描时光》：

在等待中　岁月顺流而来
君临一切

在开满了野花的河岸上

总会有人继续着我们的足迹
走我们没有走完的路
写我们没有写完的故事

甚至　互相呼唤着的
依旧是我们彼此曾经呼唤过的名字

贺卡上面装饰有精致的几个小铃铛，淡淡的紫颜色，蕴有含蓄的浪漫，相当别致。她本来也想送给腊梅一张，想了想终究没送，热脸贴冷屁股的事儿不是她的所为。

月季几乎给所有的老师都买了礼物。学生给老师送礼通常都跟做贼似的，悄悄地进村，打枪的不要，以防有溜须拍马之嫌。月季却与众不同，毫无忌讳地在宿舍里展示她大包小裹的礼品，口中还念念有词："历史老师、政治老师我就不送了，他们用不着我巴结。"她将隐私摆上台面，隐私便失去了魅力。

月季的送礼过程还算顺利，一般老师均给予微笑及感谢。不过给数学老师拍马屁时有点棘手。"里边是什么呀？"赉老师不紧不慢又似笑非笑地盯着礼品问。

"啊？您回去拆开看就知道了。"月季不大自在地说，心想这老头怎么这么各色。

"什么？"赉老师歪了歪头，好像没听清。

"我说您自己打开看吧！"月季近乎于喊，把东西往赉老师怀里一塞，转身跑开了。

宿舍要举行联欢会。

饭局是联欢会的一个重要环节，从古至今流传下来。但凡中国人的庆祝与聚会，绝对少不了吃吃喝喝，民以食为天深入民心。吃好的也罢，孬的也罢，终究是这种场合必不可少的一道风景。一桌桌美味佳肴琳琅满目，看上去似乎不像是这些只会埋头学习考试，在家连袜子都不会洗的独生子女们的杰作。每桌 4 个菜，有鱼有肉，外加一瓶大可乐，围坐 4 个人。同学们纷纷举杯互道祝福，然后互相到别的餐桌像模像样地念贺词，祈福未来，跟往事干杯，场面热烈而无拘无束。

宿舍老师来回游走其间，一边乐呵呵地接受四面八方涌来的祝福，一边忙着记录某某桌的某某人没来，生气地嘀咕："一桌好菜白白地浪费了，回去给他们扣分。"

或喜或怒的表情霓虹灯一般飞速地在每个人的脸上来回变幻，男生粗声大嗓地吆喝，女生肆无忌惮地尖叫，将一年来学习的压力和烦恼一股脑地释放出去。爽！

君子那一桌菜不够吃，他便到其他桌上把菜和饮料搬到自个儿的桌上大吃二喝，还厚着脸皮替自己开脱："大家都是哥们儿姐们儿，吃谁的不一样。啊！"

君子超肥，走起路来不得不蹒跚而行，一左一右摇晃着打摆子。苏铁曾经赐他一外号：北极猪。这胖哥人见人爱，人人都可以随便拿他开涮，取乐，可他却一点也不生气。他熟读《三国》，经常摇头晃脑地吟诵："话说天下大势，分久必合，合久必分。""对酒当歌，人生几何？"

看着君子的滑稽相，苏铁灵机一动，想增加一点气氛，让大家一块儿乐呵乐呵，也借机幽上一默，便出了一句歇后语：君子站在树叶上——打一名人人名。

大家兴趣大增，立刻七嘴八舌地猜开了。

"叶（莉）立（亚）丫！"有人兴奋地用手比画着叫喊。

"不！"苏铁摇头否决，"这是京骂，太俗。"

"夜（叶）壶（虎）！"有人边说边解释着。

扑哧！集体笑喷。

"叶招（钊）蝇（颖）！"

……

搞笑猜谜在延续。

"唉，没劲！算了算了！"苏铁失去了耐性，"还是由我来揭开谜底吧。"他迫不及待地向公众展示自己的一腔才华，"大家听好了：君子站在树叶上——打一人名是……猪（朱）立（丽）叶！"

众皆大笑，连称"经典"。

君子被激怒，一拳冲苏铁打过去。苏铁敏捷如猿，闪身腾挪。君子老拳走空。

有男生上前拉住君子，借机捶上他几拳，大家一切相安无事。

紧接着，“君子洗澡——猪（朱）自清”、“君子渴了——猪（朱）一渴（可)”（同班一女生名）等段子先后出现，将戏谑及欢乐推向高潮。

君子成为名至实归的“笑星”。

月季一大杯可乐下肚，犹如豪饮烈酒，满面桃花盛开，竟在众人面前抡臂高呼：“五魁首啊!”“哥俩好呀!”

众人晕菜。

酒足饭饱过后，开始欣赏文艺节目，典型的中国程序。节目是宿舍同学自发准备的，天生有一副好嗓子的白兰准备了一首刘若英的《很爱很爱你》，私下里经常哼唱。

月季烦了，让白兰赶紧换台，弄一首别的出来。

联欢会开始前，锦乔和文竹到班里拿东西，看见只有黄杨一个人在班里学习。这厮平时说话办事有些古怪，可学习起来玩命，性格习惯颇接近科学家，班级简直就是他第二个家，平时早来晚走的，就差搭张铺睡觉了。

黄杨看见她俩劈头就问：“你俩准备好塑料袋了吗?”

锦乔和文竹对视一下，又看看黄杨，摇晃起两根马尾巴辫子，两眼茫然。

“听说白兰又要唱歌。”黄杨一脸轻蔑的坏笑。

锦乔立刻明白，黄杨又在借机贬损白兰，顿时气就不打一处来，冲着他毫不客气地说：“白兰唱歌挺好听的呀，别总拿人寻开心。就你那副破锣嗓子好，一亮声准能把公鸡吓出蛋来。”

文竹掩嘴浅声轻笑，她总是那么文静，喜怒难形于色。

黄杨万万没料到，平时貌似文弱寡言的锦乔竟会出此恶语呛他，弄得他尴尬得要命。

锦乔再懒得搭理他，拿完东西拉着文竹走出教室。

路上文竹担心地问锦乔：“黄杨不会生气吧?”

锦乔毫不在乎，“管他呢。我最讨厌这种专门在背后瞎起哄整人的人，让他们都见鬼去吧！”

文竹对锦乔刮目相看，“真没想到，你也会偶尔露峥嵘。”

锦乔不以为然地说：“是吗？我倒没觉得。”想想又说：“新年了，也该出出憋了一年的恶气了。”稍后，她又略带神秘而顽皮地说：“这就是正义战胜邪恶的力量！”

两个人嘻嘻哈哈地赶回联欢会场。

白兰的声音真的很纯正，因为是清唱，更显出其功夫和魅力。她感情投入的程度令人感动，那是对音乐刻骨挚爱的释放。大家都跟着了魔似的，安静得异乎寻常，就连那几个爱说三道四的主儿也像护花使者般陶醉其中。直到白兰一曲唱罢，沉寂了几秒钟，才爆发出雷鸣般的掌声。

在“再来一个”的尖叫和口哨声中，白兰宛如大明星一般光彩照人，竟张开双臂高声大喊：“生活多么美好，未来等我们创造！”

(4)班有个男生有狐臭，几个男生联合起来给他点歌，祝词上写：祝搜狐成功！

有个高中的男生一边弹吉他一边唱任贤齐的《我是一只鱼》。抚吉他者一向是女孩子眼中的宠儿，非帅即酷，为此台下一片沸腾，情绪达到高潮，成群的女生尖叫着一起高喊：“小齐！小齐！”其场面犹如亲临明星演唱会般热烈。

宿舍老师端坐在女生中间，眉头紧皱，无法赞同地直摇头：“你们这是干什么呢？女孩子没有女孩子的样子，丢不丢人？”

只可惜学生们热情高涨，长期压抑已久的个性和自由终于释放出来，根本没人理会宿舍老师。

牵牛在走廊里迎面碰上锦乔，俩人虽在同一个班，锦乔却有久违的感觉。

牵牛热情地举起手冲锦乔摇摆，夸张地笑了一下，露出一口似乎美白过的牙齿，一张黑肤色脸庞显得朴实而健康。大家都不敢恭维牵牛的长相，可锦乔却觉得牵牛特具有亲和力。牵牛为人处世落落大方，在小学的时候就令她钦佩。她跟牵牛的处世原则反差极大，她容易博得别人第一印象的好感。连她自己都觉得奇怪，为什么她更善于跟陌生人说话，并给人以大方乖巧的良好印象。可是接下来彼此之间越是熟悉，她却越是找不到感觉，渐趋冷静而个性，就像一只活泼可爱的兔子逐渐演变成一只不大合群的猫。所以她把自己定位在公关型人才，属于短跑选手。而牵牛则是后劲十足。初始印象她可能会缺乏竞争力，但是时间愈久，她就愈能赢得人际关系的高分。她所展现出的处事技巧自然而积极，典型的长跑型选手，令锦乔只能望洋兴叹。

“又穿这么少，连毛衣都不穿，小心感冒。”牵牛关切地说。每次见到锦乔，她都不忘先谈论一下对方的着装问题，像是好心的邻家大婶。

“知道。”锦乔笑笑，问：“你最近还写东西吗？”

牵牛苦笑：“哪有时间写呀，光应付学习都忙不过来。你知道吗？我每天写作业都到半夜，早晨5点半再爬起来，吃完早饭就去挤公共汽车，挤得跟肉包子似的。一天睡不上6小时觉，都快累吐血了我。写个鬼吧！你写吗？”

锦乔同样苦笑：“彼此彼此。不过我没你那么拼命，晚上学累了就想上床歇会儿，一上床就困，不睡觉我难受得就得去死。我爸总说我醉生梦死。”

牵牛：“那你作业能写完吗？”

锦乔：“写不完第二天上学补呗。”

牵牛：“哎哟，我可不行。我妈看我看得严着呢，不听话还揍我，还大学教授呢！”

锦乔惊讶：“真没想到！看不出你妈还那么凶。我妈基本上不管我，靠我自觉。我爸更是宽松政策，放羊。”

牵牛：“你爸妈那么开明呀？真让我羡慕！我也投奔你家当女儿得了。”

锦乔：“去！那你妈还不打断你的腿呀。”

牵牛一脸无奈：“我妈呀，咳！一言难尽啊！”

锦乔看着牵牛一副可怜兮兮相，有点同情她了。

“你跟咱们小学同学还有联系吗？”牵牛问。

“几乎没有。”锦乔摇摇头。

牵牛说："这周六咱们有一次小学同学聚会，乔老师也去，你去吗?"

"去。"锦乔意外又高兴。乔老师是小学班主任，对她和牵牛没得说。

"那你负责通知腊梅吧。"牵牛说。

"行。"锦乔有一种受到组织重视的成就感。

中午休息时，锦乔到处寻找腊梅。

学校的广播喇叭玩逆向思维，不是挂在高高的柱子上，而像打游击似的从地下冒出来，模样小巧不易被盗挖，音质像被水土过滤了一般纯净。

锦乔找得辛苦，班级和食堂均不见腊梅的影子。这会儿，她会去哪儿呢？锦乔的腿走得有些酸痛，她真想去学校播音室播发一条寻人启事。

从数学楼那边走过来一个女孩儿，个子矮矮的，身体跟年龄有些不相称的胖。她的脚步还算轻盈，一头短发映称出一张熟悉的脸，是腊梅。

"腊梅!"锦乔兴奋地奔过去。

腊梅放慢了脚步，有些惊讶地望着跑近前来的锦乔，嘴角微微地牵动了一下，是一个尚未形成就化掉了的笑容。

"你让我找得好苦。"锦乔气喘吁吁。

"什么事?"腊梅冷冰冰的面无表情。

"这周六咱们小学同学聚会，乔老师也去，牵牛让我告诉你。"锦乔满脸通红热切地说。

腊梅不置可否。

锦乔看不懂腊梅的心态，诚心诚意地说："咱们一起去吧!"

"看看吧，如果有时间的话。"腊梅眨眨眼睛，不太配合的样子。

"最好还是去吧，大家那么久都没见面了，一块儿照几张相，留做纪念。"锦乔充满浪漫与遐想。

"啊，到时候再说吧。"腊梅把重心从左腿移到右腿，眼睛看着别处。

"那……好吧，我先走了。"锦乔怅然若失。她觉得每次跟腊梅说话都挺别扭，就像热饼子贴到冷锅上。好在她对腊梅知根知底，从小就缺少热情与温度，她也就不太去计较。

周六一大早，锦乔起得倍儿早，在镜子前左穿右照地臭美了半天，最后选择了一身淡绿和纯白相间的外套。爸爸开车送她的路上，她突然想起应该送给乔老师点什么，便让爸爸左绕右拐找到一家精品店，精挑细选了一只漂亮的发夹，配上精致的包装，哇噻，就像圣诞礼物一样漂亮。

风很大，飞沙走石挟裹着干树叶漫天飞舞。锦乔准时来到了事先约定地点——代表着孩子们未来理想的地点——北京大学门口，远远就看见十几个小学同学聚在一起比比划划地说着什么。锦乔心里一热，下了车，直奔过去。

“呀，是锦乔!”余梦多多个子高，率先发现目标。这个小眼睛小嘴的女生已经拔地而起，个子高得吓人，梳一根短小精悍的马尾巴辫子。她以前总是梳两个小羊角辫，可爱得像动画片里的小公主，现在长本事合二为一了。

“哈罗!”锦乔亲热地跟久别重逢的小学同学们打招呼。

“哎，锦乔来了。”

“锦乔!”

女同学们将锦乔围起来，让她体验到一种身处名校的优越感。

几个男生闻声回过头来，跟锦乔打着招呼。锦乔心里面热乎乎的，她感觉还是小学同学的感情更纯朴和真挚一些。到了中学，由于考分竞争的日益激烈，人与人之间变得更加自私和功利，难得有真情与亲情。锦乔还记得小学时她在班里的个子不算矮，站队总是排在后面。可现在她在这群小学同学面前竟成了小个队员，似乎所有人都是热带作物在疯长；唯独她变成了寒带植物，再多长1公分都难。

一个男生手里拿个篮球，反复拨弄玩耍着，还不时将球抛向空中，再用各种姿势接住，令人想起某部青春偶像剧里一帅哥的习惯动作。他叫虎刺，是当年班里出了名的“问题学生”。一般来说小学老师算是颇有耐性的，学生如果不完成作业或是没通过考试什么的，没关系，放学留下来，老师监督兼辅导，多晚都奉陪。最壮观的那一次全班20多人留下来，恰巧被回班取东西的锦乔看到，令她眼界大开。虎刺凭着他学业的浅薄和脸皮的深厚功力从来都是耗到最晚的那个主儿，最后，连耐力十足的老师也会哈欠连天地摆摆手说："回家吧，明天接着留。"于是，虎刺兴高采烈地背着书包回家。第二天照旧。以此类推，就连请家长这种对学生来说无疑是最掉面子的手段对他来说也无关痛痒。上体育课，老师要求一律穿运动鞋。别的学生拿老师的话当圣旨，他却穿一双黑面白底的布鞋出场。老师气坏了，问他为什么不穿运动鞋？他说穿这鞋也不耽误运动。这句话逼出了那个原本就脾性暴躁的体育老师的肝火，他伸出脚，狠狠地踩了一下他的鞋面，那脚力分明是在踩一块又臭又硬的石头。老师将脚移开，问他感觉如何？他眉头一扬："舒服。"于是老师重复刚才的动作，并且增加来回碾转的力度，再问他的感受。他低头看了看自己的鞋，笑了笑，酷酷地说："更舒服。"然后双眼死盯着老师的眼睛看，里面隐约亮出一把家伙，一字一顿地说："我要告你虐待学生。"语惊四座。

亲自管学生管得累了，班主任想出一条妙计，让班干部帮助"问题学生"，实行一对一互帮政策，将责任分摊。天灾人祸，锦乔竟然摊到了虎刺。从此，锦乔开始了漫无边际的保姆生涯，而且免费。如果这世上真有什么纯粹的清官，则非班干部莫属。这个官清贫得两袖清风，没一两银子。也许是锦乔比女班主任更具有虎威，蒙住了虎刺，或许是虎刺的良知在某时某刻莫名其妙地被唤醒，或许是一物降一物，或许是什么说不清楚的原因，反正虎刺在锦乔管辖的一段时间内变乖了。于是造成了一个局面：班主任很满意，锦乔很得意，虎刺很无奈。

某一天，虎刺突然找到班主任，告了锦乔一刁状，说她虐待他。

班主任是个善变的主儿，今天夸这个学生好，明天就可以说这人今后没什么前途；前一分钟说学生应该绝对服从老师的命令，后一分钟又改成一味地服从等于抹煞自我个性，比当年大清王朝的老佛爷还难伺候。

班主任把锦乔叫到办公室，当着好几个老师的面，语重心长地对她说："如果让你跟虎刺坐同桌，你能管得住他吗？"

锦乔想也没想，配合且坚定地说："能！"要不怎么说那时候傻呢，连句类似"我可以试试"这样含蓄一点的话都不会说，像铅笔一样直来直去，如突遭外力，不折才怪。

"为什么你觉得可以管住他？"班主任直勾勾地盯着锦乔。

锦乔感到有好几个老师都在看她。

"嗯，因为……因为他可能有些害怕我吧。"锦乔颇有些自得。

"你觉得让同学怕你好吗？"班主任循循善诱。

"这……"锦乔有点含糊，吃不准。

"让我告诉你吧。"班主任看着不知所以的锦乔，目光柔和了些，不似刚才如鲁迅杂文般的辛辣犀利，"同学之间要互帮互敬，你没有权利压迫别人，让别人觉得痛苦。虽然你是班委，但是……"

锦乔站着听，感觉周身热痒痒的如芒在刺，很不舒服，有一种所有的努力和心血付之东流的委屈与不平……

看起来，当初那个冥顽的个性仍然主宰着虎刺的灵魂。锦乔想。

风沙肆虐，不时发出野狼一般的低嗥，刺得锦乔的脸生痛。北方的冬季对小女生没有一丝一毫的怜悯，平等与自由是它的主旋律。一群小学同窗站在凛冽的寒风中，没有躲避的念头，一个个睁大期盼的眼睛，等待那些熟悉而亲切的名字和身影，等待班主任的到来。时间的隔阂，距离的隔阂，竟然像陈年老酒，愈发的醇美。

"怎么来的人这么少？"锦乔问。没看见牵牛，更没有腊梅的影子。

"谁知道怎么回事儿，我们接到电话通知就来了。"

"今天天冷，没准会晚来一会儿。"

"再等等吧！"

半小时过去了。

1小时过去了。

……

来的人都来了，没来的人都没来。

大家在瑟瑟寒风中焦急等待。

"给班主任家里打个电话问问吧。"有人提议。

“对。”

“好主意。”

电话接通了。电话那端传来一个尖细的男中音，是班主任的爱人。锦乔见过那个男人，一个细细瘦瘦的南方小男人，感觉是家庭中的配角。

“喂，请问乔老师在吗?”

“她带孩子去参加比赛了。你是谁呀?”

“我是她的小学学生，我们说好了今天开同学会，大家已经等老师1个多小时了。”

锦乔十分诧异，牵牛明明跟她说已经约好了老师。怎么会这样?可惜牵牛也没来。

“实在对不起。”电话里的男人在道歉:“她可能忘了。”

“哦，是这样啊。”

“那……怎么办? 我让她回来以后再去好吗?”班主任的丈夫征求意见，想挽救他爱人的威信。

“噢……不用了! 我们以后再约吧。”

电话挂断了，所有在场人的心都从头凉到脚。没什么值得留恋的，也挽救不了什么。老师总有一些权利，其中包括让学生等待。政府更有权力让学生等待。记得建国五十周年大庆的背景活动项目，锦乔所在的学校光荣地被分配到天安门广场中央，正对着金水桥。10月1日那天凌晨4点，学生们就被学校包车运送到天安门广场，在那里一直等到上午10点。当最重要的人物最后登场时，锦乔已经虚脱，差点儿晕倒在欢腾的气球和人群之中。

“怎么办啊?”有同学问。

“散了吧，老师带她儿子参加比赛去了，来不了啦。”

“啊，为什么不早说呢?”虎刺皱着眉头埋怨。

“就我们这几个人，怎么开同学会呀?”

“算了，走吧。”虎刺率先骑车扬长而去。

有的人在互留联系电话。

稀稀拉拉的几个人很快就散光了。

锦乔呆站在那里，看着瞬间聚散的同学们，体味着兴奋而来，扫兴而归的滋味。用南唐后主李煜的诗词“别时容易见时难”、“剪不断，理还乱，别是一般滋味在心头”来形容她此刻的心境恰如其分。

锦乔掏出那个买给班主任的精美发夹，看了又看，从各个角度欣赏它，在满意自己眼光的同时，随手将它扔进路边一个垃圾箱里。

周一上课，锦乔见到牵牛，质问她为什么不去参加同学聚会？

牵牛颇有技巧地先避而不答，反而问锦乔：“去的人多吗？”

“不多！”锦乔没好气地说，在牵牛面前，她似乎永远都成熟不起来。

既然去的人那么少，老师也没去，她牵牛没去就不是什么大不了的错，去了倒显得傻帽儿。

第二十六章

全面实现社会主义及格化

期末考试就像100米冲刺一样说到就到。

大多数同学都开始紧张起来，因为它不但要记入总成绩，而且是一年当中最重要的一次考试。它脚步轻快，却带给人沉重的压力。当真正的窒息氛围降临的时候，很多人才意识到，前些天的紧张气氛不过是模拟练习。

水仙说："还不如早点考呢，早死早超生。"

石榴酸涩地一笑，心想到底是有资本的人，才能这么落落大方地说出这种表面虚伪内在踏实的话。这些话她连想都不敢想。水仙的成绩全班第一，全年级前五名。

锦乔随笔：

考试·背书·头疼

头疼。

我放下手中那张写满了字的生物复习试卷，已没有了知觉，只剩下一颗麻木的心。

我站起身，感到头晕目眩，身子飘飘然。"嗵！"还好，不是我昏倒的声音，是手扶门，门又撞击墙的声音。不，还是晕倒好，晕倒了就不用背生物体的结构，不用背生物的营养，也不用背生物体的物质运输了。晕倒了就不用上学，不用复习，还会得到许多许多好吃的。不过话又说回来，要是晕倒了，那谁替我考试？要是考砸了，吃亏的还是自己。还好没晕倒。

唉！该死。怎么还会有时间去想那些没用的东西？难道你不知道你还有大半张复习题没背？不知道考试已经迫在眉睫了吗？我想起爸爸讲过的一个段子：爸爸上中学时的班主任老师每当考试来临之际，便恶狠狠地冲学生们大喊大叫：都什么时候了？都火烧眉毛的时候啦！

我努力想让自己平静下来，休息一会儿再接着背。脑子已经僵化，不听使唤了，怎么总是重复着刚才背过的东西呢？我什么时候变得如此混沌？总有一天让考试给逼疯了。

用凉水洗了把脸，我重新回到桌前，捂着耳朵继续咿咿呀呀地背。糟糕！我记不住了！大脑里已经塞满了东西，再容不下一个字。我看着复习卷子，急得手直抓头皮，急得把桌上的东西扔得满地都是，急得泪流满面。怎么办？怎么办？我背不下去了!!!

又是一阵钻心的头疼，使我不得不躺在床上。怪谁？当然怪自己。怪自己平时不认真背，怪自己一贯用临阵磨枪的突击方式，怪自己不争气的身体，怪自己……

不行，我还得背。再过几天就要考试了，我注定了要用这种被动的方法来充电。这次只能这样了，下次再说吧。也许下次我不会这么被动，这么狼狈不堪。我将刚才扔到地上的东西一件件捡起，一股无名火涌上心头。凭什么我想发泄一下都不行，扔了东西还得自己再捡起来，记得有一次妈妈发脾气时扔东西还是我捡的呢，为什么不会有人帮我捡呢？我愤愤地想，觉得自己很窝囊，很无助。

我强忍住怒火，又坐到了桌前。本想复习一下刚才背过的内容，却什么都想不起来了，大脑枯竭，肯定是用脑过度造成的。会不会是失忆？我惊慌失措地想，不由地，身子开始发抖。来检验一下吧。1+1等于几？2。噢，还好，还算是正常，我稍微放心了些。

不好，我写这么多干什么，考试时又不会给我多加分。就混这么一次，老师不会说什么。真是浪费时间，我还要考试呢！

再背。

老师评语：

看到你们如此辛苦难熬的样子，做老师的也觉得很难过。可学习就是这么件艰苦的事，坚持，坚持，再坚持。

最近，白兰的手机里始终充斥着两条短信。一条是说把看到的内容发给其他10个人，否则考试科科不及格。于是，白兰把大把大把的时间用于发短信，一边发一边掰着指头数发了多少条，只恨少生了一根手指。

另一条短信的内容是这样的：

本人仅代表党和政府，

向奋战在抗挂科第一线的同学们致以节日的问候。

望你们以突击为手段，

作弊为保障，

众志成城，

守望相助，

全面实现社会主义及格化。

此条短信没附加任何条件和咒语，但白兰却将它发给更多的人，包括一些她的小学同学。一时间它风靡校园内外，其受欢迎的程度绝不输给时下最时髦的“超级女生”。

每个人对考试都抱着殊途同归的想法。

银杏终于在临考试的前一天找到了考试的感觉。她收拾柜子的时候在最里面翻出一套崭新的练习册，看了一眼说：“哎呀，我得做点题了，要不这些书全白买了。”这之前她一直在看各类杂志，做各种心理测试题。

银杏是乐观派，她的感觉总是在她有需要的时候就来，不需要的时候便走。来得及时，走得痛快。这种感觉令她在考试过程中过关斩将，名次始终位居前茅，令大家叹服。月季尤其长气，她曾拼死要跟银杏争个高下。无奈每次考试都无法逾越银杏这座山峰，败下阵来。这令月季很苦恼。

像小号这种文化课的绝缘体跟考试彻底玩完。考试的当天早上，小号捧着语文书，放在心脏部位，问月季：“到底考哪儿啊？”

“你真傻假傻？”月季一脸鄙夷。

“这个问题问得深刻。”小号点头确认：“真傻！”

月季占了便宜，哈哈大笑着告诉小号考试范围。

“天啊！”小号拍拍脑门，“考完我又得作诗了。”

“什么诗？”月季不解。

“你不知道吗？我期中考试写了首诗。”小号颇为得意。

“你会写诗？”月季像听到公鸡下蛋一般新鲜。

“那是，小瞧咱了吧。”小号夸张得真像一诗人了。

“拿出来看看。”月季将信将疑。

小号立刻献宝般地掏出一张叠得皱皱巴巴的纸，是模仿《沁园春·雪》写的，题目是《沁园春·考试》：

试卷遗容，千疮百孔，万般无奈。望试卷内外，多处空白；卷面上下，对钩不在。捶胸顿足，抓耳挠腮，欲把试卷一脚踹。须冷静，看排名结果，分外失败。

判分如此严厉，引无数英雄竞哭泣。惜理科先锋，略输逻辑；文科大将，稍逊细腻。一代考生，心有余悸，只怕颜面再扫地。

俱往矣，数奋斗岁月，还需努力。

结尾处加了一行小字：**问君能有几多愁，恰似一堆红×卷上流。**

月季看完了，惊讶地抬头看着小号问：“你写的？”

“怎么样？”小号以为这下彻底震了月季，喜滋滋地扬起脸，像梵·高版的“向日葵”，准备迎接阳光和雨露的赞美。

“也只有你这种人才能理解得这么透彻。”月季嘴上施放冷箭，心里却暗自称奇。

向日葵迅速枯萎。

小号心情郁闷，突然大吼：“及格！及格！及格！”

季月吓了一跳，问：“你干嘛？歇斯底里呀！”

小号圆鼓鼓的肚子剧烈起伏着，“以助军威。”

这时，木槿恰好走过来。小号立刻跑过去拍着他的肩膀说：“哥们，我中午去你家复习怎么样？我陪你，咱俩还可以互相切磋切磋。完事我请你吃麦当劳。”小号想找人辅导，又不好意思明说。

木槿以团支书特有的冷静，在思考着小号有什么不轨之图。“你自己去吧，我给你钥匙，我中午想在班里复习。”

“那不行！”小号大嚷：“你妈万一回家以为我是小偷怎么办？我被乱棍打出去还怎么考试啊？”

木槿笑着说：“那不正合你意嘛。”

小号嘿嘿一笑，有点泄气，“还是你了解我。”

“你在哪个考场？”小号问。

“第一考场。”木槿说。

“哇噻，真强！”小号啧啧羡慕。他知道，学校为了拉开学分档次，以此刺激学生的自尊心和奋发学习的斗志，按分数将学生分成若干个考场。尖子生都分在前10位考场，像他这样的只能靠后了。最惨的是第24考场，倒数第一。就因为年级最后40名放到一块儿还是最后40名，怎么作弊都没用，就像烂泥永远贴不到墙上。这方法跟希特勒的某些主张颇有相似之处，学校也许受了那个战争狂魔的启发。

小号极具音乐天赋，以特长生的身份冠冕堂皇地被录取，是学校乐队的首席小号手，学习成绩却近似臭鱼烂虾。他天生一副方而黑黄的脸，看上去感觉忧郁而内敛。鼻梁上架一副方形框的眼镜，紧张或是不好意思的时候，就习惯性地用手把眼镜往上扶一扶。小号在班里很少说话，即使说话也压低分贝，尽量避免引起注意，好似四周都存在压迫感。他自小学习音乐，并在这方面表现出极高的天赋，一心想在自己喜爱的音乐领域有所发展。

本来他可以被保送到中央音乐学院——一个令许多音乐人梦寐以求的最高学府。可他爸下不了决心让儿子走这条路。有几个学艺术的能成才成名呢？曾经一个电视专题栏目统计过，在报考知名艺校的人中，能够如愿上去的只占3%，而将来能小有名气的又占考上人数的3%，谁能保证少数幸运儿的席位中有小号的一席之地呢。最终，他还是顺应学中文爸爸的思想力，力阻他过早发展专业，强调要全面发展的理念，每天学着并不擅长的各门课程。无奈，小号只得身不由己地置身于苦海无崖的知识灌输与没完没了的考试中无法自拔，身在曹营心在汉，整日精神恍惚，以忧郁洗面……

在学校里小号很自卑，因为成绩差，好像别人的谈话都插不上嘴，恨不能把自己装在套子里，连思考都是多余。只有乐团排练或是对外演出的时候才能感受到些许自身价值发出的热度，才有勇气抬头挺胸。

一次锦乔爸开车送她上学，恰巧碰到小号。锦乔指给老爸看，那就是我同学。爸爸一向对她的同学没什么记忆，可看了小号后说："这个孩子我下次看到肯定能认出来，感觉心思太重，太成熟。"

小号喜欢每天早早地到校，单肩背一个深蓝色书包，在人影稀疏的校园里迈着舒伯特圆舞曲般的步子轻快地走着，尽情呼吸着早上微凉而舒畅的气息，抬头看校园里的翠柏，满眼的绿色，高大而挺拔。看着这些苍劲的树木，笔直的躯干，听着鸟儿没心没肺的欢畅，心情也跟着好了起来。他最喜欢柏树的颜色，绿得不张扬，又充满了希望。这是他一天之中最快乐的黄金时光。有时候趁操场刚开门的时候进去跑上个两三圈，四百米的跑道，每一次奔跑都是一次小的挑战。据说普通人跑到600米时是人体的一个极限，跑过去就超越了极限。他每次跑到600米的时候就会刻意加速，身体上超越极限，但精神上似乎蓄积了力量。跑完了，弯下腰，两手扶在微微发抖的膝盖上，感觉心脏不安分地有力跳动着，似乎要跳出，擦擦额头上的汗，体味自身强烈的存在感，同时也是自豪感。他多希望这样短暂的清晨可以一直延续下去啊！每当看到人潮涌进校园，红白相间的校服连成一片，这股兴奋感就自动消失，又一个无趣一天的开始。除了早上短暂的轻松愉快，每一天对他来说都是一样的刻板乏味。

最煎熬的时刻莫过于考试。试题大都不会做，可小号在偷瞄他人试卷方面颇有功底，能够逃过老师、同学交叉组成的视网膜，悄无声息地把别人的答案原封不动地抄过来，再适度做些改动，得个不高但不至于太难看的分数。锦乔和他坐同桌时对他的抄袭技巧深有体会，每次都不想让他抄，可是防不胜防，每次都被他如探囊取物。久之，知道防也没用，索性改革开放，随他去抄。

事后，锦乔虚心向小号请教抄题技巧，他竟有些腼腆地一手支着头，一边小声地说："这个啊，你要抓住老师和同学的心理，以不变应万变……"说了几句就不再继续往下传授，而是不停地扶眼镜，直说："太扯了，太扯了……"锦乔坚持让他说，他不耐烦地回应道："哎呀，说了你也不会，太高深了。"

说归说，即使有再高超的抄袭水平，每次考完试，看到一帮一拥而上聚在一起对题的同学，个个眨着一双求分若渴的眼睛，小号就仿佛做贼般心虚似的，快速把书包收拾好，低着头一路加速逃离教室。

小号整体上鲜有特点，却给人沧桑的感觉。一次他把一张和以前几个朋友的合影拿给锦乔看，照片上的他只露一张脸，身子藏在其他人的身体后面，隐约看到深棕色的上衣。

锦乔看了一眼便说："你怎么像刚开发完大西北回来的呀？"

四周围的人听了，都颇有同感。

唯一有特点的是小号的头型，头发一撮撮地朝天立着，每一撮的高度不尽相同，错落有致，看上去颇像菠萝上面叶子的造型。因此黄杨给小号起了个外号：菠萝王子，并自动在班里大肆宣传。黄杨就坐在小号的前面，每天没事就回头叫他的外号，很是上口，一天下来叫的次数竟可多达几十次。锦乔觉得有趣，闲暇时附和着叫上几句过过嘴瘾。

小号内心敏感，表面上没什么反应，心底却炸开了锅。他觉得大家这么叫他是取笑他，瞧不起他。以前背着课业的包袱，现在又背上一个不堪的外号，好似一个穷苦的乞丐又不幸患上重病，陷入绝境。

一天晚上，小号的爸爸因为他愈发难以入眼的成绩终于爆发，又是骂人又是砸东西，还动了手。他指责小号不争气，没出息。小号吓得不敢说后悔当初没有选择上音乐学院，也不敢说自己应对不了那些数字、公式，更不敢提每天上学其实就是凑合着过日子，考试的时候尤其痛苦。慌乱之中，他给自己的成绩找了个荒谬的借口：同学给他起外号，他压力太大，根本无心学习。他爸听了，气急败坏地让他说出成天叫他外号的同学的黑名单，他不假思索地说出黄杨的名字，感觉力度不够，又鬼使神差地道出了锦乔的名字。

第二天，黄杨和锦乔都被叫到老师的办公室。进去之后，筱老师很客气地让两个人坐下，上来就说："和你们俩说点事，你们别害怕啊。"顿了顿问："你们给小号起外号了吗？"

黄杨听了哈哈大笑说："菠萝王子啊。"

"什么?"

"菠萝王子。"黄杨开心地又重复了一遍。

筱老师不满地看了眼黄杨，说："昨晚小号的爸爸给我打电话了，说他最近学习不好，压力很大。同学给他起外号，还总是那么叫他，让他受不了。我问是谁那么叫的，他爸爸跟我说是你们俩。"

锦乔顿觉冤案似窦娥。她不过平时偶尔跟着来那么两句，次数连黄杨的零头都不到，还是基于大家关系不错的基本考量，怎么糊里糊涂地就成为同案了呢?且与放肆的黄杨同属一个别级的罪名。早知如此，莫不如索性就敞开了叫，也不枉浪得虚名。最好把他狠狠嘲弄一番，也对得起此番来办公室潇洒走一回，免得连做坏事也得给人当陪衬。

筱老师看锦乔神色有点怪异，连忙安慰道："要是换了别人，大家开个玩笑哈哈一笑也就过去了，小号太敏感了，你们以后别那么叫他了。昨天晚上快12点了他爸爸又打来个电话，就响了两声，我还没来得及接就挂掉了，后来也没再打来，估计也觉得这么点事不好意思再说了，你们以后注意点就是了。"

锦乔立即摆出悔过自新的表情，而黄杨象征性地点点头，看上去轻松愉悦，好像上课时间来办公室纯粹为了聊天。

筱老师一向对各类大事小情布置周密，为了不让小号起疑，她对黄杨和锦乔说："你们两个别一块儿回去了，一个一个走，谁先回去?"

锦乔立刻把手高举过头，"我!"

锦乔回到班里十分钟左右，黄杨才悠闲地晃着两条胳膊进来。下课以后，黄杨神秘兮兮地对锦乔说："筱老师说谁要问咱俩为什么去办公室，就说是作业问题。"

锦乔"哦"一声答应了，心里想：谁问啊！干嘛搞的跟克格勃似的。

黄杨并没有因此减少和小号主动交流的热情，甚至话还比以前更多，只是在说到关键时刻上下嘴皮碰在一起抿一抿，过过脑子，"菠萝王子"四个字就被嘴唇给过滤掉了。在他话语间停顿空当，只有锦乔明白是怎么回事。她暗中观察小号，看他什么都不说，只用手扶扶眼镜，感觉他也知道是怎么回事。

（后续：小号出国演出，没有考计算机和地理会考，学校统一给演出的人打了“优”的成绩。小号回来后分别送给黄杨和水仙一人一盒巧克力，却没送给锦乔。）

或许是人体特异功能的一种磁场反映，此时此刻，站在小号一旁的石榴也在脑屏闪过那句“烂泥永远贴不上墙”，且在心里形成不小的骚动。她属于年级后四十名里的一员，这样的位置类似于18层地狱最下一层。她现在在班里都很少说话，有一种没脸见人的窘境，没人爱理她，大家都瞧不起她。她几乎没有一个好朋友，孤独的苦果每天强迫她吞咽，搞得她吃什么都没有胃口。

小学辉煌的时代已经过去，中学时代不欢迎她，未来很迷惘。

石榴特别后悔进入这所人才济济的重点中学，她留恋小学时光，暗想：我若是永远生活在小学时代该有多么幸福啊！

石榴在考场里手足无措。

一些打扮酷毙了的男生云集一隅，谈天说地，建起一道无形的屏障。用他们的说法是：有人瞧不起我们，我们还瞧不起他们呢。

她坐在一个角落里，有意无意地听他们天花乱坠地狂侃，说×××是考进来的；××是走后门进来的；×××是特长生……

甲问乙：“唉，你有什么特长？”

乙正伸长脖子专注在听他们侃大山，冷不丁问到自己头上没一点儿思想准备，匆忙中只好就地取材如实交代：“我脖子长！”

群魔乱笑。

石榴也忍不住捂着嘴偷着乐。

“唉，你们知道吗，(3) 班××长得特漂亮，可是她男朋友，天啊，长得还不如你呢，真的！”

“哦，你居然是文艺委员，难怪中国文艺复兴失败了。”

“你们看看实验班那些女孩儿，一个个长得歪瓜劣枣的。她们要是不好好学习，都对不起她们那张脸！”

“我告诉你们，现在短信作弊已经不流行了。我设想一个情景：

别的学校的老师给咱们监考，考场里只有一个人有点真材实料，其他人手里都拿一面镜子，假装梳头，其实是反射那个人的答案。结果老师一进来就给震了。他说名校的学生就是不一样，梳梳头就能做题……”

一群人怪声怪气地笑，犹如一群得意忘形的猪。一只只巨型脚掌跺在地上“咚咚”震响，激起一溜溜灰尘。他们围坐在一起，架势很像工地上的民工一边大碗喝酒一边吆五喝六。

石榴觉得窝囊，跟这群人为伍无疑是凤凰掉进鸡窝里。她甚至替这群人担心：他们以后该怎么办呢？她发现他们几乎个个穿的都是耐克、乔丹和阿迪达斯等名牌鞋。她想象不出时尚与学习究竟是一种什么关系？俗话说：时尚，就是让年薪八千的人看上去像年薪十万。而躲在考究服饰背后的他们，不知道又有怎样的自卑和心酸。

石榴正在胡思乱想，突然发现月季在门口探进半个身子，四处张望。

石榴下意识地把头转向窗外，又听见旁边有人说：“看见没有，国旗就在外面，要作弊也得想清楚点，全国人民都在监督你。”

“石榴！”月季叫。

石榴不情愿地回头，看到月季在门口不断冲她招手，面带诡异的微笑。

石榴脸一热，仿佛结痂的伤疤又被人掀开，鲜嫩的伤口在汩汩流血。她嘴角冲上撇了撇，本来她是想冲下撇的……

一个考场，就是一个独立的战场。

锦乔和百合共赴一个战场。

锦乔在背书。其实她早就背得滚瓜烂熟了，只是这时候不背显得不入流。

前座一个陌生的男生回过头问：“同学，你语文怎么样？”

“还凑合。”锦乔谦虚一把，其实她语文天赋不错。

“那这样吧，一会儿我铅笔往后一伸你就告诉我答案。”男生一点儿也不客气，全然不顾姓甚名谁。

“啊……”锦乔没有任何心理准备，尴尬地考虑如何拒绝。

“没关系，我只要答案。”男生鼓励她。

“可是……”锦乔苦思对策，她最讨厌考试作弊的人。

“放心，她没那胆。”百合在一边及时地冷冷插了一嘴，算解了锦乔的围。

男生一听知趣地转回头去，嘴里咕哝着什么。

锦乔冲百合投去感激的一瞥。百合在关键的时刻总能够力挽狂澜，她若是股票操盘手，准能为证券商大捞大赚。

考试题没有传说中的难。其实再难的语文题也难不到哪儿去，只要是纯种的中国人都能答上几句，这就是本土语言的优势。

锦乔没想到这次英语比语文考得好，她自认为语文是自己一贯的传统强项，虽然强中强的作文得分还可以，但语法和阅读基础丢分太多。看起来爸爸说得对，我是应该注意抓抓基础训练了。锦乔如是想着。其实，锦乔每次考完试都不太开心，因为她的成绩始终在班级的中游徘徊，跟成绩好的水仙、银杏、文竹差距很大，有的时候甚至都不如月季。不爽。

考完试，无雨在走廊里撞见锦乔，问她：“怎么样？”

“不怎么样。”锦乔一脸诚实加沮丧。

无雨的成绩也排在锦乔前面。

“马上要上初二了，过得好快。我记得数学赉老师说过他原来是教高中的，不知道初二会不会跟咱们一起升？”无雨留恋无限。

“不知道。”锦乔无心念及赉老师。

“你好像不太喜欢赉老师？”无雨探究的眼神似乎已经读懂锦乔的心语。

“无所谓，谁教都一样。”锦乔毫无觉察无雨的表情。

“我喜欢赉老师，我想让他继续教。”无雨毫不掩饰对赉老师的崇拜。

“我记得他原来好像是带理科班的。”锦乔回忆着。

“我怎么不记得啊？”无雨皱眉。

“好像是……”

“我怎么不记得啊？”无雨的眉头像要下雨。

“那你就忘了呗。”锦乔也皱起了眉。

“他什么时候说的?”无雨穷追不舍。

“开学第一天。”锦乔终于清晰无误地记起来了。

“他不是上来就讲题吗!”无雨对不良信息概难接受。

“那就后一天。”锦乔无心恋战。

“他怎么说的?”无雨死缠烂打。

“我怎么记得!”锦乔不耐烦。

“他说什么说起来的?”无雨真病了。

“天啊!无雨!”锦乔都无奈了。

“你干嘛反应这么激烈,我不过是一般性咨询,这样生活才丰富多彩吗。”无雨振振有辞。

“你好!你严谨!你适合当法官!你绝对的拔丝抽茧!”锦乔一连用了几个“你”的排比句。

无雨深吸了一口气,没生气,却炫耀似的说:“我爸爸很理性。”

锦乔没有心思研究无雨的理性到底是遗传了谁,因为外公去世了,是心梗。

这些天,锦乔满脑子都是外公的影子,无心听课,考试也颇受影响。

锦乔从小是在外公家长大的,跟外公外婆的感情很深。

当考试结束压力顿释之后,锦乔脑子里关于童年生活的记忆便肆意地绚烂起来,于是便有了机会做彻底的回顾,有太多太多深情的往事不堪回首。

外公是那种慈眉善目的老人,在膝下一拨孙子和外孙女当中,尤其喜欢锦乔。锦乔也感受到了,孙子们看电视如果胡乱调台,就会遭到爷爷的训斥。锦乔如果这样做,外公却从不吭声。孙子们淘气犯错,爷爷批评起来决不留情。锦乔如果做错了什么事情,外公基本上是笑眯眯地没话说。尽管外公对此从不承认,他说:“我对所有的人都是一碗水端平。”这一点令舅舅和舅妈们很生气,认为外公是胳膊肘往外拐,嫡子嫡孙们都没那么受待见。

锦乔想外公说这话可能跟他一生的政治经历有关。外公常年担任过军区办公室主任和省公安厅厅长的职务，跟形形色色黑白两道的人打交道，善于化解各种矛盾。

这个家内战不断，外公需要维持一种平衡。

外公当兵很早，且有一段不同寻常的经历。

外公是长子，当时已经中学毕业，在公社办的学校里当教员兼公社的文书。部队来征兵时，因他已经参加革命，本不在征兵之列，且他父母也不愿意这个长子离开家庭，跟他说好不去当兵。但在征兵动员会上，他却带头报了名。他当时作出如此重大决定，来不及想是否盲目，是否后悔。可是体弱的母亲坚决不同意。部队来做工作，因为部队需要有文化的人，他父亲当时是党员，又是村委会的干部，只好帮着做母亲的思想工作。母亲势单力孤，最后也只得含泪送子参军。

外公的妈妈是独女，外公的外公很早就去世了，外婆待他极好。平时饿了，他就挎着个小竹篮子到外婆家去，吃完了再装满满一篮回家。当兵以后，他发现这种生活只有奢想的份儿了。

外公是幸运的。由于他有文化，当兵后，被分配到军政大学当文书，没真正上过战场，但官职却节节升高。解放后，军政大学解散，他又乘火车来到东北某军区机关工作，授衔时是机关里最年轻的少校军官。几十年以后，外孙女成为已经离休闲赋后他的唯一听众。外公对锦乔说：“那时候真遗憾，没捞着上前线打仗。我申请了好几次，组织上就是没让我去。”

外孙女天真地瞪大眼睛，“上战场多危险啊！”小女孩想还有什么比保住性命更重要的呢！

外公看着可爱的外孙女，慈爱的眼神里释出一片光泽，“孩子，你不懂。战争年代，每一个军人都渴望上前线打仗，为国家战斗是件很光荣的事。”说这话的外公眼睛里闪着一缕年轻的光芒。

外公比同龄的老年人身体好，每天的生活极有规律，且常年坚持练气功。共产主义是他永恒的信仰，他对党和国家的信念从每天坚持看新闻联播、认真参加老干部的组织活动便可见一斑。

锦乔怎么也想不明白，前一段还硬硬朗朗的一个老人，怎么说没就没了呢？外公的去世，让锦乔突然觉得没有了一种归属感，好像一下子失去了根。

每年放寒暑假，锦乔几乎都回外公家。每一次锦乔感觉在家里受了什么委屈，就立即打长途电话向外公告状。外公每一次在电话里的偏袒都给她极大的安慰和快感。而今后这一切都不复存在了。

锦乔终于对死亡有了一种认知。这种认知令她痛彻心肺。

有一个传说：每天晚上数九颗星星，数到第九天，在枕头下面放一面镜子，就会梦到自己想见的人。

锦乔照做。

虽然没在那天梦见外公，但锦乔仿佛又见到了外公。他笑得是那么亲切、熟悉，跟生者一般。

外公向来是不主张打孩子的。他对孩子的理解与宽容在他过世以后愈发显得与众不同。他曾经严肃地教导他的子女，“你们谁都不许在我面前打孩子，要打回你们自己家去打。”一次他女儿无意中冒犯了他，当着他的面打了他最心爱的外孙女，他当时气得脸色铁青，不但严厉地批评了女儿，还一天没跟女儿说话。

外公虽然不主张打孩子，但他批评起孩子来却毫不含糊，尤其是对他的长孙。那孩子有个不好的习惯，吃饭总是掉一桌的饭粒。农民出身的外公自然是受不了。他发狠说长孙你以后脸上的麻子就像你掉的饭粒一样多。

长孙说那我的脸就没法看了。

外公说你知道就好。

一次长孙坐在沙发里组装新玩具，外孙女看见表哥的新橡皮，吵着说要。长孙不给。

第二天，外公跑到附近的大商场去给外孙女买那样的橡皮，结果没有卖的。

过了几天，表哥忍痛割爱，将自己喜欢的橡皮送给了妹妹。

外公高兴了，说这还差不多，有点当哥哥的样子了，平时你对妹妹可不怎么样。并且决定晚上让长孙看他最喜欢的动画片。

外公只对锦乔发过一次脾气，在餐桌上。起因是外孙女只顾一口一口地吃她的招牌菜——炒土豆丝，别的菜一口不动，怎么劝说也不行，实在是太挑食了。外公决定不再纵容。

“你必须把鸡蛋炒青椒给我吃得干干净净的！”外公怒气冲冲地说完，重重撂下筷子，气呼呼地进屋去看央视一套节目。

锦乔对着吃了一半的饭不知所措，委屈得眼泪“吧嗒吧嗒”地直往饭碗里掉。

一会儿，外公出来了，不失权威地挥挥手说：“不吃就算了！”

外公的音容笑貌在锦乔的脑际一直挥之不去，持续了好长一段时间。

第二十七章

她各科的学习成绩进入红灯区无法自拔

“新学期新气象”六个金光闪闪的大字在图书馆门口的黑板上驻足了几个月之久。刚开始看了还能让人精神一振，后来便一点一点萎靡下去。“悟空”那句话套用在这里很合适：简直是在折磨时间。等到那六个字不知被哪个有心人擦掉之后，期中考试又快要到了。

锦乔随笔：

人在追寻目标的过程中，可能会有很多迷惘。就像现在我们天天拼命地学习，拼命地考试，拼命地改错，如果成绩还上不去，或始终无法突破自己，应该怎么办?

表面上是为了考试，其实我们每个人都把考分看得很重。是啊，快期中考试了。之后是期末考试；再期中考试……中考……高考。考，成了生活中的必备。我没有太多时间去想它对今后人生的作用，或许思想刚露端倪，就立刻被考分杀死。

很想尽情发泄一下，想突破这魔鬼般的考试氛围，这种极不科学的愚昧教育，想不随波逐流，坚持走自己的路！但我知道我远没有这样的魄力，没有惊人的胆量去应对来自几个方面的压力：来自家长的，来自社会的，甚至来自自己的。毕竟我还要上高中、上大学、走入社会。没有原因，只因我生在这样一个社会。或许有一天这种教育制度终将会土崩瓦解，会给学生真正的属于自己的学习空间，但绝不是现在。我想这是件挺悲哀的事儿，在短时间内很难有所转变。因为中国文化及中国人的自恋情结极强，强到自四大发明之后难以再发明什么。

一代代的学生在同样的教育模式下被“培养”出来，与生俱来的天分被无情地磨灭，扼杀了一个个天才，却竟还有人夸夸其谈：“为什么同样的老师，同样的教室，培养出来的人差别就那么大?”

人和人差别当然大，不知是不是成绩高的就是“高等生”，成绩差的就是“差等生”，每个人评定的标准不同而已罢了。

老师评语：好文章！我同意你的观点。老师也是在这样的教育模式下被无情地消磨着。

这几个月里发生了很多事情，跟惊险跳跃似的，一件紧接着一件。

先是白兰莫名其妙地失踪了。她的长发总是飘啊飘的，像一首缠绵悱恻的情歌。现在这首歌连结束音都没有就突然消逝了。可能是唱得太累，想休息休息了；也可能是歌声飘到了其他什么地方。

白兰喜欢唱歌。她连小九九都背不好，不小心就会出现“五六四十”的情况，背歌词倒是很在行。一旦有新歌面世，很多人不是找不准音调就是记不住歌词。她说这有什么难的，还用背？我跟着哼两遍就搞定。有时唱得兴起，得意地晚上做梦都在乐。每次班级有什么联欢活动，她都要兴奋地冲上去清唱一曲，然后期待着追捧的掌声四起，职业化地笑一笑，飘着下台，好像行云驾雾一般。

有人说白兰不想读书了，回去经营她老爸的歌厅和餐馆。她以前就说过不读大学了，这回又降了一级，高中也不读了。要抛弃就一抛到底。她大概是这样想的。她引以为傲的突出才华被名校浓郁的学习气氛逼得没有一隙立足之地，她得找地方去把才华释放出来，否则对不起遗传基因。

不久，又有人说白兰去了别的学校，看见她穿着其他学校的校服在麦当劳餐厅吃饭。

白兰走得像个谜，就像那首《雾里看花》。她被云啊雾啊之类的虚幻包围着，她的离去如同蓬莱仙境忽隐忽现的海市蜃楼……

有一个叫羽的女生出国去加拿大了。她爸爸妈妈都是高级 IT 人才，在国内月薪均为 2—3 万，属于高薪阶层。但为了女儿今后长远发展着想，两人毅然办理了加拿大技术移民，让女儿到那里去接受最优秀的国际教育。国内教育令中国人自己都很无奈，完全丧失了信心。

羽出国后，经常在网上跟同学们保持联系。

锦乔也收到过羽的几封电子邮件，有羽的异国风情风景彩照，也谈她在那里的学习和生活感受。羽说她先突击学习了几个月的英语，过了语言关，然后转到一所公立学校正式上课。她感觉学习突然一下子变得轻松而富有情趣，教师在课堂讲课的时间不多，且主要是引导、启发和提问题式的，对学生的态度温和而亲切。相反，课外实践和阅读量很多，经常需要写论文和调查报告什么的。总之，每天过得新奇而刺激，开心死了。

锦乔好羡慕羽，感觉她简直就是上了天堂。她也想出国留学，无奈她老爸中文学得太好，导致大脑中形象思维占统治地位，逻辑思维被排挤到角落里苟延残喘，连电脑都玩不明白，出国无门，只能窝在国内靠“之、乎、者、也”混饭吃。锦乔出国之事也只好放进梦里过一把瘾就死。

石榴降级了。

石榴活得很累。她周围的空气一向稀薄。她各学科的成绩彻底进入红灯区无法自拔。

她喝了墨水，淋了雨，用小刀割破了手腕，一再地折磨自己，颇似美军在伊拉克的虐囚。只不过石榴是拿自己出气，跟美军无关。每天带着满心满眼的绝望入睡，早晨醒来看着被阳光照得明晃晃的天花板，她想我怎么还活着呀？然后失魂落魄地去上学。她曾经苦恼地对锦乔说：“我每天来上学为了什么？不就为中午一顿饭嘛。”

她感觉只有沉重的肉体每天忠诚地跟随着她从家到学校两点一线晃来晃去，其实灵魂早已出窍踪影皆无。

这天她放学回家。刚要开门，门就开了。有点恐怖片的味道。

她妈妈站在门里，上半身往前倾，下半身往后倾，摆出一副谦卑的姿态，像餐厅里殷勤的侍者，脸上挂着得体的微笑。

石榴瞟了妈妈一眼就知道她有话要说。母女俩不知从何时开始习惯了用肢体语言对话。

“有事？”

“妈妈想跟你谈一件事情。”

“说吧。”

“你现在觉得学习特别吃力是吧？”

“你看到了。”

“要不咱们休学一年吧。”妈妈一直盯着她的眼睛说。

石榴不说话。

“我已经跟你们老师商量好了。”妈妈又说。

石榴的血一下子就凝聚在一起。

“什么时候的事？”她有一种被变相出卖的感觉。

妈妈说这话的时候，石榴的第一反应不是想学业会不会耽误，而是想有多少人知道，知道了又会有什么后果？尖刻的敏感早已充斥她身体内的每一个细胞。

妈妈也感觉到了，知女莫过母。

妈妈盯着她过分激动的反应愣了一下，然后平静而耐心地解释说：“我上周末跟你班主任老师谈了一次，她也认为休学一年对你有好处。因为你已经具备了一年的学习基础，现在从头开始再学一遍，只要你努力了，成绩就一定能上去。”

石榴明白是什么意思。妈妈是在告诉她：该结束的就应该结束。可是结束之后的痛苦滋味只有她自己最清楚，她将会成为多少人看不起的谈资和笑料啊！

之后的一个星期，石榴拒绝跟任何人打交道，把自己跟外界完全阻隔开来。在课堂，食堂，甚至连走路她都恨不能找个地缝钻进去，她感觉所有海平面以上的高度都有人对她指指点点，嗤之以鼻。只有地球是真实可靠的，从没嫌弃和抛弃她，像对待所有人一样每时每刻都默默地承载着她，给她以真真切切的支撑与关爱。

锦乔一直注意观察石榴的一举一动。她曾听说过关于石榴的一些事情：譬如拿一管草莓味的牙膏大嚼特嚼，还直说好吃；在雨里一淋就是半小时，回宿舍后不换衣服，倒头就睡；独自占有宿舍的一张桌子，还说是从她家搬来的……锦乔看得出来，石榴内心是痛苦的，她是太要面子，太要强的人，不愿成天泪流满面，便靠自虐来发泄心里的伤痛。说她太脆弱，可她却有足够的勇气来伤害自己。锦乔无法想象，一个小女生在什么样的心态下才能用刀在自己的手上切割而无动于衷，这对常人来说是非常可怕的，所以在同学中她就越发受到排斥。

事情远没有表面那么简单。就像深不可测的江水，表层上风平浪静，下面便是汹涌的波涛。妈妈试图在平静的表面碰触石榴的触角，又不好做得太过于强硬，只怕这贸然一击会彻底伤害她。那天班主任老师是这么说的：“她的成绩实在不理想，学校已经打算劝退了。要知道像我们这样的学校升学率很重要，家长也应该理解。再说这对她也是个好事情，好好休息一阵子，从头再来绝对不晚。这件事学校可以帮着处理。”老师说这话的时候充满真诚与正义，一副公事公办的架势。就像是命题作文，主题都给好了，再怎么努力驰骋想象张扬个性也不能跑题，跑题就意味着叛逆和死亡。

这一周，石榴想了很多事情。她感觉自己越来越像一只井底之蛙，思维扩展回旋的余地不大，就在那么一井方圆里处处碰壁，对着举目可见的蓝天可望而不可即，搞得身心疲惫，还是在原地无意义地伸展跳跃，每次总想着能超越点什么，然而最终什么也超越不了。

终于，石榴跟妈妈说：“就按你的意思休学一年吧。”说完这话，她从心底感觉到一阵轻松，一种从未有过的解脱。

妈妈始终悬着的一颗心也终于放下，拍拍她的肩膀安慰说：“小学学校不好，上了初中肯定不适应。咱们好好重学一年，到时候肯定不比别人差，你要相信自己！”

石榴现在确实只相信自己。

相信了自己的石榴，在休学手续还没办下来的那几天时间里，再回到课堂，便和原来感觉不一样了。以前像骆驼，低着头驼着背，现在也能天鹅般昂起头了；以前是融入其中的失败者，现在成了旁观者。石榴发现，班里的人，也并不如她之前想象的，一个个纯粹地快乐着，他们是痛并快乐着。哪怕水仙这样成绩一等一的高手，也有切肤的苦恼。之前的两年时间里石榴闭目塞听，好像和谁都隔着层布帘似的，如今在一天之间对所有人都重新认了个遍。有了这层认知，石榴反而有点后悔自己的“临阵脱逃”了，还有那么大空间尚待挖掘，她却渐行渐远了。

当然，再回头是不可能了。什么事儿，只有过去了才能挖掘出点美好，若是再重头来过，兴许还是一个样儿，或许还不如之前。石榴现在看班里的人好似上帝俯视众生，再清楚明白不过，还带点宽容的意味在里头，看每个人眼神里都传递出一股子诀别的信息。而大家照样嘻嘻哈哈，毫无知觉。

面对木槿，石榴的这种信息传递得最彻底。

石榴喜欢木槿，并把这喜欢隐藏得很深。通常一眼还没望过去，半眼就已经收回来了，想让他注意，又害怕他注意。木槿是那种典型的“根红苗正”人物，立场好，思想好，成绩好，石榴生怕他发现她的“不好”。木槿周身仿若笼罩着一层光环，聚拢了一批人过来，又都保持距离，不容冒犯似的，走到哪儿都能当个党领导。但一遇到银杏，木槿的那部分排他“磁场”就自动消失，一派亲民热情。银杏淡淡的疏离和冷漠，天生的聪明和以退为进的处事态度，样样都能勾出木槿自愿亲近的热忱。

石榴仔细观察过，考完数学木槿总爱凑到银杏身边对题，趁机和她聊几句，开个小玩笑什么的，两人脸上都喜滋滋的。一次木槿因为考得不好在班里留到很晚，垂头丧气地跟银杏说他最近如何如何，银杏在旁边有一句没一句地安慰，不过分担忧，又很伤心的样子。每当这时候石榴心底就涌上自卑，自己什么都无法和银杏比啊。

在即将退出这个考试舞台的时刻，石榴深深地看木槿，希望把他记得久一点，在心里和眼里完成带一抹惨淡色彩的初恋。

锦乔病了，患了很严重的胃病。爸爸开车带她跑遍了京城的大小医院，先挂普通号，后挂专家号，看罢西医看中医，信心十足地西药中药拎回来几大包，包括最近广告做得最火的名牌药。

接下来的日子里，爸爸每天连哄带劝地让锦乔将西药一把一把地服下，汤药一碗一碗地灌进去，连苦带恶心，折磨得锦乔差点没把胃给呕出来。

钱流水一样地花，可竟没讨到一副灵丹妙药。怎么变着花样治，胃就怎么变着花样疼，整个一跟权威和广告相抗衡。

爸爸干过几年准医生，赤脚和穿鞋的经历都有过，却从未见过如此顽固的胃疾，查又查不出个所以然来。本来胃病属于一种再普通不过的常见病，没什么大惊小怪的。人吃五谷杂粮，有几个没有胃痛胃酸过的！一般的胃炎，连续吃几天胃药也就应该缓解没事了。即便是胃溃疡，在如此强大的药力攻击下，也应该回心转意有所收敛，不至于连续疼痛一个月吧？

医生说也许是学习压力大，吃饭又不及时造成的。

锦乔最初几天没上学还可以接受，咬牙能挺住。时间一长，不能去上学，躺在床上看书又看不下去，看电视也烦，索性睡觉。可是胃虫将睡虫赶跑，难受得不知如何是好，坐卧不宁。想着各科课程越落越多，积重难返，同学们每天都在狂学苦练，锦乔着急上火，眼泪汪汪地一连叫了几声："爸爸！爸爸！"终于痛苦而无助地哭了。

爸爸望着锦乔，也是一脸的焦急和无奈。爸爸近来上火上得牙龈红肿，嗓音沙哑，独守着锦乔闷闷不乐。

远在外地工作的妈妈一天来好几个电话，寝食不安。

班主任老师和同学都来过电话询问锦乔的病情，多少给了她一些温暖和安慰。

锦乔在百无聊赖之际，忽然想起石榴，顿时涌上几丝思念和愧意，便提笔断断续续给石榴写了一封情真意切的信，全文如下：

石榴：你好！

最近常常想起你。我在病中。

想想过去的一年多，发生了那么多事，足够拍一部戏的。你其实一直很孤独，很痛苦。就像我现在这样，躺在床上，茶饭不思，为胃痛而呻吟。

你平时学习还行，每次考试却总是"红灯高挂"，为此你伤透了心。其实你早已意识到，这个荟萃全市各校学习尖子的实验班不适合你。而你刚入学时并不服气，你努力，你拼搏，课间休息也在玩命做题，你想留在这个令人羡慕的集体。可最终，你失败了。

同学们的白眼、讽刺和挖苦的坏话，经常像刺骨的寒风一样缠绕着你，我为你担心，有时甚至想挺身拦住这些"邪风"，怕它伤害你。

因为成绩不好，因为承受巨大的压力，你偷偷地喝过墨水，吃过墙皮，用铅笔刀割破手腕上的静脉……你想尽一切办法故意折磨自己。你跟我说过，你觉得活着没意思。天哪，小小的年纪怎么会说出这种话？我真怕你出事，担心你在豆蔻年华，就离开我们还没来得及看懂的缤纷世界。

其实，除了学习，我们之间挺投缘，也谈得来。我们一起住校，一起去食堂吃饭，一起上晚自习，甚至一起偷偷溜出学校，在路边的小摊上尽兴地吃上一顿麻辣烫。

渐渐地，我周围的朋友越来越少，闲言碎语不断。同学们把我跟你之间的友谊看作是另类，是误入歧途。我的印象分和人缘一下子降到零度以下。我感觉到了寒冷，我体验到了人言可畏。

我开始重新审视你，你的一言一行，你做不出数学题而紧咬笔杆的样子，你走路时微驼的脊背，你回答老师提问时迷惘的眼神……

我忽然觉得，你是那么不争气，那么可怜，就连你小心翼翼地问我不懂的数学题，我都会生出一种厌烦。

终于有一天，我们散了，你也降级了。

我躺着，病很重，已经连续一个多月不能上学。爸爸带我跑了京城几家大医院，挂专家门诊，各种胃药一把把地吃，可是我的胃依然不争气，仍然阵疼。

屈指一算，我的课程已经拉下200多个课时，以实验班老师飞快的教学速度，如果再这样下去，我也许会被迫休学，退出这个白热化竞争的集体，一年多的努力将会付之东流。

一想到休学，我又想起你。你现在怎么样？难道我休学之后的降级，你我将重新聚首在同一本书页下？我难过至极，忍不住蒙上头偷偷哭泣。

说到这，我内心不禁涌起一股深深的内疚之情，总感觉欠了你点什么。欠你什么呢？我一时说不清楚。

有一点我十分清楚，现行的教育制度和教学方式欠我们太多太多。

我们不幸生活在应试教育时代，为应付考试，老师大量地布置做题，大篇地背文章。每星期有几次摸底考试，考得人头昏脑涨，考过就忘，实用能力极差。考完试公布分数，造成同学之间攀比，比来比去，彼此不服，明争暗斗，导致同学之间感情淡漠，缺乏团结友爱的合作精神。

而国外的小学生教学课就可以去图书馆查资料，写论文，经常参加社会实践活动。通过查阅大量的资料，知识面大增，创新能力极强。

换一种教育方式，你也许就不会降级，我也不惧怕休学。我记得你的作文水平也不错。

我听说有的学校和一些优秀的教师也曾经尝试倡导和推行素质教育及创新教育，但在以分论英雄的时代却无法进行下去，最后不得不重新回到老路上去拼分数，令人悲哀。

行了，不聊了。我的胃又不太舒服，得赶紧吃一种药，最近广告做得特火，药效却不怎么样。

何时见面再叙。

祝你在新的一年里，身体健康！学习长进！

你永远的同学：锦　乔

锦乔爸单位一位阿姨说她女儿曾经胃痛得了不得，严重的时候甚至打滚翻跟斗的，吃不下饭，也是吃了各种药都不管事。后来碰巧吃了一位祖传藏医久美大师的药，不久奇迹出现了，从此胃居然再也没有疼过。

锦乔爸听罢大喜，抓救命稻草一般立马要来久美大师的电话号码与之长途联系。

电话那端的久美大师非常热情，简单询问了锦乔的病情之后，胸有成竹地告诉锦乔爸孩子的病没关系，他很快就会先寄来几盒藏药让锦乔先服用一个疗程，过几天他来京出差，届时再带来第二个疗程的药，药到病可除。

锦乔爸大为感动，撂下电话盛赞藏风淳朴，藏民可交，逐像祈盼活佛转世一般期待藏药的降临，并将它视为救治锦乔胃病的惟一希望。

不日，藏药到。锦乔爸小心翼翼地打开包装，两盒带有小虫样藏文的藏药显露出来，一缕神秘的高原气息扑面而来。锦乔爸将藏药跟救命仙丹般恭恭敬敬地让锦乔服下，等待奇迹的出现。

没几天，久美大师乘飞机降临京城。锦乔爸亲自驾车去机场将其迎至西藏大厦入住。久美大师一袭标准的绛紫色藏袍和明晃晃的一尊僧头，为其增添了强烈的宗教色彩，令人敬意顿生。

久美大师又带来几盒藏药给锦乔爸，说是第二疗程的药，让锦乔按时服用，并关切地询问锦乔近几天服药后的病况。

锦乔爸将锦乔的病情如实汇报，并询问两次药价一共是多少钱？

久美大师象征性地推迟了一下说："算了吧，都是朋友介绍的。"

锦乔爸认真地说："那怎么行，您给我女儿看病我已经很感谢了。"坚持一定要给钱。

久美大师见状，客客气气地说："那你就给1000块钱吧。"

锦乔爸心里咯噔一下，没想到久美大师狮子大开口，区区几盒药竟收这么多钱，碍于情面，又不好意思再说什么，表面只好作出痛快状，乖乖点给久美大师10张大团结。

出了宾馆大门，锦乔爸摸摸后脖颈，有一种被屠宰后的悲壮感，用北京话讲，这叫"宰熟"。没想到京城商业陋习文化之点墨，早已放之四海而皆准，连青藏高原这最后一块圣洁之地亦未能幸免。

说归说，或许是久美大师"恩赐"的藏药显灵，或许是其他各种药物的合力发生威力，反正锦乔不久即感觉胃疼症状明显好转，终于可以支撑着上学了。

锦乔爸大喜。他乃习医出身，仔细分析锦乔病情见好可能存在四大因素：一是长期坚持服用各种胃药，可谓是十八般"武艺"轮番上阵；二是藏药的强化治疗。这藏药的奥妙之处很可能在于青藏高原的草本菌群对内地菌群菌迹罕至的"异族入侵"，因为其耐药性和抗体都几近于零，所以能够收到出奇兵之功效；三是藏药与各种胃药的结合，从而诞生一种全新的胃病之克星；四是他本人细心周到的照料。锦乔爸兴奋之余，甚至野心勃勃地想就此病例写一篇颇具新意的学术论文。只苦于医业荒废已久，基础理论基本上就饭吃了，心有余而力不足矣。

锦乔重返学校上课。落下一个多月的课程，加之名校讲课神速，她学起来颇感吃力。好在班级和宿舍里的同学一有机会皆热心帮助她补习一些功课，她跌跌撞撞好歹总算能跟得上。

第二十八章

你打算让他从多大开始流浪

期中考试君子没去，腿骨折了在家养伤。年级组长为了表达对他的关心，扯着脖子对着考场里的监考老师喊：“别忘了给君子留张卷子啊。”

君子一走，班里立刻安静下来，只剩苏铁老哥一个孤掌难鸣。

那天物理老师在黑板上写板书，写到一半问：“咱们同学今天怎么了？好像气氛不大对头。”

“我们少了一名英雄。”黄杨高喊。

物理老师听了君子的遭遇，摇头叹息，有些遗憾地说：“这个苦肉计用得也忒狠了点儿。”

惺惺相惜的苏铁拎着两只猪蹄到君子家拜访，“你多吃点，吃哪儿补哪儿，快点把腿养好。你不在，班里冷冷清清的，没劲透了，我都找不到可以对话的人。”这个只会挣别人钱的“铁公鸡”肯做赔本买卖，足见他与君子之间的莫逆。

君子十分得意差点儿就跳起来，原来自己对于苏铁和班级竟有如此之扛鼎价值，如果没得这场病还真就难以发现。自此他更加信奉坏事变好事的辩证法，放之四海而皆准。

苏铁仔细看了君子半天，骇人听闻地说：“你可千万别低头，一低头下巴就粘地了。”

“去你丫的！”君子用那条健全的腿踹苏铁。

君子在家养得白白胖胖，往那儿一坐跟尊大肚弥勒佛似的。就连一向严厉的爸爸也展现出百年难得一见的慈爱，各种药品、营养品堆积如山。奶奶更是一天N遍地念叨：“想吃什么宝贝？奶奶去给你买。”

君子被宠得心烦意乱。不能上学，失去班里的生存氛围，他就像一条被丢上岸的鱼，只有喘气和晾白肚的本钱了。

就在君子的桌椅蒙污含垢之际，班里又新转来一名女生。

她来以后上的第一节课就是数学，同学们都说她点儿背。

数学赍老师宣布："拿出一张纸来。"

她像所有人第一次听到这句话的时候那样迷惘。结果，她第一个交了卷。

同学们都以为来了个域外高手。

赍老师接过纸，横扫一眼，冷冷地说："全做错了。"

全场哗然。

回到宿舍，她立刻换了便装，问："浴室在哪儿？穿校服难受死了，我觉得全身的肌肉都遭到了绑架！"

她叫枸杞，小腿肌肉比较发达，但却偏偏喜欢穿一条绷得紧紧的牛仔裤。不看上身，单看她的两条腿，任何人都会认定是一个四五十岁的大嫂。再看看她的脸，准会吓出你一身冷汗。那是怎样的白里透红，与众不同啊，十足一洋娃娃。在她身上这道鲜明的分水岭，恰恰映称出她自我矛盾的个性。

苏铁嘴一撇评论道："哼，打扮得不伦不类的。一半是以色列，一半是巴勒斯坦，整个人一中东地区。"

月季冷笑一声："我看你就是一阿富汗的塔利班。"

苏铁未做声，因为小鬼也怕恶人。

枸杞为人冷漠，却对电影情有独钟，感慨良多。看过《无间道》，她哭得稀里哗啦的；看完《英雄》，她坐在床上不说话，好半天才饱含深情地流着泪说："英雄啊！英雄！"

"枸杞，你真好玩。"月季说。

枸杞的冷漠又归位了，她很严肃地纠正道："我是人，不是玩偶。"

枸杞喜欢小资情调，坐在咖啡厅里，笼罩在昏黄的灯光下，读小说，想心事，画面很唯美，很浪漫，好像所有的难事都一一过滤掉了，都想通了。每次坐在那里都不想走，想永远就这么坐下去……枸杞打娘胎里出来就开始漂泊，已经有过不少走南闯北的经历。她不记得具体转过几次学了，光幼儿园就换了好几个。一帮小朋友的面孔还没记住，另一帮人的脸就覆盖上来了，聚在一起层层叠叠的，分不清楚谁是谁，更谈不上知己朋友了。

一次大家谈论友谊，锦乔感慨地说："没有朋友的生活真可怕。"

"我就是这么过来的。"枸杞轻描淡写地说。

锦乔像咬了舌头，立刻打住。

枸杞用过来人的眼光打量着锦乔的大惊小怪，一骨子的少年老成相，"我觉得这没什么呀！"

枸杞是一个理想主义者，虽然自己生活的并不理想。她对自己目前的生活状态不甚满意，她觉得漂泊得还远远不够正宗，至少她衣食无忧，还没到摆脱世俗的境界。她想自己这辈子注定是留有遗憾了，马上又豁达地说："没关系，等以后我有了孩子，我一定会让他去流浪。"

"你打算让他从多大开始流浪？"百合问。

枸杞想了想说："五六岁吧。"

百合听了立刻说："那我可要活到你孩子出生，做件胜造七级浮屠的事情，不然那孩子注定会被你给毁了。"

枸杞属于那种自己跟自己较劲，明显的自我冲突主义者。她其实特别怕受到伤害，并为此把自己武装到牙齿。

枸杞初来乍到不太适应，再多东奔西走的经历也没让她学会很快适应环境。她也不需要适应，像尊雕像一样往那儿一立，居高临下轻易不主动跟人说话，不跟人打交道，自己就是一独立班。她跟妈妈说："知道我这种人适合过什么样的生活吗？我就适合像鲁滨逊那样，一个人在荒岛上，开辟出一片新天地。"

妈妈笑着说："人是需要群居的。"

"人不需要，动物才需要。"她辩解。

"人就是动物。"

妈妈很漂亮，在部队文艺团体唱京剧，不知什么原因跟她爸爸离了婚。妈妈带着她来京，把她老爸一个人扔在东北。她老爸干公安，因公受伤一条腿被子弹洞穿，无法再追捕歹徒，退休在家。

刚开始，枸杞觉得宿舍里的人认生，极不友好地将她拒之千里。她问水房在哪儿？半天才有人懒懒地应声。早餐时间，她问有人去食堂吗？都摇头说不去。宿舍人人都购买了大量的牛奶、面包、榨菜、矿泉水……足够开一小型超市。因为没时间去食堂。从起床到上早自习，中间只有1个小时的空档。这么点儿时间对于人人爱美的小女生们来说：简直就是杯水车薪。当天晚上，她大哭一场。她想妈妈说得对，人还得群居，还得有朋友。半夜睡不着觉，她躺在床上翻来覆去地烙饼，想一天下来所发生的一幕幕细节，蒙太奇镜头般在脑子里过电影，想到不爽处，不禁流下两行伤心泪。因为失眠，第二天早起跟国宝大熊猫似的，两个眼圈乌黑。刚好妈妈来电话，她从被窝里钻出去接。百合走过去把被盖在她光裸的腿上，怕她凉着。枸杞冲百合感激地一笑。

枸杞从此把百合当成挚友。

锦乔随笔：

经过三年的积累，我有了这样一个经验，在考副科的前一天晚上，拿起书，一页一页地细细啃嚼，直到把整本书翻个遍，在大脑里留下一个大概的印象。第二天早上起来，再看一遍，顿觉痛快淋漓，复习题已布满头脑中的大街小巷。

待发下考卷，只觉笔下行云流水，其做题速度可想而知，且正确率颇高。一鼓作气，一气呵成，长出一口气，庆幸地想：哈，这次可以过关了。不出所料，每次的副科考试成绩都不至于让我死得太难看。可是有一个问题让我百思不得其解，为何在每次收上考卷的一瞬间，所有的复习资料及考试题便几乎忘得精光？我惊慌失措地用十以内加减法来检验自己的大脑是否正常？这样的现象不只一次，对于每一次即将参加副科考试的我来说，都处于一种考一把就死的状态。

也许真正对我最重要的恰恰是我最不重视的，自己知道却无法摆脱，只能在考试降临前奋力一搏。随即听天由命，一副死不悔改的架势。

如果有人对我说我是当代教育体制的牺牲品，那我会举双手赞同。毕竟，这样的我也只能让自己很无奈罢了。

从食堂到宿舍，有一条被称之为“暗甬”的小路，比大路近一半路程，不知是何时新开通的，很人性化。小路极窄，似乎是粗的羊肠子减去细的羊肠子的宽度，恰好兼容锦乔和枸杞的横向距离。

俩人心情愉快地边说边走着。

枸杞苦恼地对锦乔说：“我该减肥了，你看我小腿粗的。”她一边说，还一边努力将上衣往下拽，试图遮掩下部。

锦乔说：“我腿也不细，像我妈，要像我爸的腿就好了。”

枸杞说：“锦乔，我发现你喜欢的鞋都是一个样式，一种颜色。”

锦乔低头瞧瞧自己脚上的鞋，OK！枸杞没说错。爸爸也曾经说过她穿衣戴帽色彩比较单调，不像个女孩子样。可她偏偏喜欢这样，整个一素色主义者。

锦乔说：“唉，都快要累死了。明天是周末，这周又算熬到头了。其实周末真的很幸福，可以回家跟爸爸妈妈一起看电视。”

枸杞略显伤感地说：“我已经一个多月没看见我妈了。”

锦乔问：“你妈干嘛去了？”

枸杞说：“她去外地演出了。”

锦乔说：“我看你小姨经常来看你，最近也没见她来。”

枸杞说：“她也跟剧组去外地拍戏了。”

枸杞的小姨在电影学院学导演，长相比她妈妈还漂亮，自己还没独立拍过什么戏，却拥有名车公寓，令一群小女生们羡慕得一塌糊涂。

锦乔看了枸杞一眼，联想到银杏目前的处境，便放慢脚步，试探性地对她说：“你不觉得……其实……你需要有一个新爸爸……至少……他会给你一点父爱……”

“我不需要！”没等锦乔说完，枸杞突然厉声打断她，晴转阴，语气生冷而僵硬，“我喜欢自由自在。上次跟我妈聊天，她说像我们现在这样多好啊。我说是。我重视我妈，我妈也重视我，但我们彼此互相不牵着缠着，这样都轻松，心不累。如果有一个陌生的男人闯进我们的世界，一定会破坏我们的和谐生活。”

“哦！”锦乔受到惊吓，似懂非懂。

少顷，锦乔想缓和一下气氛，便小心翼翼地问："你爸是怎么受的伤？退休后在干什么？"

枸杞冷冷地问："你干吗？"

"他是你最亲的亲人，难道你不关心他的一切吗？"

"有必要吗？"

话不投机，俩人的行走速度渐渐拉开距离。锦乔走路一向比枸杞快，现在只有跟在她后面的份儿。枸杞在前面似乎在一路赌气。

锦乔觉得路两侧的红墙仿佛在向她施加了什么压力，搞得她目眩。她小心翼翼地走着，比刚才两个人并排走还谨慎，似乎弄不好就要撞墙……

第二十九章

她有点儿像生活在逆行道上的人

中午，学校食堂可以用人山人海来素描。

月季排队排得心烦，在小卖部买了一个汉堡，便匆匆赶回宿舍。一进门，她看见鸟不宿正坐在床上发呆。

“喂，你昨晚去哪儿了？一夜没回来！”月季失声尖叫。

鸟不宿白了月季一眼，低头没理她。

月季急了，将汉堡往桌子上一放，一屁股坐在鸟不宿旁，扳过她的肩膀，“连我你都不告诉，你还信任谁呀？告诉你，你瞒也没有用。宿舍老师已经告诉班主任了，很多人都知道你夜不归宿。”

鸟不宿抬起头，盯着月季，轻描淡写地说：“知道怎么了？我昨晚聊天去了。”

“聊天？”月季眼睛瞪得像200度灯泡，“跟谁聊天聊了一晚上？”

“京京。”

京京是鸟不宿的男友，也住校。

“京京？”月季倒抽一口凉气，“你是怎么出去的？”

男女生宿舍之间有一道铁栅栏门，永远上着一把锈迹斑斑的道德之锁。

“我从大门进去的。”

“几点？宿舍老师没管你吗？”月季的口气形如提审犯人。

鸟不宿被问得心烦，“怎么了？你什么意思？”

“唉呀，真不知道你是怎么想的！”月季急得抓耳挠腮，“你把我们都给吓坏了，班主任挨着个问。你说你跟他聊天不能白天聊啊。现在刚初二你就这样，你还要不要脸啊！”月季一急，出言不逊。

鸟不宿惊讶地看着月季，目光充满委屈与倔强。

宁静的早晨。

突然，月季的尖叫声划破宿舍的天空。

"怎么了?"

"怎么了?"

大家先后起床，掀被拉帘看个究竟。

只见月季跌坐在地上，颤抖的手指着鸟不宿的床抖抖擞擞地说："狗……狗……"跟她平时的做派和身份极其不符。罕见。

"什么狗呀?"锦乔翻身下床，大着胆子一副警察模样拉开鸟不宿的床帘一看，发现床上没人，一只狗娃娃正正规规地躺在床中央，瞪着一双令人生畏的眼睛盯着她看。"哎呀妈呀!"锦乔倒抽一口凉气，现场转身逃逸。

大家纷纷围拢上来，七嘴八舌地说："这有什么呀?""哎，鸟不宿呢?"

"你怎么吓成这样?"水仙看着月季问。

"你不知道!"月季从地上爬起来，拍拍手上的土说："我今天特意早起想吓吓鸟不宿，一掀被子就看见这只狗。哎呀，现在没那气氛，我也说不好，反正当时吓死人了!"

大家各自坐回自己的床铺，都感觉有点儿蹊跷。鸟不宿是什么时候出去的谁也不知道。

所有人都洗漱完毕了，还不见鸟不宿回来，众人不禁为她的神秘失踪担心起来。

"她不是七点以前不起床吗!"锦乔嘀咕着。

恰巧，窗户开了一条缝，月季指着说："昨天晚上我明明关上窗户了，怎么无缘无故会开开了?"她想开窗看看，又有点儿犹豫，便胡乱猜疑道："她会不会跳楼了呀?"

"得了吧!"水仙说，"肯定是出去了。"

"我来求证一下。"月季刚要拉开窗户，突然从上面飘下来一缕阴森森的声音："如果她跳楼，脑浆肯定会涂得满地都是。"是上铺的百合。

"妈呀，吓死我了!"月季叫道："你怎么那么恶心?"

"这是常识。"百合冷静得像个牧师。

月季听了在床上中规中矩地坐下来，两只手分别放在两条腿上，少见的一副大家闺秀的模样。片刻，她忍不住说："我还是看一下吧，说不定还有救。”她小心翼翼地打开窗户，眼一闭，牙一咬，豁出去了瞪大眼睛往下看——什么也没有。

月季哀叹着坐下。

“你好像挺失望的。”百合说。

“怎么说话呢?”月季一跃而起。

鸟不宿连续好几天都没回宿舍，也没上学，好像人间蒸发了一样。她有点像生活在逆行道上的人，跟一般人犯冲。有一天她在被窝里突然问：“我要是不在了，你们没人会想我吧?”

月季立刻大声说：“我想你!”

鸟不宿眼睛和嘴同时往上挑，“那太谢谢你了。”语调阴阳怪气的。过了一会儿，她又说：“其实没人想也无所谓，我这人就是这样，爷爷不疼奶奶不爱的，习惯了。”

鸟不宿很少说这么心酸的话，她更多的时候让别人心酸。

一个高年级男生曾经跟她说：“有空出去吃顿饭好吗?”

鸟不宿眼一眯：“好啊！你绕操场跑三十圈，我就去。”

学校的操场 400 米一圈，那男生知难而退。

鸟不宿肩一耸，不屑地说：“没诚意。”

月季有一次跟鸟不宿吵架，月季发狠地说：“你爸妈怎么生出你这么个怪人啊!”

鸟不宿无所谓地说：“这事让他俩抱憾终生。所以你别惹我，我也能让你抱憾终生。”她动用威胁的语言跟别人不大一样，别人说什么感觉都像唬人玩的，可她一出口就像真有那么回事。

晚自习。

月季脸色苍白地跑到锦乔跟前，压低声音说：“快跟我回宿舍，快!”

“怎么了?”锦乔一脸茫然。

“哎呀，到时候你就知道了!”不等锦乔收拾书本，月季拉起她就跑出教室。

宿舍里，一个浓妆艳抹的中年女人正在收拾鸟不宿的东西。她拿着一个大布袋，将堆满床的书本和生活用具往里装，动作麻利而有力，好像跟那些东西有仇似的。

宿舍人都站在一旁看着她收拾，一个个面色凝重。

“这是谁？怎么了？”锦乔问。

月季把她拉到一边，悄声说：“鸟不宿被开除了。”

“为什么啊？”锦乔惊叫。

“你记得她那天晚上没回来吧？她跑到男生宿舍跟人家聊天了！”

“聊天怎么就开除了？”

“你傻啦！”月季一激动说话就难听，“男生宿舍能随便去吗？再说……她呆了一个晚上。”

“一晚上？她为什么呆一晚上？”锦乔在这种事情上的确幼稚。

“我怎么知道！”

锦乔想了想，又问：“学校是怎么知道的？”

“哼，怎么知道的，是那个男生自己找老师坦白交代的，把鸟不宿给卖了。他妈的，真不要脸！男人没一个好东西！”月季的五官痛苦地扭曲着，仿佛她才是真正的受害者。

“那也不至于被开除啊！”锦乔眉头拧成麻花状。

月季声音有些变调，“以后我们恐怕再也见不到鸟不宿了……”

“阿姨，我们帮你拿下去吧。”水仙要帮助拎包。

“不用了，谢谢！”中年女人阴阳怪气的。

“阿姨，鸟不宿还会回来吗？”锦乔问。

“回来？她还有脸回来嘛！”中年女人说着，脸上是没甩干净的轻蔑。

“您是她什么人啊？”月季倚在门边问。

“我是她姑姑。”她拎起那个大包，“我得走了。真是，这么多东西！”她的高跟鞋撞击着地面，声音脆脆的，弄不好一折就断。

鸟不宿的父母常年出差在外，都是姑姑抽空照顾她。

锦乔愣住，似乎明白了鸟不宿内心深处的苦衷。

鸟不宿的姑姑走了，宿舍一下子变得空旷了许多。

几个女生心情郁闷，谁都懒得说话。

月季面对窗户坐着，沉思着，写着什么；水仙躺在床上发呆；

百合拿起床头一本书，翻了两页，又丢在一边；锦乔坐在床上，身体缩成一团，把脸深深埋在胳膊里；另外一人背着手，不停地在屋子里转来转去……像下午三四点钟的狼。

“你们说，鸟不宿知道我们在想她么？”月季打破具有悲悯色彩的沉默。

“不知道！”锦乔痴痴地回答。

“咳，现在说这些已经毫无意义。”百合冷酷得很实际。

“鸟不宿今后可怎么办呢？她还能上学吗？”

“只能上别的学校了。”

“太惨了！”

“一失足成千古恨哪！”

“恐怕……以后再也见不到她了！”月季无限伤感地说。

有人眼圈开始发红。

锦乔从未有过这样的感觉。现在鸟不宿真走了，她心里像有人揪着一样的难受。失去了才懂得珍惜，就应该是这种感觉。回想起曾经在一起的日日夜夜，特别是鸟不宿说过的那句话：“如果我走了，没人会想我吧？”当时只有月季说想她。现在锦乔特别后悔，想真心告诉她：我们都是想你的！

月季将鸟不宿留下的那只狗娃娃端端正正地摆在她的空床上。

第二天早上，大家纷纷对着空荡荡的床上的狗娃娃说：

“起床了，鸟不宿！”

“鸟不宿，走啊，我们上学去！”

……

学校方面对鸟不宿事件一开始采取保密态度，进行冷处理，怕在学生中间引起不太好的影响。可这件事不出两天，还是在年级和学校引起了轰动。各种各样的传闻和谣言四起，居然有人说鸟不宿是将男女生宿舍中间那道锈迹斑斑的大铁门的锁砸开跑过去的……为正视听，年级组长在全年级公开事件真相，并宣布学校对事件主角之一京京给予记过处分的决定，末了又加上一句：“另一个如果不走，也会给处分的。”

不久，宿舍也发生了局部变革。男女宿舍中间的那道铁门被拆除，取而代之的是一堵厚厚的砖墙，密不透风。

锦乔随笔：

我是一个莫名其妙的人，常常会有一些莫名其妙的想法，比如：“人活着有什么意思?”这个问题着实苦恼了我一阵子。在外公死后，我终于大彻大悟。我明白，无论我怎样想下去，都毫无意义。它扰乱了我的正常生活，破坏了我的生活原则，很不适宜我所扮演的角色。不管活着有没有意思，我都要活着，这是我目前的生存原则。我就是这样一个遵守规矩的人，也许如某位哲人所说，这是人类最大的悲哀。不过，在生命面前，我依然循规蹈矩。在确认这对我而言是个无聊的问题之后，我开始尝试着不再去想它，然后努力把它淡忘。事实证明，我做到了。的确，从那以后，我再没想起过它，大脑中没有一丝它的影子。直到有一天，一位同学又勾起了我对它的印象。

那天放学后，同学们都陆续回家，班里的人所剩无几，全都是住校生，其中也包括我。我正在赶写作业，一个同学突然问我：“我可不可以问你一个问题?”

我抬头，“说吧。”

“你说……人活着有什么意思?”

我一愣，随即便是说不出的喜悦弥漫心头。原来周围不只我一个人想过这种问题，看来每个人都会面临生生死死的困惑。但是，我不希望这个问题在同学间蔓延。对于我们学生来说，它有百害而无一利，我们还小，等哪天我们真正能当上哲学家再想不迟。不过在尼采的影响下，我这辈子也不想当什么哲学家。

于是我便开导那个同学：“我认为每个人或多或少都会有这样的想法，可你仔细想想，它对我们有什么意义?”

“嗯，是没多大用处。”同学若有所思地点头赞同我的哲学思想。

“既然你承认它对你没意义，就不要去想!”我俨然是个实用主义哲学家。

同学一脸无奈地看着我：“可是……可是我总不由自主地想这个

问题。”

“嗨，这就得看你自己了。其实生活还是很丰富多彩的吗。啊!”我挺了挺腰，继续说：“生活中你还有很多目标需要去完成，你多给自己机会尝试不同的感觉，分散注意力就不会很消沉。”我没想到这话是从我嘴里说出去的，难道我还真的是个哲学坯子？相识恨晚!

“对啊，我应该尽量去尝试一下……嗯，谢谢你啊!”同学顿悟。

谈话就这样结束，我也渐趋于平静。没有了刚才的兴奋，我的大脑再次孤独，并且又开始苦苦思考：人活着有什么意思?

小巧玲珑的班主任筱老师要出国学习了。

以前早自习总看她嘴里念念有词的，大家以为说的是英语，可又觉得别扭，也不大可能像小品里说的是“伦敦郊区语”。没想到，人家提前学习了第三种语言——德语。

筱老师在年级组长的监督下向同学们告别。

年级组长说：“你说两句意思意思得了，马上要上课了。”

筱老师红着眼睛在黑板上留下邮箱，跟当年作自我介绍时写的是同一个笔迹，斜斜的，像张开一张密密实实的网。她暂时不再当老师了，恢复了如上帝般的宽容微笑。

小号终于圆了自己的梦，在老师要求每个人必须背诵长篇《出师表》之前顺利逃逸出国演出。他走之前留下一句发自肺腑的实话：“像我这样的人就得出国，国门口就是出口，出口就是活路。”

木槿说：“如果你这话再精致一点，就说是马克思说的都有人相信。”

写临别赠言，苏铁写：在飞机上别掉下来啊!

君子写：活不下去就回来吧，中国人民接纳你。

菖蒲写：把我打包带走吧。她最实在。

第三十章
没啥别没钱，有啥别有病

锦乔爸接到学校电话，说锦乔突然晕倒，让他立刻赶过去。

锦乔爸一听，自己差点儿晕菜，飞车赶到学校。

锦乔躺在宿舍里，面色略显苍白，情绪稳定。宿舍老师和两个学生正在床边照看她，看见锦乔爸来了，宿舍老师邀功请赏般地唠叨起来：“哎哟，您可来了！这孩子吓死个人哪，在水房咕咚一下就摔倒晕过去了。幸好同学发现得及时，把她抬回宿舍，躺了一会儿就醒过来了。我刚给她喝了一点儿白开水，摸了摸她的脉和头，心跳还可以，也不发烧。”

锦乔爸俯下身，拉住女儿的手，摸摸她的额头，急切地问：“你怎么了？”

锦乔看着爸爸平静地说：“我也不知道怎么回事，突然一下就什么都不知道了。过一会儿又好了。”

锦乔爸皱了皱眉，感到情况有些不妙。他最担心女儿的身体出现问题，那样一来不但耽误学业，他自己也将身陷其中无法自拔。赔上时间和精力不说，其个中滋味只有他和老天爷知道。有句老话说得再贴切不过：没啥别没钱，有啥别有病。

“你现在哪儿难受？”锦乔爸问女儿，恨不能立刻生出一双X光眼。

“哪儿都不难受，就是浑身没劲儿。”锦乔似乎在陈诉一道无解的题。

“哎呀，您赶紧带孩子去医院看看吧。”宿舍老师显然在这方面吃亏上当过，经验十足，“这是大事，可千万别把孩子给耽误了。”

锦乔爸的使命感倍增。

宿舍老师责任心昭示天下，嘴上功夫也不含糊。

毗邻学校一街之隔，便是赫赫有名的区医院。锦乔爸挂了内科专家号，却意外遭到坐班专家拒绝，理由很通俗：专家只给年满18

周岁以上的公民看病。而锦乔只度过识字阶段的14个寒暑春秋，自然归属儿科管辖范畴。无奈，锦乔爸只得改挂儿科专家号。不知何故，锦乔爸在家总把女儿当做永远也长不大的孩子宠。可是一旦走出家门，他却希望女儿瞬间长大成熟，一步跨入成人战斗序列。

出人意料，儿科专家门诊的位置上竟赫然坐着一位年轻得类似未婚的女医生。凭锦乔爸十几年前的从医经验明眼看出，这无疑是个一知半解的二把刀，弄不好初出茅庐不久。被明摆着骗取的昂贵专家挂号费暂且忽略不计，关键是她能看好女儿的病吗？这不是赵本山卖拐——瞎忽悠吗？

满腹狐疑的锦乔爸以纯英语被动式形式接受了二把刀医生的质询，她将锦乔发病的前后经过症状特征像篦头发似的问过一遍之后，随手开出几张化验单甩给锦乔爸。没二话，先交钱，后看病。类似于先小人，后君子。锦乔爸翻了翻单子，无奈他过去没专业玩过化验，加之疏于医疗甚久，看不出所以然来，没资格开口。

化验结果出来了，一切正常。锦乔爸高悬着的一颗心终于"吧嗒"一下放下，他最最担心女儿颅内会出现的问题似乎已经没有问题。怪了嘿，没问题怎么会有问题呢？锦乔爸思来想去，还是担心那个二把刀医生油梭子发白——短炼而造成误诊，便找到儿科主任陈医生咨询。

陈主任说或许是神经方面的原因，问题不应该太大，先观察一段时间看看再说，一旦再发生类似的情况立刻来医院找她。

接下来的日子里，锦乔照常上学，身体无任何异常症状，比正常人还正常。

锦乔爸暗自祷告玉皇大帝：千万别让病魔再来碰孩子！孩子羸弱的身体再经不起折腾啦！小民这厢有礼给您磕头了！

可是，祷告归祷告，玉皇大帝并没有施善显灵。

很快，病魔不请自到，锦乔再次晕倒在学校。

锦乔住院了。

住院病历这样写道：患儿，锦乔，女，15岁，主因"一周来晕厥5次，加重3天。"收入院。

入院情况：一周来无诱因于上课时突然出现晕厥，之前有恶心，头晕。晕厥时两眼紧闭，无双眼上翻，无手足抽搐，无二便失禁。事后可回忆，无发热受凉病史。查体（—）。

入院诊断：头晕待查：

(1) 植物N功能紊乱；(2) 五官科疾病待除外；

(3) 低血压待除外；(4) 其他器质性疾病待除外。

随后，医生对锦乔进行了全面彻底的检查，包括做血常规、电解质A、肝功、脑电图、头颅CT、血压HOLEER、TCD……几乎除了头皮屑和脚气之外，该查的地方都没有放过。对于这一点，锦乔爸非常认同，他的目的也是想给女儿做一次全面彻底的检查，看看究竟是什么怪病在女儿身体内捣鬼。

儿科病房最大的特点就是狼哭鬼嚎声不绝于耳，恍如走入地狱之门，冤魂叫屈者遍野。孩儿们打针哭，吃药哭，没事也哼哼唧唧地闲磨牙，除非闹累了睡觉，否则永无消停，把陪护的大人一个个折腾得全是绿的，三分像人，七分像鬼。

锦乔好歹也是一初中生，小大人一个，跟这些以哭为乐的孩子为伍同居一室，好人也会被哭晕了菜，何况她原本就犯晕。

锦乔爸找到那位二把刀医生，问是否可以将女儿换到内科？

她摊摊手，耸耸肩说："没办法，你只能住儿科。"说这话时她俨然变成了一把刀，权威得不容置疑。她叫峨嵋，是否与峨嵋山弟子同根有缘未定待查。

锦乔爸问如果晚上把女儿接回家住，早晨再送过来行不行？

峨嵋医生想了想，居然同意了。但有一个条件，必须在早晨医生查房之前将孩子送回。

锦乔大喜，说只要能回家住别说一个条件，就是十个条件都举手通过。

如此阳奉阴违地跟医院亲密接触了一些日子，锦乔定时打针，大把吃药，轮番抽血，照相，没轻了折腾，可是怪病却始终无法确诊。

儿科陈主任请来各路专家会诊之后，锦乔的病历本上增加了如下内容：

治疗经过：入院后的完善检查均在正常范围，仅于晕厥发作时发现脉压差较大。考虑为血管调节功能不畅，植物N功能不良可能性大。对症治疗后仍有头晕，未再晕厥，24小时血压监测未见明显异常。

目前情况：偶有头晕，无晕厥。心肺（—），腹部（—），神经系统未见异常，对上学心理负担过重。

诊断：晕厥待查：1. 植物神经功能失调；2. 直立调节障碍。

建议：转院做进一步排查确诊。

陈主任建议锦乔爸送锦乔去B医院住院检查，那里的医疗水平No. One。

锦乔住了将近1个月的院，花费上万。幸亏提前上了保险，保险公司为此出了血，否则锦乔爸就得吐血。

很快，锦乔住进B医院，但再想偷摸回家却门都没有。这家医院的管理堪称典范，丢什么都不能丢患者，丢了患者就等于丢了钱，丢了钱医院就得关张歇菜。

锦乔住院期间结识了不少病友。

左边的女孩叫朵朵，右边的男孩叫康康。两人都是六岁，都患心律不齐，跟没出生就相约好了似的。康康犯病的时候1分钟心率多达160次以上，像野马狂飙。康康从南方来，父母叫他“阿康”。朵朵听了觉得新鲜，搂着康康的脖子说：“阿康，叫我阿朵！”

朵朵爸见状眼珠子瞪得溜圆，跟白赔上一女儿似的，气愤地大吼：“你有病啊！”

朵朵的嘴撅起老高，肉嘟嘟的小脸皱在一起：“阿爸，你干什么呀？”

康康脾气不好，常常趴在床上大喊大叫。打针打疼了哭上半小时，睡觉不老实，把他妈妈当面团揉。医生用很专业的眼光评审了一番，两手背后下了结论：“这孩子肺活量大，不用测就知道。”

康康也有善良的一面。锦乔不但人晕，血也晕，抽血的时候需要旁边有人支持。康康前一天晚上睡得早，信誓旦旦地说：“明天我早起，为姐姐加油！”其神情像要为不争气的国足加油。

第2天早上5点多，锦乔抽完血，正晕乎着呢，康康从床上一跃而起，“抽血啦！抽血啦！”好像在梦呓。

康康妈赶紧按住他说："姐姐抽完了！抽完了！"

康康听罢倒床又睡，如已尽责。

后来朵朵和康康走了，病房里进驻新人。一个五岁半的女孩儿叫歌歌。她妈妈喊她的时候，锦乔怎么听怎么像搞错了辈分。歌歌妈可能也感觉到了，以后每次叫她的时候特意在结尾加个"儿"化音处理，于是变成"歌儿歌儿，歌儿歌儿"，又好像在叫一只鸽子。

歌歌的警惕性极高，天生一干警察的料。一旦有人走错病房，她的眼珠就来回乱转，断定道："那个人，是小偷！"有时候甚至直接大喊："抓贼啊！"搞笑功夫不逊周星驰。

锦乔觉得歌歌有点神经质。她的病很怪，手伸不直，也握不上，耷拉着半合半张，类似恐怖片里的半痴人物造型。锦乔时时提醒自己跟她保持一定距离，指着床头的米老鼠娃娃对她说："你别碰啊，我不喜欢别人碰我的娃娃。"它是爸爸单位一个阿姨从新加坡买回来送给锦乔的，爱不释手。

锦乔上厕所回来，歌歌有些难为情地说："姐姐对不起啊，我刚才忍不住跟娃娃握了握手。"

锦乔顿时感觉娃娃沾了邪气，气极生厌，便顺水推舟送个人情，将娃娃送给了歌歌。

歌歌如获至宝，连声说："谢谢姐姐！"从此手不离米老鼠，米老鼠不离手。

一个男孩子造型的新患者进来的时候，歌歌没有喊小偷，坐起来兴奋地叫哥哥。

那孩子一听就哭了。

歌歌当场愣在那里。

孩子妈妈立刻解释说："我们是女孩儿，叫姐姐。"

女孩儿的经历异常惨烈。本来她们是姐妹俩，过马路的时候被一辆飞车撞倒，妹妹当场被撞死，姐姐重伤被送进了医院。肇事司机现场逃逸，后来虽然被公安机关抓捕，可蹲大牢也赔不起钱。女孩的颅脑动过手术，头发被剪秃。据说她手术时都没哭，可被剪掉头发的时候哭得稀里哗啦的。医生现在正考虑要不要在她脖子部位再动一次大手术，以缓解呼吸困难问题。

锦乔像听电视剧里的惊险情节一般张大了嘴，半天竟忘了合上。

女孩儿叫冬梅。

锦乔跟冬梅妈玩拉火车，哄她开心。

冬梅妈疲乏地说："不玩了。"

锦乔说："再玩一会儿吧。"她挑牌出，故意让冬梅妈赢。

冬梅妈的上下眼皮像抹了胶水似的粘在一起，粘得不紧，若即若离。

锦乔看她实在太困了，便懂事地说："咱们不玩了。"

歌歌继续叫冬梅哥哥，不小心叫一次冬梅就哭一次。她跟她妈妈一样，哭的时候默默的，头垂着，消瘦的肩膀一抖一抖的，让人看不清表情，是那种藏得深深的哀伤。

每到这时歌歌也跟着掉几滴泪，为自己不小心闯祸而懊悔。她哭的时候很张扬，还用幽灵一样的手去拽冬梅的衣角："姐姐，你别哭啊！"

这一着果然灵，冬梅立刻就不哭了。

冬梅一家人的感情表达方式都很沉郁，好像每个人都暗含百年内功。一家人的生存压力大得要命。

没钱住旅馆，冬梅爸每晚就睡在医院的长凳上。常有警卫来驱赶，于是他每天的睡眠就被截成数段。第二天一大早，他总是带着一双充满血丝的眼睛来看女儿，穿过一条长长的走廊，就像经历了一场腥风血雨后侥幸归来的老兵。

妻子望着他的眼睛，体贴地问："又没睡好吧？"

他憨憨一笑。

"饿了吧？"

他摸摸肚子，"有点。"

妻子立刻拿出一大袋方便面，五联包的那种。撕开口，放在饭盒里，倒上开水，再把盖子盖上……一连串的动作做得很温存，夫妻之间默默的深情便全部渗透在方便面里。

锦乔吃过一次她做的泡面，感觉比煮的还香。

一家三口正吃着，护士走进来，推着一车的瓶瓶罐罐，高昂着头，像一只高傲的法兰西母鸡。护士瞟了一家人一眼，声调高8度地说：“只能留一个家属看护，你们家到底谁看啊？现在还没到探视时间呢。”

冬梅爸小心翼翼地看着护士小姐的脸色说：“她妈看，我说话就走。”

冬梅家住在遥远的郊外，坐公共汽车得走大半天的时间。

冬梅爸站起来：“你们吃吧，我走了，晚上再来。”

“去哪儿啊？”妻子问。

“再说吧。”

“要不今晚我住下面吧。”

“你不行。”他说：“冷着哪！”

“我明天给你带条毯子来。”锦乔爸说。

冬梅爸感激地笑一笑，背影深驼。他在楼下四处游荡，一呆就是一天。

锦乔的同学都忙着学习和考试，没时间来看她，也不知她究竟住什么地方。百合家就住在离B医院不远的地方，星期天她抽空来看锦乔，还带来一束鲜花，令锦乔心花怒放，激动得像久别重逢的亲人。

百合跟锦乔说了一大堆关于班里和宿舍的事，包括谁谁谁也出国留学了，把锦乔羡慕得要死。对于中国大陆的学生来说，出国已经变成一种谋取新生并走向成功的手段与捷径。每一次期中、期末考试都酷似一场浩劫，比当年的“文化大革命”还残酷，因为连平反的机会都没有。

“你什么时候出院啊？”百合皱着眉头说：“我看你住院都住得都沧桑了，跟刚开发完大西北似的。”

“唉，早着呢！”锦乔无奈的一声叹息。

“那你还上不上学啦？”

“当然上啊。”

“我劝你最好快点儿出院。现在课讲得快着呢，你要没事就别装病了。你们班和咱们宿舍现在都残缺不全了。”

“我也想快点出院，可是……”

“哎，你知道上学期期末谁考年级第一吗？”

“水仙！”

“没错！简直不是人型的！其实木槿考得也不赖，排名第五，可是你看他那妈哟……天啊，我都不忍心说。他妈跑到你们班门口，把木槿给臭骂了一顿，说什么‘你是怎么考的，你看看人家水仙！’还说他不要脸。我觉得他妈才不要脸呢！那么大岁数了，她想干嘛呀？她教训儿子也不会选地形，幸好当时班里人少，要不然木槿非撞墙不可！”

百合的（6）班跟锦乔的（5）班正对门，发生什么事都瞒不过对方的眼睛。

“是吗？”锦乔惊讶的程度绝不亚于听说雷锋的妈妈是个母夜叉。想不到木槿还有那么沉重的家庭背景，他那么老实听话的一个人却摊上如此一泼母。树活一张皮，人活一张脸。那种在公众场合不给孩子留面子的家长说好听一点儿是封建观念，难听的话就是白活。

百合继续讲故事给锦乔听，“你知道吗？有一次月季半真半假地说你一整就晕倒跟装的似的。牵牛当时一听就火了，冲月季嚷：你装一个给我们看看！怎么样，还是你们老同学感情深吧。”

锦乔心里忽地一热，眼泪差一点儿掉下来。因为那次小学同学会的事儿，自己心里一直在怨恨着牵牛，想不到她背后竟然这么维护自己。哎，人哪，实在是太复杂，太难以把握了。

……

医生决定给冬梅做手术了。她被转到外科病房。

医生、护士轮流问冬梅妈：“你们买保险了吗？”

冬梅妈懊悔万分又难以启齿地嗫嚅着说：“以前……学校发过宣传单，孩子拿给我们看过。可是……我们当时没买，怕……花钱。”

“学校集体买保险没多少钱呀！”

“50块钱。”

“唉，谁能想到会出这种事啊！”冬梅妈叹息着，眉头间拥挤着一种深深的自责。

歌歌也要走了。医院诊断她是皮肤病，她妈妈打算带她去专门的医院看。临走之前她妈妈说："那个医院去的人太多，去晚了耗子（号子）早都卖光了，我得提前一天晚上去排队。"

锦乔觉得有趣，问："医院为什么要卖老鼠？还有那么多人买？"

冬梅妈乐了："你说号子啊？不是'耗子'，是挂号的那个'号子'。"

锦乔恍然，暗想中文的确妙不可言。

歌歌说："姐姐，我要走了。妈妈让我跟你道别，也跟娃娃道别。娃娃，再见！"说玩眼珠子一转不转地盯着床头的米老鼠娃娃看，手在空气里茫然地挥来挥去，指缝间流淌着眷恋。

锦乔将娃娃递给她说："不是送给你了吗，你带走吧。"

歌歌的手伸出来，扭头看看妈妈，又缩回去。"娃娃再见啊！"她的手放回原来的位置，左右摇摆。

"怎么了？"锦乔问歌歌妈。

歌歌妈说："别惯她要人东西的毛病。"

锦乔把娃娃硬塞到歌歌手上："没事，拿着吧。"她是真心想送给歌歌。

医生找锦乔爸谈话，告诉他区医院对锦乔病的诊断基本上是正确的，但还需要观察一段时间再最后确诊。这种病近年来青少年患者呈逐渐增多的趋势，可能跟学习压力过大，睡眠不足，心态失衡有关。虽然算不上什么重病，但也要引起家长的足够重视。尤其是当孩子意外晕厥时，如果无意识时间过长，会造成大脑缺血缺氧状态，危及生命。经过这段时间的持续治疗，孩子的症状明显减轻。今后需要家长积极配合治疗，主要是多做做孩子的思想工作，别给孩子太大的思想压力，注意兴趣培养和体育锻炼，休息好，营养跟上去，孩子的病一定会慢慢好起来的。

当病房里再次充满人气的时候，锦乔已经以大佬自居。就好像一个人在胡同里住了上百年，后来者理所应当敬她老大一样。儿科的病人一般是来有影去无踪的，流星一样稍纵即逝。锦乔的影子始终充斥在病房里，挥之不去。

锦乔把自己包裹在宽敞肥大的病号服里，在走廊里晃来晃去，带有浓郁消毒水味的风在袖口间上下窜动。

迎面过来一个医生，打量她一下，像在欣赏一个怪物，问："怎么还是你？"

"还是我。"锦乔早已习惯应试。

"你都已经是三朝元老啦！"医生笑着摇摇头，无奈地摆摆手走掉。

锦乔望着他的背影，微驼，心想这人居然把自己的一生都断送在儿科手里了，思想永远无法长大，也不可思议……

（地址：北京市朝阳区定福庄南里1号，北京第二外国语学院06级中文3班 徐艺嘉

邮编：100024

联系电话：15810094868）

后　记

北京市新闻出版局在北京市委宣传部的领导下，自2008年4月起实施“出版原创推新工程”，推出并启动了“青年写作爱好者作品征集出版”活动，在社会上产生了强烈反响，全国各地青年写作爱好者的作品纷至沓来。我们组织专家委员会和出版单位反复审读、严格把关，遴选出优秀作品，以“青年原创书系”的形式陆续扶持出版。

组织实施“出版原创推新工程”是政府行政部门推出的一种出版创新模式，目的在于以实际行动贯彻落实党的十七大精神和科学发展观，进一步转变政府职能，不断完善公共文化服务体系，充分发挥人民群众在出版业大发展大繁荣中的主体作用，推动新闻出版业又好又快发展。人民群众不仅是出版成果的消费者，更是出版业的开拓者、建设者和实践者。青年人激情飞扬、勇于开拓、熟悉生活、热爱生活，是出版业的未来和希望。当前，由于受传统思想观念、管理体制机制和出版业向市场转型等各种因素的影响，图书出版存在原创活力不足，人才队伍结构不合理，重复出版、跟风出版现象突出，原创民族文化特色和时代特色不鲜明，原创作品和人才低迷等问题，我们希望通过深入持久地实施这项工程，为青年写作爱好者搭建展示才华的公共服务平台，提供实现理想与梦想的广阔渠道与空间，激发他们的创作热情，着力发掘培植一批有潜质的写作新人，为出版业持续繁荣发展培育新生力量，丰富出版资源。

为深入推进“出版原创推新工程”，进一步拓展作品征集范围和形式，提升征集作品质量和数量，取得更好的社会效益，北京市新闻出版局与盛大文学有限公司于2009年2月正式签订了战略合作协议，共同致力于青年原创作品的发掘与出版。从此，凡发表在起点中文网出版频道的原创作品，均将参与“出版原创推新工程”，由盛大文学公司评选后进入“出版原创推新工程”的遴选程序。此举，为广大青年原创作者施展才华开辟了更为广阔的空间和更为畅通的渠道。

“青年原创书系”推出的这些作品，一方面显示出了青年作者们不凡的创作潜质；另一方面也因为其“新”，所以在艺术创作上不可避免地会存在这样或那样的不足。但是，我们相信，有广大读者的热情支持，有青年写作爱好者坚持不懈的努力，“青年原创书系”一定会推出更多更好的优秀原创作品，“出版原创推新工程”也一定会朝着“推出新人、打造精品、引领导向、繁荣出版”的目标迈进！

“出版原创推新工程”组委会

二〇〇九年十一月二十日

注：

“出版原创推新工程”长期征稿，征稿方式：

1. 纸质稿件请寄：北京市东城区朝内大街55号405室组委会办公室，邮编：100010，电话：010－64081996（来稿一律不退，请自留底稿）

2. 网络投稿请登陆：起点中文网（www.qidian.com）“出版”频道专栏，提交作品。